아버지의 첫 노래

아버지의 첫 노래

이강원 장편소설

바람꽃

차례

선재의 비파

1

　오무진은 백제금동대향로 앞에 섰다. 자기도 모르게 완함과 완함 연주자를 바라다봤다. 볼수록 낯이 익은데 도대체 왜 그런지 알 수 없고 "태평성대가 되면, 봉황이 절로 날아와 음악 소리를 내며 스스로 춤을 춘다"[1]는 문장만 다시 떠올랐다. "동쪽으로 500리를 가면 단혈산이라는 곳인데…… 이곳의 어떤 새는 생김새가 닭 같은데 오색으로 무늬가 있고 이름을 봉황이라고 한다. …… 이 새는 먹고 마심이 자연의 절도에 맞으며, 절로 노래하고 절로 춤추는데 이 새가 나타나면 천하

---

1) 윤재환, 『윤재환의 신부여팔경』, 스펙트럼북스, 2010, p.219~220에서 인용

가 평안해진다"[2]고 한 문장도 연이어 생각났다.

그도 그럴 것이 향로의 맨 꼭대기에는 봉황이 있었다. 암수 날개를 활짝 펼친 봉황은 부리 밑에 여의주를 끼고 세상을 굽어보면서 다섯 명의 악사들이 연주하는 음악에 맞춰 덩실덩실 춤을 추었다. 다섯 산봉우리에 앉은 기러기들도 봉황과 함께 노래하고 춤추었다. 그 아래로는 수많은 산들이 우줄우줄 솟아있었다. 산속에는 길과 계곡과 시냇물과 폭포와 호수가 펼쳐졌다. 사람들이 그곳에서 걷거나 명상하고 사냥하거나 씨를 뿌렸다. 짐승들도 날거나 뛰거나 걸으며 노닐었다. 향로의 몸체는 연꽃으로 둘러싸여 있었다. 몇몇 사람과 수중생물들이 연꽃잎 위에서, 꽃잎 사이사이에서 각각 제 할 일을 하고 있는 모습은 끝없는 상상 속으로 빠져들게 했다. 향로를 떠받치고 있는 용의 위용은 또 어떤가. 봉황의 춤과 노래에 화답하듯 연꽃을 뿜어내는 역동적이고 신묘한 기운이라니.

어디선가 명지바람이 불어왔다. 환하고 유장하면서도 태평한 소리가 바람에 실려와 전시실을 느루 돌았다. 오래전부터 그리던 소리였다. 사모하던, 애타게 듣고 싶던…… 이보다 더 좋은 말이 있을 것 같은데. 그는 전화기를 켜 사전 앱app을 열었다. 동경憧憬 정도가 비슷했다. 흔히 겪어보지 못한 대상

---

2) 정재서 역주, 『산해경』 민음사, 1999, p.65에서 인용

에 대하여 우러르는 마음으로 그리워하여 간절히 생각함. 독일 말로는 젠주흐트Sehnsuht로 번역하고 있었다. 'Sehn(보다)'과 'sucht(찾다)'의 결합어. 보고 탐구하는 것. 동경憧憬에는 또 뜻이 정해지지 않아 멀다는 의미도 있었다. 이래도 저래도, 지금 자기 심경을 표현하기에는 일방적이랄까 철학적이랄까, 좀 딱딱하게 느껴지는 말이었다.

그는 전화기를 껐다. 한쪽 팔을 들어올렸다. 소리를 잡으려는 듯 손가락을 구부려 모았다. 천지간을 제 집으로 삼은 소리가 잡힐 리 없었다. 소리에는 경계가 없구나. 당연히 담도 없겠지. 담이 없는 소리에 어떻게 안과 밖이 존재하겠어. 길고 짧거나 높고 낮은 음들은 단지 선율의 아름다움을 위한 장식일 뿐 지상과 천상으로 갈라놓는 것은 아닐 테니까. 그는 천사백 년 동안 이어져오고 있는 소리에 귀를 기울였다. 듣고 있는 기분에 사로잡혔다. 실제로 연주자들이 움직이는 것처럼 보였다. 북 연주자가 손에 쥔 막대로 북의 한복판을 덩, 치자 금 연주자가 오른손 엄지로 맨 앞줄을 땅, 퉁겼다. 이어서 피리 연주자가 입을 모아 높은 소리를 냈다. 아련하고 아름다운 배소 소리가 맑고 둥그렇게 울렸다. 완함 소리는 낮았다. 낮으면서도 돋가이 다른 모든 소리들을 아우르며 천원지방으로 퍼져나갔다. 애타게 흐놀아온 소리였다.

'흐놀다', 그리워하고 간절히 생각하다. 바로 이런 말이었다. 의미뿐 아니라 어감이며 분위기가 지금 자기의 심정과 거의 일치했다. 그는 흐뭇한 표정으로 다시 향로를 바라다봤다.

향로는 백제시대의 왕릉으로 알려진 거대한 무덤들 옆에 있는 절터 아니면 신궁神宮터[3]에서 발굴되었다고 한다. 왕릉 옆에 있는 절이나 신궁이라면 왕이 제사를 모시던 곳일 테고 향로는 향을 피우는 데 사용했을 것이다. 조선에 종묘제례악이나, 중국에서는 사라지고 오직 우리나라에만 남아있는 문묘제례악 같은 의례용 음악이 있었듯 백제에도 그런 음악이 있었을 것은 당연하다. 향로에 새겨진 저 다섯 악기가 그 증거다. 저들이 중심이 되어 연주했을 것이다. 그는 무심코 '수제천'을 흥얼거렸다. 박 소리가 남과 동시에 피리를 비롯한 관악기들이 장중하게 울려 퍼진다. 기덕 쿵, 장구가 북편과 채편을 갈라치고 나면 대금이 유려하게 흐른다. 이번에는 피리가 앞서가며 향피리를 불러온다. 햇살 받은 강 물결처럼 소금 소리가 영롱하게 반짝이며 대금의 선율을 어른다.

성악곡이었던 '빗가락정읍'이 선율의 큰 차이에도 불구하고 '수제천'으로 변모했다고 하던데 혹시 '빗가락정읍'은 백제의 의례음악에서 비롯한 것은 아닐까. 누구에겐가 들은 것 같기도 했다. 지금으로부터 이천삼십칠 년 전 백제라는 나라가

---

3) 서정록, 『백제금동대향로』, 학고재, 2001, p.31에서 인용

탄생하면서부터 시작된 소리, 어쩌면 그보다 더 아득한 곳에서부터 흘러오던 선율들이 모여 '빗가락정읍'으로 탄생했는지 모른다. 저 향로에서처럼 다섯 악기로 연주하다 점차 새로운 악기들이 하나씩 보태어지고 또 하나씩 빠져나가면서 지금과 같이 유장하고 장엄한 '수제천'으로 탈바꿈했을 것이다.

상상에서 빠져나올 때마다 그는 똑같은 결론을 내렸다. 향로의 다섯 악사들이 연주하는 음악을 들을 수만 있다면 모두 해결될 것 같았다. 저들이 연주하는 음악을 들을 수 없는 게 문제였다. 그는 유리관을 톡톡 두드렸다. 눈과 귀를 활짝 열었다. "대단하다…… 저거 진품일까. 복제품이겠지.", "글쎄…… 아, 국보야. 국보287호라고 요기 써있어.", "그러네, 그러니까 저게 진짜 오백억짜리라는 거네.", "햐, 멋지긴 멋지다야.", "만약에 말이야. 저것과 오백억 중에서 고르라면 넌 뭘 택할래?", "인마, 당연히 오백억이지." 하는 소리만 수다스럽게 들릴 뿐 음악은 침묵했다.

고창으로 오는 동안 그는 '수제천'을 되풀이해서 들었다. 들으면 들을수록 시간이 켜켜이 쌓이고 다져졌을 음들은 모두 세월의 무게만큼 장중했다. 함에도 무겁지 않았다. 그래서일까. 소리들은 이미 지상을 벗어난 자리에 있는 것처럼 들렸다. 완함 소리는 어떨까. 그는 다시 완함을 생각했다. 분명히 구면이었다. 실제로 봤으니 이토록 생생할 텐데 언제 봤는지,

어디서 봤는지, 어떻게 봤는지, 연주한 사람은 누구였는지 캄캄했다. 내내 기억을 쥐어짜다 오리무중은 이럴 때 써먹는 말이구나, 생각하며 그는 요강바우재를 내려왔다.

도림으로 가는 다리 옆에는 버드나무가 서있고, 어느새 물오른 가지들이 푸릇푸릇 흔뎅였다. 그때나 지금이나 여전했다.

그때? 그는 퍼뜩 스치는 기억을 낚아채듯 손끝으로 머리를 짚었다. 서둘러 마을로 들어섰다. 회관 앞에 차를 세우고 집으로 갔다. 다락방으로 올라갔다. 햇빛에 산란하는 먼지기둥을 손으로 흩뜨려가며 이 구석 저 구석을 기웃거렸다. 손바닥에 깜장물이 들 때까지 고장 난 선풍기며 오래된 텔레비전이며 크고 작은 집기와 상자들을 들추고 치워가며 찾았지만, 뛸듯이 올라오느라 월럭벌럭해진 가슴만 내내 그 타령일 뿐 비파 비슷한 것은 어디에도 없었다.

지금껏 비파와 완함이 닮은 악기라고는 생각해보지 못했다. 중학교 때 처음으로 향로를 봤을 때도, 완함 연주자를 가리키며 누군가에게 무슨 말인가를 하면서도 그는 비파와 완함을 연관 짓지 못했다. 대학에 가서도 마찬가지였다.

백제금동대향로를 다시 보게 된 것은 지난가을이었다. 회사에서 부여에 갔을 때였다. 국립부여박물관에 들어섰을 때, 향로를 봤을 때, 악기와 연주자들을 봤을 때, 완함과 완함 연주자를 마주한 순간 그는 자기도 모르게 휘파람을 불었다. 아빠는 스물아홉 살에 널 낳으셨어. 서른하나면 결혼이 더 간절해야 되는 거 아녀? 하는 어머니와 그렇게 요란을 떨면서 들어가더니 겨우 일이 년이냐? 등록금은 꿈도 꾸지 마라. 넌 성인이야, 하는 아버지를 설득해 회사를 그만뒀다. 지난달에 대학원에 입학했다. 향로에 새겨진 다섯 악기들을 중심으로 고대 동서양악기교류에 관한 학위논문을 계획하기에 이르렀다. 이 모든 것은 그러니까 우연이 아니었다.

2

헬스안마기와 낡아빠진 에어컨 너머로 천 같은 게 눈에 들어왔다. 자루로 보였다. 얼마나 오래됐는지 먼지가 더께 져 칙칙하고 거무튀튀해 기연가미연가하여 한참을 살펴야 했다. 무진은 앞엣것들을 이쪽저쪽으로 밀어 치우고 그것을 끄집어냈다. 좀마저 슬어 군데군데 삭은 자루는 길었다. 묵직했다. 끈을 풀자 주르르 흘러내리면서 세 개의 줄감개와 기다란 지판이 차례로 모습을 드러냈다. 그는 조심조심, 울림통에 걸린 자루를 마저 벗겨냈다.

가슴이 두근거렸다. 어깨마저 들칫거렸다. 몇 번이나 심호흡을 했다. 그는 가장 굵은 줄을 살그머니 퉁겼다. 둥…… 비파가 깨어났다. 혹 지구 도는 소리가 이와 같을까. 육중하면서도 풍성한 소리가 흔들리고 휘어지면서 서나서나 잦아들었다. 그는 여음을 좇다가 가운뎃줄을 퉁겼다. 낭랑하고 넉넉한 소리가 차랑차랑 늘어졌다. 나머지 줄을 퉁기자 높이 뛰어오르다 팅, 끊어져버렸다. 그는 끊어진 줄을 손가락으로 말았다. 초승달 모양의 줄걸개 끝을 쓰다듬었다. 아무도 몰래 퉁기면서 선재처럼 타려면 언제쯤 가능할까 상상하던 때가 떠올랐다. 갑자기 휑해져버린 고샅과 할딱거리는 누렁이를 보면서 울던 날이 어제처럼 다가왔다.

비파는 지름이 한 뼘 반 남짓 되는 둥근 울림통에 두세 뼘 정도로 긴 지판, 십 센티미터 약간 넘는 목 부분으로 돼있었다. 어깨에 멜 수 있도록 울림통과 지판 뒤에 묶어놓았던 끈은 끊어진 채였다. 세 개의 줄감개에는 각기 다른 굵기의 줄이 묶여 있는데 가야금이나 거문고 줄처럼 명주실을 꼬아 만든 듯했다. 지판에는 열세 개의 괘가 있고 괘의 간격은 일정치 않았다. 향로에 새겨진 완함과 적어도 외양은 흡사했다. 선재는 이 악기를 비파라 불렀다. 그는 잠깐 망설이다 고개를 끄덕였다. 완함이라는 명칭은 측천무후 때 비파 류가 쿠처에서 당나라 궁정에 소개될 때 진나라의 죽림칠현 중 한 사람인 완함이 잘 탔다 하여 그의 이름을 따서 붙인 것이라 전한다. 향로에 새겨진 완함은 세 줄로 돼있지만 본래는 네 줄일 거라고 학자들은 추정하고 있다. 지금 이 비파도 세 줄짜리다. 향로 속 완함도 한 줄이 생략된 게 아니라 원래부터 세 줄짜리가 아닐까. 다섯 줄짜리는 있어도 세 줄짜리는 드물다던데. 그는 비파를 보듬고 앉아 이 생각 저 생각으로 호아갔다. 손끝을 모아 울림통으로, 지판으로, 주아로 하염없이 호아들었다.

선재의 집안에는 이 비파만큼이나 오래된 무슨 가락이 전해왔다고 언젠가 아버지가 말했다. 비파의 목을 위로 치켜들고 마루에 앉아 손을 놀리던 선재 아버지가 떠올랐다. 당신의 손에서 탄생한 소리들이 더 이상 들리지 않을 때까지, 움직임을 멈춘 채 움푹 팬 눈으로 허공을 바라보던 분. 그분이 타던 가락이 '빗가락정읍'의 원래 버전일까. 그럴 수도 있겠다 싶었다. 그는 부리나케 비파를 자루에 넣었다. 한쪽에 세워두고 집을 나왔다.

선재네 집 바깥마당을 지나 안마당으로 들어서자 집 안이 환하면서도 아련하게 부셨다. 어머니는 가끔 '키타맨' 집은 왜 그렇게 우중충한지 모르겠다고 푸념하던데 오늘만큼은 완전히 달랐다. 재색기와지붕과 살구꽃이 상충하면서 뿜어내는 기운은 독특했다. 기와지붕이 고독 속으로 몰두하느라 점점 침잠하고 수축하면서 어두워져 가고 있다면 살구꽃은 융기하고 확산하고 커져가느라 발랄하고 생기로 가득했다. 연분홍 살구꽃잎이 웅크린 기와에 살포시 내려앉았다. 기와 속에 있을, 이미 단단하게 굳어버렸을지도 모를 소리들을 끄집어내려는 듯 섬세하게 알랑거렸다. 아닌 게 아니라 금방이라도 소리들이 쏟아질 것 같았다. 과거도 아니고 현재도 아니고, 어쩌면 태초에서나 비롯할 초롱초롱한 소리들이 들려올 것만 같아 그는 귀를 세웠다.

선재 어머니가 보행보조기에 몸을 의지한 채 살구나무를 올려다보고 있었다. 그도 옆에 섰다. 문득 기억 하나가 떠올랐다. 여덟 살 때던가. 노란 살구가 손에 닿을 듯 가까운 가지에서 대롱거렸다. 그는 발 하나를 나무 밑동에 대고 줄기가 갈라지는 곳에 손을 얹으면서 남은 다리를 들어올렸다. 순간 바늘로 찌르는 것 같은 통증이 손등을 훑고 지나갔다. 그는 비명을 지르며 땅바닥으로 나뒹굴었다. 어떻게 알았는지 부엌에 있던 선재 어머니가 쫓아 나왔다. 고래고래 울어쌓는 그를 일으켜 세웠다. 흙과 으깨진 살구로 번덕크려진 옷을 닦아주었다. 쐐기에 쏘여 벌겋게 부풀어 오른 손등에 된장을 바르고 헝겊으로 칭칭 싸매주었다. 통알통알 익은 살구도 양쪽주머니에 불룩하게 넣어주었다. 집으로 들어서자 어머니가 혀를 차며 말했다. "촌스럽기는. 약 바르면 간단한 걸 가지고 된장이 뭐냐, 된장이." 당연했다. 어머니는 그때 보건소에 근무하는 간호사였으니까. 선재 어머니가 손등을 싸매주실 때의 감촉에서 미처 빠져나오지 못한 그는 코를 킁킁거리며 살구를 입에 물었다. "어휴, 구린내. 옷은 또 그게 뭐야, 살구가 입 속으로 들어가?" 어머니가 비웃는데도 그는 살구를 마저 입 속에 넣었다.

나풀나풀 꽃잎이 떨어졌다. 받으려고 손바닥을 펴자 선재 어머니가 잔잔하게 웃으며 마주봤다. 그는 막대기를 찾았다. 아저씨는요?라고 땅바닥에 글자로 썼다. 선재 어머니가 고개를 흔들었다. 그는 썼던 걸 지우고 그 위에 전화번호,라고 썼다. 왼손으로 전화기 모양을 만들어 귀에 댔다. 선재 어머니는 쓸쓸한 표정으로 보행보조기를 밀면서 마당으로 걸어 나갔다. 제대로 알아듣고 고개를 흔들었는지, 무작정 흔들었는지 헷갈렸다. 어떤 때는 알아듣는 것 같고 어떤 때는 그렇지 못하는 것도 같았기 때문이었다.

선재 어머니에게 비파를 돌려드리면 간단하기는 했다. 단박에 알아볼 테니 따로 설명할 필요도 없을 것이다. 그는 고개를 저었다. 선재에게 주고 싶었다. 감격스러워할 얼굴을 보고 싶었다. 선재가 타는 비파 소리를 듣고 싶었다.

어려서는 비파 타는 걸 보려고 선재의 꽁무니를 몰래 따라다니곤 했다. 저녁에 누나와 별을 보러 다니다가 마주친 적도 많았다. 누렁이를 잃은 뒤로는 거의 보지 못했다. 군대에서 휴가 나왔다가 집 앞에서 잠깐 만났는데 잊어버리고 있던 누렁이가 생각나는 바람에 데면데면 인사만 하고 말았다. 선재가 누렁이를 죽였다. 그는 며칠 동안이나 학교도 못 갈 만큼 심하게 앓았다. 선재가 무서웠고 원망스러웠다. 원망은 평생 갈 것처럼 굳건했다. 엄마는 사랑에는 사랑이 약이라며 강아지를 데려왔다. 여름이라 이름도 지어줬다. 여름이 덕에, 평생 갈 거라 믿었던 원망은 겨우 몇 달 만에 끝나버렸지만 누렁이를 생각하면 온통 흰 창뿐이던 선재의 눈도 함께 떠오르곤 했다.

어머니 말대로 '아빠 콧수염'처럼 드물게, 얼굴을 확인할 겨를도 주지 않고 왔다가버린다는 사람을 어느 세월에 기다린단 말인가. 찾아야 했다. 찾는 게 빠를 것 같았다. 그는 가물가물 떠오르는 영규 아저씨를 기억하려 애쓰며 선재네 안마당을 나왔다. 둘이 동갑이라고 들었다. 선재의 연락처를 알겠지 싶었다. 그리로 향하던 그는 우뚝 섰다. 혼자 남은 아버지를 자기 집에서 가까운 요양원으로 모셨다고, 얼마 전에 어머니가 전했다. 우리 동네도 빈집이 생기네. 걱정하던 말도 생각났다. 어쩐지. 그는 선 채로 생각에 골몰했다. 무심코 마을 앞을 건너다봤다. 전에는 목장이었던 곳, 빨간 흙이 번들거리는 밭이 보였다. 그래, 서은하 선생님이 있었지. 그는 회심의 미소를 지었다. 김동민도 떠올랐다. 참, 서은하 선생도 여기 안 산다고 들었다. 몇 년 전에 어머니가 돌아가시고 나서 집도 다른 사람에게 팔았다던데 김동민이 알는지 모르겠

다. 그는 집으로 왔다. 비파를 다락방에서 자기 방으로 가져
왔다가 다시 밖으로 들고 나갔다.

"그게 뭐냐."

그는 차문을 열다 말고 뒤돌아다봤다. 아버지였다.

"비파요."

"키타?"

"비파요, 선재 아저씨가 타던 거요."

"선재라면…… 비파, 그 비파? 아니 그것을 왜 네가 갖고
있어?"

아버지가 이상하면서도 놀랍다는 듯 물었다.

"오래전에, 아저씨 아버지가 돌아가셨을 때요. 그때 저한
테 주셨잖아요, 아버지가. 여직 다락방에 있더라고요. 기억
안 나세요?"

그는 비파를 뒷자리에 놓았다. 문을 닫으려는데 아버지가
주춤주춤 다가왔다. 차 안으로 상체를 깊숙이 수그리고 자루
를 풀었다. 비파를 엎었다 뒤집었다 하며 살폈다. 고개까지
사뭇 갸우뚱거렸다.

"글쎄다, 하도 오래돼놔서 기억이 잘…… 그냥 키탄 줄 알
고 놔뒀던 거야. 너한테 얘기를 한다면서도 잊어버리고 말았
는데, 비파였구나. 헌데 선재는, 우리 집에 비파가 있는 걸 선
재도 알아?"

세세하게 살필 때처럼 물음도 신중했다. 너무 신중해서 목소리마저 매칼없이 흔들렸다. 그는 아버지를 바라다보다 차문을 닫고 키를 잠갔다.

"모를 걸요. 알았다면 진작 달라고 했겠죠. 얼마나 찾았는데…… 줄도 다 삭았어요. 올라가면서 악기점에 맡기려고요. 근데 아저씬 요새도 집에 자주 안 오는 모양이죠, 할머니도 고개만 흔드시던데?"

"낸들 알겠냐."

아버지가 이번에는 약간 어둡고 퉁명스럽게 대꾸했다. 선재네를 흘끔 쳐다보다 집으로 들어갔다. 그는 아버지와 선재네를 번갈아보며 눈을 껌벅거렸다.

3

집을 나서자마자 비파 소리가 끊어졌다. 소리를 따라가던 어린 무진은 선재네 안마당으로 들어서다 마침 나오던 아버지와 마주쳤다. 웬 자루를 건네며 집에 갖다 두라고 하였다. 그는 영문을 모르는 채 그것을 받아 안고 분주하게 오가는 사람들을 쳐다봤다. 갑자기 선재 어머니가 소리를 질렀다. 밤중에 대밭에서 울던 부엉이소리처럼 날카롭고 음산했다. 그는 겁에 질려 돌아 나왔다.

자루를 겨우 안아 들고 집으로 왔다. 거실 한쪽에 세웠다가 다락방으로 가지고 올라갔다. 뜻밖에도 비파였다. 그는 선재가 하던 대로 앉아 비파를 무릎에 올렸다. 울림통이 너무 커 손가락이 제대로 줄에 닿지 않았다. 가까스로 한 줄을 퉁기는데 선재 어머니가 또 소리를 질렀다. 비파 소리까지 잡아먹었다. 그는 팽개치듯 방바닥에 비파를 내려놨다. 손바닥으로 양쪽 귀를 막았다. 손가락을 쑤셔 넣고 막아도 비명은 고막을 뚫고 들어와 머릿속을 휘저었다.

선재네 안마당에 천막이 쳐졌다. 사람들이 천막 아래에 앉아 술을 마시거나 밥을 먹었다. 선재는 침울하면서도 번들거리는 눈빛으로 서있다, 대청으로 올라오는 사람들과 맞절을 하고 일어나 두 손을 마주잡곤 했다. 선재 어머니가 이따금 의미를 알 수 없는 소리로 울부짖고 누이와 매형들은 말없이 부엌과 마당을 오갔다.

요령 소리가 첫눈과 함께 시린 들판을 떠돌았다. 그는 쓸쓸하게 떠나는 상여를 따라가다 펄럭이는 만장을 뒤로하고 학교로 갔다. 수업시간도 애들과 노는 것도, 점심시간도 재미없었다. 선재네를 오가던 사람들과 아버지가 건네주던 비파, 선재 어머니가 지르던 소리와 들판을 떠돌던 상여소리와 만장들만이 하루 종일 곁을 맴돌았다. 그는 선재 아버지의 얼굴을 기억하려고 애썼다. 몇 번 밖에 본 적이 없는 얼굴은 선명하게 떠오르지 않았고, 이제는 마주칠 기회마저 사라져버렸다는 사실에 마냥 혼란스러웠다.

학교에서 돌아오자마자 선재와 맞닥뜨렸다. 번새번새 눈동자를 휘둥글리며 이곳저곳 나돌아 다니고 있었다. 내놔. 내놓으란 말이야, 소리를 질러댔다. 낯설고 무서워 오금이 저리는데도 마을 사람들은 힐끔힐끔 내다만 볼 뿐 누구 하나 말리려 들지 않았다. 그는 누렁이 목에서 책가방을 내렸다. 목걸이를 개집 앞 고리에 걸어두고 다락방으로 뛰어올라갔다. 비파를 안은 채 한숨을 쉬었다. 지난여름방학 내내 사내라고 조르던 일이 떠올랐다. 아버지는 비파 대신 기타를 들고 왔다. 그 기타는 어디 있을까. 엄마는 왜 선재를 맨날 '키타맨'이라 부를까. 비파와 기타도 구분 못하나. 그는 갖고 싶은 마음과 돌려줘야 한다는 마음 사이에서 갈등했다. 마냥 뭉그댔다.

누렁이가 요란하게 으르렁대는 소리가 들렸다. 쪽창문으로 내다보니 선재가 몽둥이로 누렁이를 패고 있었다. 그는 허둥지둥 밖으로 나갔다. 선재의 눈에는 온통 핏발이 서있었다. 눈동자도 저 혼자 날뛸 수 있다는 게 믿기지 않았다. 그는 몸이 굳어버렸다. 소리도 나오지 않았다. 선재가 다시 누렁이를 패기 시작해도 누렁아, 누렁아 겨우 중얼거렸다. 언제 왔는지 예쁜 누나가 서있었다. 누나도 넋이 빠진 듯했다. 선재가 팔을 잡아당기는지도 모르는 것 같았다. 자기가 선재를 뿌리치면서 누렁이 앞을 막고 선 것도, 선재의 눈을 노려보는지도.

갑자기 누나의 얼굴이 하얘졌다. 선재가 누나를 밀었다. 누나가 선재의 팔을 잡았다. 잡는가 싶더니 중심을 잃었다. 그는 화들짝 놀라면서 자기 품으로 쓰러지는 누나를 부둥켜안았다. 냄새가 확, 끼쳤다. 샴푸 냄새였다. 화장품 냄새였다. 살 냄새였다. 그것들이 모조리 섞여 나는 냄새는 어지러웠다. 웬 낯선 아저씨가 누나를 자기에게서 떼어냈다. 안듯이 돌아섰다. 그는 다락방으로 뛰어올라갔다. 막상 비파를 안았지만 다리가 후들거려 움직일 수가 없었다.

아무 소리도 들리지 않았다. 그는 쪽창문으로 고개를 내밀다 말고 다급하게 내려갔다. 누렁이 혼자 땅바닥에 널브러져 있었다. 온통 피투성이였다. 눈도 뜨지 못한 채 할딱거리더니 금세 조용해졌다. 그는 누렁이를 껴안았다. 누렁아, 누렁아 불렀다. 굵은 눈물방울이 누렁이 머리통에 떨어졌다. 살아 있다면 대가리를 흔들어 털어냈을 텐데 꿈쩍도 하지 않았다. 악을 썼다. 철푸덕 주저앉아 두 다리를 뻗대었다. 선재 어머니가 나왔다. 뒤뚱거리며 외발리어카에 누렁이를 실었다. 그는 어리둥절해져서 울음을 멈췄다. 하는 양을 보고 있자니 선재 어머니가 리어카를 한쪽에 밀어두고 자기한테로 왔다. 두 팔로 어깨를 들어 일으켰다. 눈물을 닦아주고 흙으로 범벅된 옷을 털어주었다. 그는 선재 어머니에게 이끌려 집으로 왔다. 다락방으로 기어 올라갔다. 비파 옆에 씨르듬히 누웠다. 누렁이를 더 이상 볼 수 없어서 슬펐다. 누렁이한테 새 이름을 지어주지 못해서 안타까웠다. 근사한 이름을 지어주려고 했다. 누렁이라는 이름은 너무 흔해서였다. 겨울이라 부를까 봄이라 부를까 고민하던 중이었다. 왜냐면 누렁이는 이월 이일에 태어났는데, 이월 이일은 입춘이 되기 전이니까 겨울이라고, 오유진이 계속 우기는 바람에 종잡을 수 없어졌기 때문이었다. 그냥 봄이라고 할 걸. 그리 생각하자 더 서러웠다.

퇴근해온 아버지가 외발리어카를 끌고 밭으로 갔다. 그도 울면서 따라갔다. 아버지가 리어카를 세우고 한쪽에 구덩이를 팠다. 구덩이에 누렁이를 쏟고 흙으로 다시 메웠다. 그는 누렁이 대신 리어카를 타고 집으로 돌아왔다. 겨우 다락방으로 올라갔다. 쪽창문을 열었다. 누렁이가 묻혔을 밭 한쪽이 붉그죽죽했다. 하지만 금세 어둑어둑해지고 아무것도 구별할 수가 없게 되어버렸다.

뿌리 뽑힌 노래

1

　마을을 벗어나 얼마쯤 지나자 눈이 쏟아지기 시작했다. 이선재는 요강바우재에서 걸음을 멈추고, 자신의 목적지인 양저수지로 빠져드는 눈송이들을 우두커니 바라다봤다. 나는 지금 어디로 가고 있지? 궁금했다. 아무리 생각해봐도 목적지 같은 건 따로 없었다. 그는 자기가 걸어온 길을 내려다봤다. 집은 불과 이삼 킬로미터밖에 떨어져 있지 않은데도 멀었다. 시간 저쪽에 있는 것처럼 아득했다.

　그는 어느새 길어진 그림자를 밟고 섰다. 몸에 닿는 바람기온도 싸늘해졌다. 드문드문 지나가는 차들이 경적을 울리고, 시내버스가 앞에 섰다 가기도 했다. 사위가 어둑해질 무렵 자그마한 시가지에 당도했다. 그는 그곳을 지나쳐갔다. 걸으면서 옷을 턱까지 올리거나 두 손에 입김을 불어넣었다.

고만고만한 마을들을 지나자 가로등도 사라졌다. 움직이는 건 눈발과 가끔씩 지나치는 자동차들뿐이었다. 멀리서부터 다가오는 불빛을 향해 걷다가 불빛들이 사라지고 나면 또 멀리서부터 다가오는 빛을 향해 걸었다. 걷다가 미끄러지고 일어나려다 엉덩방아를 찧었다. 오르막길을 숨 가쁘게 올라가고 나면 내리막길이고, 미끄러지면서 내려가면 어느새 고갯길로 이어졌다. 그는 멈춰 서서 바짓가랑이를 뭉뚱그려 양말 속으로 욱여넣었다.

언제 눈이 그쳤는지 하늘에 별들이 부스스했다. 북극성은 아스라이 멀고 오리온도 겨우 확인할 수 있을 정도로 희미했다. 그는 하늘을 올려다보며 걸었다. 걸음은 이내 불안해졌다. 별을 보면서 동시에 땅을 딛고 걷기란 도무지 쉬운 일이 아니었다.

2

저녁북새는 까무러치게도 붉었다. 오랜만에 마루로 나앉은 아버지 입가에 일그러진 미소가 번졌다. 추우니 그만 들어가시자고 해도 말없이 저녁하늘을 올려다봤다. 언제부턴가 한 곳만을 응시했다. 선재도 아버지 옆에 앉아 아버지와 같은 곳을 바라다봤다. 놀이 희미해지자 나그네별이 또렷해졌다. 그 별이 지도록 아버지는 마루기둥에 기대앉아 있었다. 그는 방으로 들어가 비파를 가지고 나왔다. 아버지가 고개를 흔들면서 앉은걸음으로 방으로 들어갔다. 그도 따라 들어갔다. 위태롭게 자리에 누운 아버지가 뭐라고 하였다. 그는 아버지 입에 귀를 가까이 댔다. 그, 그것 좀……. 방에는 옛날 책 몇 권과 붓과 종이와 벼루와 먹뿐이었다. 기력도 없는 분이 설마 그것들을 달라고 하실까. 아버지가 다시 뭐라고 했지만 더 이상 알아들을 수 없었다.

그는 아버지 머리맡에 좌정했다. 아버지 눈을 이토록 가까이에서 보기는 오랜만이었다. 세월이 깃들고 고뇌가 서린 눈 속은 깊고 멀었다. 벌써 여기를 벗어나 다른 곳으로 가고 있는 듯했다. 애젖한 마음 가눌 길 없었다. 그는 비파를 안았다. 숨을 쉬는지 안 쉬는지 분간할 수 없는 코와 벌어진 채 말라가는 입술과 아주 가끔씩 오르락내리락하는 아버지 가슴을 향해, 비파의 맨 아랫줄에 손가락을 대고 조용히 퉁겼다. 고요하기만 한 공간으로 소리가 퍼졌다. 아버지가 눈을 감은 채로 손을 까딱까딱했다. 그는 두 번째 줄을 퉁겼다. 세 번째 줄을 퉁긴 다음, 아버지가 가끔씩 타면서 흥얼거리던 노래를 탔다. '청석령 지내거다 초하구 어디메오. 호풍도 차도 찰 사 구진 비는 무엄일고. 뉘라서 내 행색 그려내어 님 계신 데 드리리⋯⋯.'[4] 노래는 못하고 가락만 탔다. 아버지 손이 속절없이 흔들렸다. 그는 타던 걸 멈추고 차고 마른 아버지 손을 잡아 자기 볼에 갖다 댔다. 이내 축 처졌다. 그는 이불 속에 아버지 손을 넣고 다시 비파를 안았다.

아버지 앞에서 '아버지의 노래'를 타기 시작했다. 떨리는 손가락으로 가만가만 비파 줄을 누르고 퉁겼다. 채 몇 마디 타지 않았는데 아버지가 또 손을 까딱거렸다. 그는 헛기침을 한 번 하고 계속해서 손가락을 놀렸다. 아버지가 손을 흔들었다. 그도 떨리는 손가락으로 노래를 이어나갔다.

아버지는 이 노래를 할아버지에게서 배웠다고 했다. "할아버지는 누구한테서 배우셨어요?" 어린 그가 여쭈었다. "그야 증조할아버지에게서 배우셨겄제." 아버지가 대답했다. "그럼 증조할아버지는요?" 그가 다시 여쭙자 "허허, 고조할아버지에게서 배우셨을 거고." 했다. "그럼 맨 처음에는 누가 탔어요?" 그는 또 여쭈었다. "글쎄다. 누굴꼬? 애비 생각에는 요놈이 알 것 같구나. 요놈만이 제가 온 곳이 어딘지 알 테니." 비파 소리를 앞서가듯 아버지 목소리가 멀게 들렸다. "아빠,

---

4) 남창가곡 초수대엽 <청석령>, 이동규 편, 한국정가집, 은하출판사, 2005, p.38~39에서 인용

비파에서 아빠 냄새가 나요. 할아버지 냄새도 나고 증조할아버지 냄새도 나는 것 같아요. 여기서요.” 그는 울림통으로 얼굴을 바짝 대고 흠흠, 냄새를 맡으며 재재거렸다. 아버지가 그의 머리칼을 쓰다듬으며 빙긋이 웃었다.

아버지 숨이 거칠어졌다. 그는 노래를 멈추었다. 아버지가 손을 까불자 다시 아버지의 노래를 탔다. 아버지가 갑자기 눈을 치켜뜨면서 입을 벌렸다. 불안해보였다. 그가 타는 노래도 불안하게 흔들렸다. 두려웠다. 노래도 두려움에 짓떨었다.

어머니가 약과 물을 가지고 들어왔다. 비파를 타는 그에게 손사래를 쳤다. 간절히 애원하는 눈으로 바라다보며 아버지 곁에 앉았다. 그는 계속 노래를 탔다. 어머니가 아버지를 일으켜 앉히고 약을 건넸다. 그는 화가 났다. 노래도 화를 내듯 날카롭게 떨었다. 아버지가 입을 다문 채 도리질했다. 그는 노래를 멈췄다. 몇 차례 더 드시기를 어르던 어머니가 아버지를 도로 눕혔다. 그도 다시 노래를 탔다. 어머니가 비파의 목을 잡았다. 그는 노래를 탔다. 어머니가 답답하다는 듯 아버지와 그를 번갈아봤다. 그는 계속 노래를 탔다. 어머니가 아버지 손을 잡아 당신의 볼에 댔다. 그는 노래를 탔다. 아버지의 숨이 조금씩 잦아들었다. 그는 노래를 탔다. 아버지의 숨이 점점 희미해져 갔다. 그는 노래를 탔다. 아버지가 숨을 몰아쉬었다. 그는 노래를 탔다. 아버지 손을 그러쥐고 앉아 있던 어머니도 숨을 몰아쉬었다. 그는 노래를 탔다. 아버지가 숨을 멈췄다가 한참만에야 푸, 뱉어냈다. 함께 숨을 몰아쉬던 어머니도 멈췄다가 푸, 뱉었다. 그도 숨을 멈췄다가 푸, 노래에 쏟았다. 아버지가 입을 크게 벌려 숨을 한꺼번에, 깊게 몰아쉬었다, 어머니도 몰아쉬었다, 그도, 자기도 모르게 노래를 멈추고, 숨을 양껏 몰아쉬었다.

아버지가 숨을 뱉었다. 당신의 몸속에 든 숨을 모두 짜내듯, 이승의 것들을 다 버리고 가겠다는 듯 푸…… 길게 뱉어냈다.

별안간 방 안이 고요해졌다. 시계의 초침 소리도 들리지 않았다. 어떤 움직임도 감지되지 않았다. 그러다 어느 순간 텅…… 아버지가 당신의 손을 어머니 손에서 떼어내더니 더 르르, 천둥소리를 내며 방바닥으로 떨어뜨렸다.

그는 천둥소리로 비파를 탔다. '아버지의 노래'로 적막을 휘저었다. 잘라내듯 쳤다. 적막은 동강나지 않았다. 쉬 부서지지 않았다. 어머니가 소리를 질렀다. 비파를 잡아당겼다. 그는 어머니의 비명을 '아버지의 노래'에 모조리 쑤셔 넣었다. 어머니가 팔을 붙잡아도 오로지 아버지의 노래로 적막을 찢었다. 치고, 찢어발겼다.

찢어발긴 새벽 속으로 마을 사람들이 들이닥쳤다. 회청색 하늘이 꾸물꾸물 뒤따라 들어왔다. 밖에서 누군가가 "복復!"

외쳤다. 그제야 그는 '아버지의 노래'를 새로 타기 시작했다. 회청색 하늘을 향해, 두세두세 떠들어대는 사람들을 향해 비파 줄을 누르고 뜯고 퉁겼다. 누군가가 비파 목을 잡아당겼다. 그는 부둥켜안았다. 어깨를 웅크리고 아버지의 노래를 탔다. 몇몇이 소리를 질렀다. 누군가 자기에게로 다가왔다. 다른 누군가는 앞에 버티고 섰다. 서로 욕설을 퍼부었다. 삿대질까지 했다. 또 다른 사람이 달려들었다. 기어이 비파를 낚아채갔다. 가슴이 텅 비어버렸다. 빈 가슴으로 눈물이 쏟아졌다. 그는 눈물로 가슴팍을 눌렀다. 퉁기고 비볐다. 아버지의 노래가 갈비뼈를 타고 하염없이 흘러내렸다.

찾아야 했다. 비파는 아버지 것이었으므로 아버지와 함께 묻어줘야 했다. 그러나 누구도 소재를 말해주지 않았다. 그는 아버지를 홀로 보내고 말았다. 그것이 견딜 수 없었다. 다음 날도 그 다음 날도 그는 비파를 찾았다. 내놔! 내놓으라고 새끼들아, 소리를 지르며 고샅을 헤대었다. 아무 집이나 문을 열고 들어가 아무 곳이나 신발을 신은 채로 뒤지고 다녔다.

마을 사람들이 슬금슬금 피했다. 개들이 짖어댔다. 옆집 누렁이까지 문 앞에서 날뛰었다. 그는 누렁이를 발로 걷어찼다. 놈도 지랄발광을 하며 덤벼들었다. 정강이를 물었다. 그는 상처를 싸쥐고 펄쩍펄쩍 뛰었다. 몽둥이를 찾아들었다. 놈에게 휘둘렀다. 무진이 누렁이를 막고 나섰다. 문득 은하가 보였다. 낯선 남자가 옆에 서있었다. '연락이 안 된다더니 저놈을 만나느라 그랬군. 지난번에 억지로 문을 열어준 것도 저놈과의 관계가 들킬까 봐 불안했던 거야. 내가 보낸 편지들을 읽지도 않고 방바닥에 던져놨던 것도 나와 끝장내고 싶어서였겠지. 내가 자기를 폭행이라도 한 것처럼 사지를 늘어뜨리고 울었던 것도, 저놈에게 양심의 가책을 느꼈기 때문이었어. 그렇다고 어떻게, 어떻게 여기까지 데려올 수 있지. 보란 듯이 일부러? 오기로?' 그는 눈을 부라렸다. 몽둥이를 휘둘렀다. 앞을 막아서는 그녀를 밀쳤다. 누렁이의 대가리를 쳤다. 있는 힘을 다해 난타했다.

마을 앞 모정을 지나쳐올 때 택시 한 대가 마을로 들어갔다. 얼마 지나지 않아 되돌아 나왔다. 뒷자리에 그녀와 그놈이 앉아있었다. 놈의 어깨에 머리를 기댄 그녀는 세상에서 가장 행복해보였다. 그는 침을 뱉었다. 택시를 향해 악을 써대며 침을 내뱉었다.

3

잠에서 덜 깬 얼굴로 주현이 문을 열었다. 놀란 듯 부리부리한 눈을 치켜떴다. 선재는 주현을 밀치고 절뚝절뚝 안으로 들어갔다. 방에 들어서자마자 널브러졌다.

　자는 둥 마는 둥 하다 눈을 떴을 땐 밖에 나갔는지 주현이 보이지 않았다. 그제야 어머니가 걱정됐다. 집에 전화해볼까, 이장 댁에 연락하면 알 수 있을까. 전화기를 들었지만, 은하는? 하는 데 생각이 미치자 전화할 마음이 싹 가시고 말았다. 가랑이마저 욱신거렸다. 다리가 제대로 올라가지 않고 발도 퉁퉁 부어있었다. 누렁이한테 물린 정강이는 피떡이 진 채로 바지자락에 엉겨 붙어있고, 목소리마저 제대로 나오지 않았다. 그는 전화기를 몇 번이나 들었다 놨다 들었다 놨다 하다가 내려놓고 도로 누웠다. 수많은 생각들이 와글거렸다. 저들끼리 앙알거리면서 헝클어졌다. 사라지는 듯 흐트러지다 다시 모여 앙알거리며 엉키고 바글거리다 사라졌다. 그러기를 수도 없이 반복했다.

　문이 열리는가 싶더니 주현이 찬바람과 함께 방으로 들어왔다. 옷걸이에 외투를 벗어 걸면서 말했다.

　"좀 어떠냐? 어머니는 괜찮으시더라. 한데 무진이가 누구야. 그 애가 앓아누웠다고, 옆집 아주머니가 열을 내던데?"

　그는 뚱뚱 부은 손을 들어 머리칼을 훔쳤다. 주현이 설마 집까지 다녀오지는 않았을 테지 싶으면서도 충분히 그러고도 남을 놈이라는 생각이 들었다. 그는 일어나 앉았다.

　"무슨 일인가 궁금하잖아. 남과 싸울 놈은 아니고, 그 모양으로 누굴 만났을 것 같지도 않고. 이장한테 옆집 전화번호를 물어봤지. 도대체 무슨 일이야?"

그제야 그는 한숨 쉬듯 대답했다.

"그 집, 누렁이를, 흠, 팼어. 아마 죽었을 거야. 흠 흠."

소리가 나오지 않아 몇 번이나 목소리를 가다듬어야 했다.

"옷에 묻은 피가 그럼?"

"흠, 그렇게 됐어. 말하자면 길고 복잡해."

다시 목을 가다듬으며 대답했다. 그는 주현이 들고 온 비닐봉지에서 소주병을 꺼내 마개를 땄다. 한 잔을 마셨다. 벽에 기대었다. 며칠간의 일들이 한꺼번에 소용돌이치더니 어느 순간 놓여났다. 해방이구나, 싶었다.

"너한테 우리 아버지 얘길 했던가. 흠, 왜 한쪽 다리가 없는지 말했던가."

그는 생각나는 대로 불쑥 토했다. 입안에 술을 털어 넣었다.

"사고로 그리 되셨다면서. 다른 얘기는 못 들은 것 같은데?"

주현이 오징어를 찢으며 대답했다. 기분이 조금 누그러졌다. 정말 해방감일까. 그는 그 말을 곱씹듯 오징어를 씹었다. 자기도 미처 알아채지 못한 감정이었다. 한데도 아까부터 빈번하게 찾아드는 것은 의식 깊은 곳에 잠재되어 있었다는 말일 것이다. 술 때문인가. 아니면 따뜻한 방에 있어서 몸도 마음도 풀어져 그런가. 그는 어리어리한 기분으로 주현을 봤다.

"예전에, 내가 어렸을 때 우리 아버지는 전신주를 세우러 다니셨어."

아무렇지도 않은 척 이야기를 시작했다. 눈을 감고 벽에 기대어 앉았다. 몇 번이고 긴 숨을 쉬다 그는 말을 이었다.

"가을 일이 끝나면 딱히 할 일이 없던 시절이었으니까. 마을 사람들 몇이서 함께 다니셨는데 반장을 하셨대. 나가면 대개 며칠씩 있다 오셨지. 흠, 내가 고등학교 일학년 때였나. 같이 간 사람들은 다 왔는데 아버지만 안 오시는 거야. 사람들은 말을 안 하더라고. 뭔가를 숨기는 것처럼 서로 눈치를 보면서도 우리한테는 입을 다물어버리는 거야. 거의 일 년이 다 되어 돌아오셨지. 한쪽 다리가 잘려나간 채로…… 오셨더라고."

"아니 어떻게 그런 일이 생기냐."

주현이 우락부락한 두 눈을 눈썹까지 닿을 듯이 치켜뜨며 중얼거렸다.

"처음엔 아버지가 살아 돌아오신 게 무척이나 고마웠어. 어디에서 무슨 고초를 겪었건 오셨으니까. 한데 말이지, 어느 날부턴가 낯선 사람이 집 주변을 배회하는 거야. 나중에는 집으로까지 들어오데. 마루에 앉아서는 빈정 상할 정도로, 사막스럽게 아버지를 훑어보면서 잘 지내나 궁금해서 왔다고. 그런 꼴로 설마 밖에 나가 주둥이를 놀리지는 않았겠지, 희롱에 공갈까지 하더라고. 보다 못한 엄마가 소리를 지르셨지. 나가라고, 당장 나가라고. 한참 동안 나가라, 못 나간다, 실랑이를 하던 중에 갑자기 그 사람이 엄마를 떠밀어버렸어. 돌부리에 머리를 부딪히고 의식을 잃으셨는데, 며칠 만에 깨어나긴 했지만 그때부터 말을 못 하시데."

그는 다시 술잔을 들었다. 이놈의 미친 세상, 말하는 주현의 잔에 부딪쳤다.

"아버지는 몇 달 동안 꼼짝도 않고 사랑방에 계셨어. 붓글씨를 쓰거나 그림을 그리거나 비파를 타셨지. 그러다 어느 날 비파만 달랑 들고 나가시더라. 대입원서를 쓸 무렵에 홀연히 돌아오셨어. 사실 난 대학이고 뭐고 하루라도 빨리 집에서 벗어나고 싶었지. 졸업만 기다리고 있는 중이었거든."

돌아온 아버지는 평소처럼 사랑방으로 들어갔다. 사랑방에서는 가끔 비파 소리가 들리고 어떤 때는 먹 가는 소리도 들렸다. 그가 동민이랑 밤 내 돌아다니다 온몸에 새벽이슬을 묻히고 안마당으로 들어서면 아버지는 사랑방 문틀에 기대어 앉아 멀뚱멀뚱 쳐다보곤 했다. 이미 예전의 아버지가 아니었다. 외모는 물론 목소리와 말투도 거칠고 험해졌다. 수전증에 걸린 사람처럼 손을 심하게 떨었고 그 손으로 뭉툭해진 다리를 쓸고는 했다. 불안해하는 눈빛으로 사방을 두리번거리거나 말하다 말고 귀를 곤두세웠다.

그런 어느 날, 지금 그가 주현에게 쏟아내듯 아버지가 당신의 이야기를 풀어내기 시작했다.

여느 날과 마찬가지로 마을 사람들과 전신주를 세운 뒤 아버지는 회사에서 정해준 여인숙에 투숙했다. 방바닥은 따끈했지만 사람들은 피곤할 텐데도 쉽게 잠을 자려 하지 않았다. 낮부터 노임 문제로 소란을 피운 뒤라 함바집에서도 시끄러웠고 숙소에 와서도 마찬가지였다. 회사에서는 노임을 계속 미루고 있었다. 명색이 반장인 아버지가 현장소장에게 여러 번 건의했지만 소장은 소장대로 회사 사정만 말할 뿐이었다. 그날은 아버지도 취했다. 안 마시고는 잠이 올 것 같지 않아서였다. 어찌어찌 잠이 들었는데 방바닥에서 찬 기운이 올라와 일어나고 말았다. 연탄불이 꺼진 모양이라고 여긴 아버지는 밖으로 나갔다. 아궁이 속이 환했다. 혹시나 싶어 뚜껑을 열어봤더니 연탄은 없고 대신 촛불만 타고 있었다. 여인숙 주인을 불렀다. 주인이 짜증을 부리며 불을 켜고 문을 열었다. 아버지는 조용히 말했다. 화덕에 연탄 넣어요. 주인은 조금 전에야 뺐다고, 잘만 하지 않느냐며 오히려 반문했다. 아버지가 재차 얼른 연탄불 넣어요, 하자 주인이 다짜고짜 아버지의 멱살을 잡으며 소리를 질렀다. 노가다 품팔아먹는 주제에 지금 얻다 대고 큰소리야. 아버지는 주인을 밀며 다시 말했다. 연탄 넣어요, 좋게 말할 때. 잡힌 옷자락을 뿌리치고 뒤돌아서자 주인이 주먹으로 아버지의 등을 쳤다. 두 사람은 이

내 엉겨 붙었다. 사람들이 밖으로 나왔을 때는 아버지가 주인을 깔고 앉아 멱살을 잡은 채 연탄 넣어. 연탄 넣으라고, 두런거릴 때였다. 주인의 얼굴은 코피로 범벅이 되고, 아버지는 이성을 잃고 있었다. 누가 신고했는지 경찰이 들이닥쳤다. 거기 있던 사람들 모두 끌려갔다. 일의 전말을 알지 못하는 사람들은 그때껏 취한 목소리로 횡설수설했다. 조서는 쉽게 꾸며졌고 여인숙 주인과 사람들은 훈방되었으며 아버지는 어딘가로 끌려갔다.

"한 마리 짐승이었다고 하시더라."

그는 심드렁한 어조로 말했다.

"아버지는 날마다 죽을지도 모른다는 공포에 떠셨대. 채찍을 맞아 온몸은 붉으락푸르락, 하루도 멀쩡한 날이 없었고 발마저 얼어서 썩어갔대. 병원에 데려다 달라고 사정했지만 결국 자를 수밖에 없었다는 거야. 몇 달 만에 퇴소를 하고도 집으로 오실 수 없었겠지. 그냥 여기저기 떠돌아다니셨대. 행려병자처럼 아무 데고, 무작정."

더 이상 말을 잇지 못했다. 그때 처음으로 그는 아버지의 눈물을 봤다. 처음으로 그토록 많은 말을 하는 걸 들었다. 처음으로 아버지가 두려움과 공포에 떠는 모습을 봤다.

주현의 얼굴이 일그러졌다. 그는 그런 주현을 물끄러미 건너다보다 잔을 들었다. 술이 들어갈수록 정신은 말짱해졌다.

"아버지가 정치외교학을 공부하라고 명령하듯이 말씀하실 때서야, 난 마을 사람들이 아버지 어머니를 향해 수군거렸던 게 이해가 되었지. 그 사람들은 아마 나한테까지도 그랬을 거야. 정말이지 대학이고 뭐고 당장 집어치우고 나가버리고 싶더라고. 집에 있는 게 끔찍하게 싫어지더라고. 아무튼 난 내가 생각하고 있던 걸 아버지가 용케도 아시는구나 싶었지. 하긴 아버지도 내가 어떤 심정이라는 걸 알고 계셨겠지. 하지만, 너도 알다시피 난 떠날 수 없었어."

"그랬구나. 가끔 널 원망했었어. 내 나름대로는 너를 가장 친한 친구라 자부하고 있었는데, 넌 아닌 모양이더라고. 그런 일이 있어서였구나. 미안하다야, 사과할게."

"나도 삼학년 말에 가서 실상을 알았어. 대학에 가서는 굳이 다시 꺼내고 싶지 않았고…… 아버지 어머니를 눈앞에서 날마다 보고 살아야 하는 심정은 누구도 모를 거다. 난 우리 부모가 병신이 아니던 때를 기억하지 못해. 내 머릿속에는 오직 병신인 아버지와 엄마밖에 없어. 부모님한테 병신이라고 해서 죄송한데, 병신은 병신이니까. 엄마와는 소통이 제대로 되지 않아 나는 자주 화를 냈어. 그럴 때마다 넋을 잃고 앉아 계시는 엄마를 보면 정말이지 미칠 것 같았어."

불현듯 스스로가 뇌꼴스럽고, 지금껏 덤벙덤벙 살아온 것 같은 자신에게 화가 치밀어 올랐다. 그는 주현에게 그런 심정을 들킬까 봐 얼른 술을 들이켰다.

"후우, 비파를 잃어버렸어. 아무리 찾아도 없어. 어제도 비파 찾으러 돌아다니다가 개를 패가지고…… 어떡해야 할지 모르겠다. 아버지와 함께 묻어주려고 했는데. 아버지 분신이었는데."

"그러게…… 도대체 세상이 어떻게 되려고 이 모양인지 모르겠다. 이제는 한 동네서 피붙이처럼 사는 사람들마저도 원수로 만들고 있으니."

주현답지 않게 조심스런 말투였다. 연애를 하고 있어서 그런가. 그는 문득 기운이 빠졌다.

"전에는 그런대로 지내왔는데 이젠 좀 다른 마음이 들어. 개를 팰 때 실제로 누군가를 죽이고 싶은 마음이 들더라고."

그는 혼잣소린 듯 중얼거렸다.

"나라도 그랬겠다. 한데 공부는 계속해야지. 여기서 포기하기엔 너무 아깝잖아."

"이제 아버지도 안 계시는데 뭐."

마치 아버지 때문에 외무고시를 준비해왔던 것처럼 그는 시무룩하게 대답했다. 사실 아버지 때문이었다. 아버지 어머니에게서 벗어날 길은 집에서 떠나는 거라고 생각했다. 이왕 떠나려면 아주 멀리 가고 싶었다. 명분도 좋으면 더할 나위 없겠다고 생각했다. 아버지도 그걸 원했을 테니까. 공부를 더 이상 하고 싶지 않은 이유 또한 아버지 때문이었다. 정확하게 말해 아버지의 과거 때문이었다. 물큰 분노가 치밀어 올랐다. 그는 주먹으로 눈두덩을 눌렀다.

아버지는 지난봄에 거의 안 가다시피 하던 마을회관엘 다녀왔다. 그 뒤로 몸살을 앓았고 다시는 일어나지 못했다. 어쩌면 그것은 피상적인 이유인지도 모른다. 회관에 간 아버지가 우리 선재가 외무고시 일차 시험에 통과했다며 슬며시 말을 꺼냈을 때 그중 한 사람이 누구는 교수가 됐다고 하더라는 소식을 전했다. 그것을 시작으로 너도나도 다투어 누구 아들은 은행장이 됐네, 누구 딸은 유학 가서 박사학위를 받았네, 누구 동생은 이번에 도청 사무관이 돼서 동네에 한턱 낼 거라네, 하면서 아버지 말을 막아버렸다. 다른 누군가는 일이 차는 몰라도 삼차까지는 쉽지 않을 걸, 하고 묘한 여운을 남기기까지 한 모양이었다. 아버지가 혼잣소리로 두런거리는 바람에 알게 된 일이었다. 그러게 회관에는 뭐 하러 갔느냐며 어머니가 손짓으로 말하자 "지나온 세월이 얼만디…… 인자 녹을 때도 되았지." 아버지가 말했다. 그는 아버지를 향해 소리 질렀다. "녹긴 뭐가 녹아요. 누가 이 지경으로 만들었는데 녹아요? 아버지가 이리 된 것도 엄마가 말을 못하게 된 것도 모두 저놈들 때문이잖아요. 왜 굽실거려요? 아버지가 뭘 잘 못해서, 뭘 얼마나 죽을 짓을 해서 그러냐고요. 죽여 버리겠어. 다 죽이고 나도 죽어버리겠어." 밤마다 뒷산을 헤매었다. 이름도 알 수 없는 짐승이 되어 밤 내 울부짖었다. 표적을 찾지 못하는 짐승은 점점 지쳐갔다. 지쳐가던 어느 날 짐승은 자기를 봤다. 껑정하기만 한 키에 삐죽삐죽 자라난 머리칼, 퀭한 눈동자, 짙고 어수선해진 눈썹, 밖으로 내쏘는 눈빛, 도드라진 광대뼈와 신경질적으로 뻗은 콧날, 각진 턱 그리고 아무런 표정도 짓지 못하는 입술, 뻣뻣하기 이를 데 없는 목선, 그냥 빈 채로 넓기만 한 가슴팍, 심드렁한 두 팔과 아무 곳으로나 가고 싶어 하는 두 다리, 그 사이로 불거진 자지와 불알 두 쪽. 아버지와 다를 게 없는 몰골이었다. 다른 거라면 아버지보다 다리 한 짝이 더 있다는 것뿐이었다.

더 이상 '아버지의 노래'를 타지 않았다. 쌈빡한 멜로디가 필요했다. 기름기 도는 노래가 필요했다. 그는 날마다 유행가를 탔다. 자기의 감정을 사그리 실어 유행가를 뜯었다. 쳐부술 듯 비파 줄을 뜯고 튕겼다.

"은하는 아냐?"

느닷없이 주현이 물었다.

"아버지 어머니 일 말이야."

"앞 동넨데 모르겠냐. 한데 누렁이 패는 걸 봤어. 나중에 알고 온 모양인데…… 어떤 남자랑 같이 왔더라고. 혹시 네가 다시 연락했냐?"

그제야 은하가 다시 생각났다. 어떻게 됐을까. 다친 것 같진 않았지만 설마…… 별일이야 있을라고. 그 남자애가 잘 돌봐주겠지. 그 자식이…….

"은주가 했겠지. 받을 때까지 해보라고 그랬거든. 한데 남자랑 왔다고. 어떤 놈이지?"

주현이 눈을 치뜨며 혼잣소린 듯 물었다.

"처음 보는 애였어."

그는 고개를 가로저으며 침을 삼켰다. 내심 놀랐다. 자기가 은하와 함께 왔던 남자를 신경 쓰고 있었다는 사실을 인정해야 했다. 그녀와의 관계가 회복이 안 될지도 모르겠다는 우려의 한쪽에는 그 자식이 내내 자리하고 있었다는 것을 시인하지 않을 수 없었다.

정신이 몽롱해오면서 사지가 늘어졌다. 누웠다. 지나온 스물아홉 시절이 한바탕 꿈같았다. 요점을 추릴 수 없는 꿈. 자닝하고 곤고하다 못해 신산하기만 한 꿈. 눈을 감으면 계속 이어지기만 할 뿐 결코 끝나지 않을 것 같은 꿈. 무거운 눈꺼풀을 겨우 뜨자 주현이 상을 내가고 있었다. 자기에게 이불을 덮어주고 베개를 똑바로 해주었다. 그는 두껍고 큰 주현의 손을 향해 팔을 뻗다가, 어지럽고 노곤해 그만 눈을 감았다.

4

선재는 신호만 가는 수화기를 멍청히 바라다보다 내려놓았다. 다시 들었다. 번호를 누르고 받기를 기다렸다. 아무리 기다려도 은하는 받지 않았다. 그는 부스에서 나와 횡단보도를 건넜다. 시내버스를 탔다. 숨을 내쉬다가 갑자기 멈추어버린 아버지가 떠올랐다. 피를 튀기며 고꾸라지던 누렁이가 두 팔로 허공을 휘젓다 쓰러지는 은하와 겹치며 눈앞을 가렸다. 그녀를 부축하던 놈의 팔뚝이 툭 불거졌다. 그 장면들은 버스에서 내려 터미널 매표소로 가 승차권을 사고 고속버스에 오를 때까지 계속해서 갈마들었다.

그녀와 연락이 되지 않는다며 주현이 난감한 얼굴로 말했을 때 그는 미처 거기까지는 신경 쓰지 못했다. 비파를 찾는 일이 급했다. 찾아서 아버지의 관 속에 넣어드리고 싶었으므로 머릿속은 온통 비파를 찾는 일에만 몰두했다. 하지만 발인을 하고 삼우제가 지난 뒤에도 비파는 나오지 않았다. 그는 몽둥이를 들고 이집 저집으로 돌아다녔다. 방문을 부수고 농짝을 부수면서도 자기가 무슨 짓을 하고 있는지 알지 못했다. 고샅에서 누렁이와 싸우면서도 왜 싸우는지 알지 못했다. 문득 누군가 앞을 막아섰을 때, 막아선 사람이 그녀라는 걸 알았을 때 그는 옆에 서있는 낯선 놈을 먼저 봤다. 눈이 뒤집힌다는 게 이런 거구나 싶었다. 몽둥이를 휘둘렀다. 누구든 죽이고 싶었다. 죽이고 자기도 죽고 싶었다.

그는 강남고속버스터미널에서 내렸다. 전동차를 탔다. 압구정역을 지나고 한강을 건너갈 때까지도 자기가 어디를 향해 가고 있는지 깨닫지 못했다. 옥수역과 금호역을 지나고 약수역을 지나자 문득 다음역에서 내려야 하는데, 그래야 그녀의 원룸에 가는데 싶었지만 내릴 수 없었다. 전동차가 정차한 이삼십 초, 그 무시무시하게 긴 시간 동안 그는 두 손으로 머리를 움켜쥐었다. 아무리 움켜쥐어도 빠개질 것 같은 통증은 가라앉지 않았다.

충무로역을 지나고 을지로3가역을 지나쳤다. 그제야 자기가 악기점을 찾고 있었다는 사실을 깨달았다. 그는 종로3가역에서 내렸다. 낙원상가로 갔다. 이층에도 삼층에도 비파는 없었다.

다시 전동차를 탔다. 종점에서 내렸다. 그리고 무작정 걸었다. 가다 보면 들판이고 가다 보면 마을이었다. 가다 보면 새벽이고 가다 보면 밤이었다. 그는 눈 덮인 들판을 걸었다. 눈의 무게를 이기지 못해 제 가지를 부러뜨리고 마는 소나무처럼 울부짖었다. 소리에 답하는 것은 짐승들이었다. 꿩이나 곤줄박이 때로는 멧돼지와 노루와 고라니들. 그는 분노했다. 어디론가 끌려가 고통을 당하고도 모자라 다리병신까지 돼버린 아버지의 삶이 안타까워서가 아니라, 남편으로 인해 벙어리가 되고 그렇게 어긋나버린 어머니의 삶이 불쌍해서가 아니라, 아버지 어머니를 그 지경으로 만들어놓고도 부족해 아버지가 임종하는 순간까지도 시끄럽다며 비파를 빼앗아 가버린 마을 사람들이 원망스러워서가 아니라, 이 모든 고통을 유발한 세상을 향해서가 아니라 그것들로 자기 삶이 엉망진창이 돼버렸다는 것. 송두리째 뿌리 뽑혀버렸다는 것. 아무리 멋지게 포장해도 내용물은 결국 그것이었다. 그런 진창 속에서도 숨을 쉬고 밥을 먹고 똥오줌을 싸고 코를 골며 잘 수 있다는 것이 이해가 안 됐다.

그는 덜덜 떨며 새벽이 오는 소리를 들었다. 도심에서 산으로 들어가는 길목에서 맞이하는 새벽. 눈 내리는 새벽. 새로운 해가 오고 있지만 아무것도 새로울 게 없는, 지루하기 짝이 없는 새벽. 그는 고갯마루에 서서 황량하게 늘어선 집들과 도로를, 그보다 더 황량한 얼굴로 내려다봤다.

몇 번의 시도 끝에 그녀의 어머니와 통화할 수 있었다. 전화를 받더니 잠깐 기다려보라고 했다. 그는 겁劫과 잠깐의 차이는 얼마나 될까 생각하며 기다렸다. 겁내하면서, 길고 지루하게 기다려온 답변은 지나치리만치 간단했다. 화가 날 정도였다.

"우리 은하가 받고 싶지 않다고 허는디, 무슨 일 있었어?"

대답은 했다. 하면서도 그는 자기가 무슨 말을 하는지 알지 못했다. 은하가 받고 싶지 않다고 허는디. 그 말만 귓속에 가득해서 정작 자기가 하는 소리는 들을 수 없었다.

그는 신발을 벗었다. 양말을 벗고 맨발로 눈 위에 섰다. 별을 올려다봤다. 깊은 산속으로 찾아온 별들은 눈물겨웠다. 눈물을 걷어내고 바라보는 별들은 선명하고 날카로웠다. 그는 얼어 푸르뎅뎅한 발로 서서, 쓸쓸하면서도 외로운 마음으로, 홀로 제각기 빛나는 별들을 올려다봤다.

전에는 지상의 별과 하늘의 별을 구분해서 봤다. 지상의 별은 현란하지만 하늘의 별은 찬란하다고. 지상의 별은 가슴에 상처를 남기지만 하늘의 별은 가슴에 꿈을 안겨준다고. 지상의 별은 폭력적이고 일방적이지만 하늘의 별은 올려다보는 자 누구나 볼 수 있다고. 지상의 별은 허무하지만 하늘의 별은 진정으로 비어있음을 알게 해준다고. 그는 이제 고개를 흔들었다. 하늘의 별도 이 밤엔 현란했다. 상처투성이였다. 절망만을 안겨주었다. 저 혼자 번득였다. 그래서 허무했다.

선사시대

1

한 여학생이 서은주네 목장 솔밭 앞에 구부정하게 서서 우산 꼭지로 땅바닥에 뭔가를 쓰고 있었다. 선재는 소리를 죽이며 다가갔다. 소나무 뒤에 섰다. 방해하지 않으려 한 게 오히려 엿보는 꼴이 되고 말았지만 미안한 마음보다는 무슨 말을 쓰고 있는지가 더 궁금했다. 여학생은 고등학교 일이 학년쯤 돼보였다. 글자 한 자를 쓰고 고개를 들어 하늘을 올려다보고 또 한 글자를 쓰고 하늘을 올려다보는 모습이 노란 병아리 같았다. 고개를 숙일 때마다 양 갈래로 땋은 머릿단이 따라 내려왔다. 그때마다 여학생은 머리를 뒤로 넘기고 양손으로 다시 우산을 잡았다.

그는 여학생이 가기를 기다렸다가 그곳으로 갔다. 글자 주변으로 발자국들이 가지런하게 찍히고, 발자국들마다에는 어느새 저녁 햇살이 그윽이 고여 있었다.

'희망의 나래여!'

짐작했던 것보다 글씨는 훨씬 크고 깊었다. 크면 클수록, 깊으면 깊을수록 희망이 더 빨리 이루어질 것이라 믿고 있는 것 같았다. 글자는 네모반듯하면서도 동글었다. 글자가 파이면서 만들어진 흙의 테두리는 희망이라는 날개가 실제로 어딘가로 날아갈 것처럼 꿈틀거렸다. 그는 여학생이 걸어간 쪽을 오랫동안 건너다봤다. 가슴이 뭉클했다. 어떤 것인지, 뭔지는 알 수 없지만 희망을 갖고 있다는 것이, 꿈꿀 수 있다는 것이, 꿈이라곤 꿔본 기억조차 없는 자신과 비교하면 얼마나 아름다운가. 그는 막대기를 가져와 옆에다 썼다. '아름다운 마음 고이 간직하리라. 길손'이라고.

다음 날, 여학생이 어제처럼 책 한 권과 우산을 들고 타박타박 걸어왔다. 자기가 썼던 글씨 옆에 낯선 글씨가 씌어 있는 걸 보고 놀란 모양인지 한참 동안 고개를 수그리고 서 있었다. 그러다 우산꼭지로 북북 긁기 시작했다. 그는 다가갔다. 미안하다고 말하고 싶었는데 자기를 보자마자 여학생은 달아나버렸다.

언제부턴가 여학생을 기다렸다. 마음속에서 아버지 어머

니가 희미해져 있었다. 그는 목장으로 갔다. 솔잎을 따다 자기 글씨와 여학생이 지운 글씨의 흔적들을 덮었다. 아무리 생각해봐도 아름다운 마음을 고이 간직할 수 없을 것 같았다.

그는 마루에 앉아 여학생이 목장 언덕으로 올라가는 걸 봤다. 푸릇푸릇 싹이 돋아난 옥수수 밭고랑 사이를 돌아다니며 새를 쫓는 모습을 지켜봤다. 사랑방 문을 열어둔 채 그르렁거리는 아버지의 숨소리를 들었다. 멍석에 쭈그리고 앉아 고추를 뒤적거리는 어머니를 봤다. 그는 일어났다. 집을 나섰다.

여학생에게서는 노란 원추리 냄새가 났다. 주변의 빛이 모두 꺼지고 오직 여학생 주변만 해밝게 빛났다. 눈이 부셨다. 그는 단박에 깨달았다. 여학생은 자기에게 단순히 온 게 아니라 자신의 삶을 통째로 달라지게 할 것이라는 것을. 건조하고 울분으로 가득 찬 가슴에 머지않아 무엇인가로 피어날 것이라는 것을. 자기의 별이 흐르는 강, 은하수라는 것을.

저녁을 먹자마자 그는 자기 방으로 들어갔다. 책들을 방바닥에 죽 늘어놓았다. 『개선문』[5]을 골라 옆구리에 끼고 도림으로 갔다. 서은주네 집 근처를 도닐며 들어갈까 말까 망설이고 있을 때 마침 서은주가 나왔다. 그는 지나가던 길인 것처럼 꾸미고 다가가 잘 지내는지, 교사 발령은 어디로 났는지

---

5) 에리히 레마르크가 1946년에 발표한 장편소설

더듬더듬 물었다. 은주가 부채로 모기를 쫓으며 아직 몰라. 기다리고 있어, 쌀쌀맞게 대꾸했다. 그는 주뼛거리며 한 손을 뒤통수에 대고 땅바닥을 내려다봤다. 한참 뜸을 들이다 생각난 듯, 아까 오후에 느네 목장에 어떤 여학생이 왔었는데 혹시…… 하고 이실직고했다. 은주가 그제야 수상하다는 표정을 지으며 안에 대고 소리쳤다. 은하야, 나와 봐.

오빠와 남동생 틈에 자라서 머슴애 같은 줄 알았더니 은주에게 여섯 살이나 어린 여자 형제도 있었다. 은하가 막냇동생이었다. 고등학교 이학년이고 그가 복학할 학교 근처에 있는 여고에 다니고 있었다. 친구랑 하숙한다고 했다. 그는 그날 도림으로 가는 다리 난간에 앉아 은하에게 『개선문』을 내밀었다. 주는 게 아니라 빌려주는 거라고, 읽고 독후감을 쓰라고 말하며. 집으로 돌아와 밤 내 편지도 썼다. 오늘은 영원히 잊을 수 없는 날이라고. 네 친구가 되고 싶고, 너와 같은 길을 가고 싶다고.

2

은하를 만나면서부터 밤을 헤매지 않았다. 낮을 걸었다. 선재는 그녀와 함께 몇 시간이고 들판이나 산길이나 천변을 걸었다. 그녀와 함께 걸었던 시간들은 지금도 자기의 몸에 저장되어 있다. 걸으면서 그녀와 어떤 말을 했는지는 다 기억하지 못해도 어느 길을 걸었는지, 그 길에 어떤 풀꽃들이 피고 어느 하늘 아래서 두 사람을 향해 나풀거렸는지 기억한다. 그 길이 두 사람을 지나쳐 어느 곳으로 흘러가는지도.

산모퉁이를 도는 언덕에는 빨간 양철지붕을 한 집이 하나 있었다. 그녀는 거기까지 올라가 시가지를 내려다보는 걸 무척 좋아했다. 숨을 할할거리면서, 허리를 구부려 무릎에 두 손을 올리고 서있는 그녀의 모습은 세상에서 가장 상큼하고 환했다. 거기까지였다. 땀이 식고 숨도 편안해지면 이상하게 기운이 빠지는 모양이었다. 다리가 아픈지 가다 멈춰 서서, 가을인데도 이마에 송골송골 맺히는 땀방울을 손수건으로 닦곤했다. 그는 그녀 앞으로 가 등을 내밀고 앉았다. 몇 번이나 재촉한 뒤에야 그녀가 조심스럽게 자기 어깨에 두 손을 얹었다. 그는 그녀의 엉덩이를 두 손으로 깍지 껴 받치고 일어났다.

휘우듬 뒤로 넘어가는 것 같던 그녀가 두 팔을 목에 감았다. 서늘한 감촉이 전신으로 퍼졌다. 그녀의 맥박소리가 등을 타고 전해왔다. 그는 두근거리며 걸음을 뗐다. 얼마 가지 않아 등짝이 따뜻해지고 그녀의 숨결이 목을 간질였다. 나른했다. 가슴이 미어지고 호흡이 가빠졌다. 그녀를 위해 저 샘물 끄트머리에 탑을 쌓고 싶었다. 그 위에 산속의 모든 꽃들을 올려놓고 싶었다. 그녀와 함께 백리향을 따러 헤더 숲으로 가고 싶었다.[6] 그는 나직나직 휘파람을 불며 걸었다.

땅끝마을에도 갔다. 새벽에 기차를 타고 다시 버스로 갈아 탔다. 버스에는 빈자리가 없었다. 그는 두리번거리다 한 남학생한테 갔다. 멀미를 하는 그녀를 위해 자리를 양보해달라고 양해를 구했다. 거기에 그녀를 앉히고 미리 가지고 간 비닐봉지를 꺼내어 무릎에 올려놔줬다. 난처하고 민망한 표정으로 올려다보다 이내 고개를 수그리는 그녀의 모습이 지금도 눈에 선명하게 떠오른다.

갈두산이던가, 전망대를 올라가다 그녀가 창백해진 얼굴로 멈춰 섰다. 그는 손수건으로 그녀의 이마에 맺힌 땀을 닦아줬다.

"조금만 더 올라가면 돼. 거기 가면 탁 트인 바다를 볼 수 있을 거야. 그러면 몸도 가뿐해질걸."

그녀의 손을 잡았다. 올망졸망 펼쳐진 섬들과 짙푸른 바다를 보자 그는 그녀와 함께 바다를 건너서 아주 먼 곳으로 가고 싶었다.

"걸어서요?"

그녀가 물었다. 그는 자기도 모르게 웃음을 쏟아내며 되물

---

6) 스코틀랜드 민요 〈The wild mountain thyme〉 중 일부 참고함

었다.

"같이 갈까."

대답 대신 그녀는 수줍게 웃기만 했다.

둥둥 떠 있는 섬들은 움직이는 물체처럼 바닷물에 출렁거렸다. 그는 외로움이라는 낱말조차 없다는 어떤 나라를 상상했다. 소리의 결 하나하나에 귀를 기울이다 보면 정말 외로울 틈이 없을까. 그는 문득 그녀도 아주 먼 곳으로 가기를 소망하는 것은 아닐까 걱정이 됐다. 그녀는 끊임없이 떠나려고 했다. 며칠 전에도 그만 만나자는 편지를 보내왔다. 답장 대신 그는 그녀의 하숙집 앞에서 기다렸다. 네 편지를 받은 순간 하늘에서 시커먼 구름이 몰려오는 것 같았어, 어둡게 고백했다.

저녁으로 물들어가는 바다는 찬란하고 화려했다. 빨갛게 출렁이던 물이 점차로 붉어지고 어느덧 검붉어졌다. 먼 산과 섬들도 붉고 노란 배광을 두르며 깊어져갔다. 그 위로 별들이 피어났다. 별들, 시나브로 또랑또랑하게 빛나는 별들. 밤이 깊어가고 별들이 더욱 또렷해졌을 때 그는 높고 널따란 바위에 그녀를 앉혔다.

"별들의 집은 세상인가 봐요."

그녀가 말했다.

"우리의 고향이 저 별인지도 모르지. 아니, 정정해야겠다. 내 고향은 너야, 은하."

그녀가 고개를 숙이며 멀찌감치 떨어져 앉았다.

밤이 깊어갈수록 은하수는 더욱 선명하고 황홀하게 흘렀다. 그러다 어느 순간 아득해지더니 사라져버렸다.

"은하야, 저것 좀 봐. 해가 떠."

갑자기 그녀의 심장 뛰는 소리가 크게 들렸다. 그는 그녀를 부둥켜안았다. 어둑한 허공이 부예지면서 동편 하늘이 밝아오도록, 검푸르게 푸르게 희푸르게 깨어나는 바다에 하늘이 갑자기 붉은 물을 쏟아 부을 때까지 그녀의 가슴에 귀를 갖다 대고 심장 뛰는 소리를 들었다. 그는 처음으로 해 뜨는 걸 본다고 말하는 그녀의 입술에 자기의 입술을 마주 댔다. 선득한 그녀의 입술을 벌려 처음으로, 팔딱이는 자기의 심장을 집어넣었다. 그녀가 떨었다. 떨면서 뜨거워졌다. 그는 두 손으로 그녀의 얼굴을 감쌌다. 오래오래, 붉은 해가 황금빛이 되도록, 황금빛 바닷물이 물비늘을 일으키며 반짝일 때까지 그녀의 얼굴을 감싸 안았다. 안고 그녀의 심장소리를 들었다.

3

선재는 온종일 고추 모종을 심은 뒤여서 검게 그을린 얼굴로 은하를 맞이했다. 도림 앞 개울가로는 버드나무 몇 그루가 가지를 치렁치렁하게 늘어뜨린 채로 간드랑거리고 냇물은 맑았다. 그는 다리 난간에 앉자마자 비파를 안았다. 그녀가 처음 보는 악기라며 호기심을 보였다.

"아버지 거야. 몰래 들고 나왔어. 들키면 쫓겨날지도 몰라."

자기가 듣기에도 너무 호들갑을 떠는구나, 생각하며 그는 비파를 타 보였다.

"기타와는 다른 소리구나. 무거운 것 같으면서도 처지지 않고 통통하지만 투박하지 않아요. 세 개의 줄로도 이렇게 많은 소리들을 낼 수 있다는 게 신기해요."

놀랐다. 그녀가 이토록 길게 말하는 것은 처음이었다. 언제나 예, 아니면 고개만 흔들기 일쑤였다. 의향을 물어도 대답을 못하고 얼굴만 발그레하게 물들이며 당황스러워했었다. 대학생이 되더니 변한 것 같았다. 그는 슬며시 불안해졌다.

"아버지는 종종 그러시지. 달빛 한 줌으로 소리 하나를 만들어내고, 바람 한 자락으로도 소리 하나를 만들어내고 또 별한 개로도 소리를 일궈간다고. 달빛이나 바람이나 별들도 어제와 다르듯이 소리도 그렇다고. 어제 타는 소리와 오늘 타는 소리는 같을 수 없다는 거겠지. 조금 전에 탔던 소리와 지금의 소리도 서로 다르게 고유하다는 거야. 한 소리가 나서 그한 소리가 사라지는 궤적 또한 하나의 생명의 과정 즉 삶이라고 말씀하셨어."

속내를 들키지 않으려고 그는 길게 말을 쏟아냈다. 그래도 불안감은 좀체 사그라들지 않았다.

무슨 말인지 모르겠다는 듯 그녀가 고개를 갸웃했다.

"그렇지. 나도 아버지가 무슨 말씀을 하시는지 잘 모르겠더라고."

시무룩하게 말하며 그는 지판을 누르고 줄을 퉁겼다.

아버지가 타는 '아버지의 노래'는 추적추적 비가 내리는 소리로 들렸다. 똘똘 떨어지는 물소리처럼 들리고, 해맑은 송아지 울음소리로도 들렸다. 어떤 때는 푸르고 드넓은 바다를 보는 듯 너렁청했다. 소리마다 다 달라서 제대로 듣고 있나, 혼란스러울 지경이었다. 한데 지금 자기가 타는 소리는 불안정했다. 어쩐 일인지 고잔잔하게 들렸다. 그는 자기의 손놀림에 따라 태어나는 소리 하나하나가 바람처럼 그녀에게로, 자기의 불안한 숨결과 함께 들어가는 것 같았다. 낯설고 서름했다.

손뼉 치는 소리에 고개를 들어보니 동민이 앞에 서있었다.

"어쩐 일로 비파를 다 들고 나왔는데, 지금 형 집에 가는 길인데."

동민이 말했다. 겸연쩍은 얼굴로 그녀에게 알은체를 했다.

"오늘은 여기 있는 것도 좋겠는데?"

그는 두 사람을 곁눈질하며 말했다. 그녀를 보내고 싶지 않아서였다. 다행히 동민이 좋아요, 하며 옆에 앉았다.

동민은 그녀의 동네에 살았다. 여느 선후배들과는 달리 기꺼이 다가왔다. 미친 듯이 산속을 헤매고 다닐 때 세 살이나 어린애가 동행해줬다. 동민과 말없이 헤매다 보면 새벽이 되기 일쑤고, 헤어질 때쯤이면 가슴속은 숲속의 공기들로 가득 차 가벼워지곤 했다.

"오무진. 야, 오무진! 거기서 뭐 해? 엄마가 밥 먹으래."

옆집 유진이가 달려오면서 소리쳤다. 세 사람은 그제야 주변을 둘러봤다. 표지석 뒤쪽에서 무진이 뒤통수를 긁으며 고개를 내밀었다. 어기적어기적 일어나는가 싶더니 달렸다. 녀석은 달에게서 달아나고 달은 녀석을 쫓아가는 것처럼 보였다. 다람쥐나 강아지처럼 달려가는 녀석이 무척이나 귀여웠다. 그는 자기도 모르게 소리 내어 웃었다. 그제야 오그라들었던 마음이 조금 펴졌다.

4

엄청나게 큰 고인돌 앞에서 은하가 오랫동안 서성거렸다. 얼핏 고인돌 뒤로 살구나무가 보였다. 노랗게 익은 살구 몇 알이 가지에 간당간당 배달려 있었다.

"절묘한 구도지."

선재는 요강바우재 고인돌과 그 옆에 있던 고욤나무를 떠올리며 말했다. 말해놓고 보니 고욤보다는 살구나무가 고인돌과 더 잘 어울려 보였다. 그는 거대하고 육중한 몇 무더기 고인돌들을 지나 지질편편한 소나무 그늘로 갔다. 아래에 벤치가 있어 그녀와 나란히 앉았다. 햇볕이 어찌나 뜨거운지 그늘 아래에 있는데도 저절로 땀이 흘렀다.

"가끔 혼자 왔었어. 가까워도 읍내에서 버스를 다시 갈아타야 해서 번거롭긴 하지. 그래도 오면 왠지 마음이 누그러지고, 이 돌들한테서 위로를 받는 것 같은 느낌이 들어서 좋더라."

그의 말에 그녀가 고개를 끄덕였다.

"솔직히 집에 있는 게 힘들어. 공부도 집중 못하겠고. 우리 아버지는 하루 종일 사랑방에 누워계시거나 마루에 나와 멀뚱멀뚱 바깥만 보시지. 아니면 비파를 퉁기거나 붓을 들어 뭔가를 그리거나 쓰셔. 엄마와는 지금도 소통이 제대로 안 될 때가 허다해. 나도 모르게 하루에도 몇 번씩 언성을 높이고 말아. 그러다 보면 화도 나고……."

그는 자기에게 놀랐다. 지금까지 아버지 어머니에 대해서 그녀에게 자세하게 말한 적이 없었는데 오늘은 어쩐 일인지 더금더금 잘도 나왔다. 마음먹고 하는 것도 아니면서 그랬다.

"오늘 아침에도 그랬어. 아버지가 전보다 더 거동을 못하시거든. 그래 엄마가 밭에 나가면서 아버지 약을 잘 챙겨드리라고 하셨는데, 나는 호미는 헛간에 있지 않느냐고 퉁명스럽게 말했던 거야. 그러자 아버지가 에미 말이 말 같지 않다는 거냐? 그러시더라고. 졸업한 지 몇 달이나 됐다고 벌써부터 이러는지 모르겠다. 그냥 화가 나. 화가 나면 아버지를 이렇게 만든 사람들한테까지 다시 활을 겨누게 돼. 많이 삭인 것 같다가도 오늘 아침 같은 일이 생길 때마다 화가 나. 화가 막 들고 일어나 미치겠어. 이럴 거면 차라리 고시촌에라도 가 있는 게 낫지 않을까 싶은데 그러면 또 집이 걱정되고."

내친김이었다. 더웠다. 속에서 자꾸 열이 나고 날씨도 열받게 하고, 자기 말에도 열기가 들어있어서 편하게 숨을 쉴 수 없었다. 마침 그녀가 바닥에 깔았던 신문지 한 장을 걷어 접어서 부채로 부쳤다.

"고시공부도 그래. 해서 뭐 하나, 하는 생각이 들거든. 아버지는 지금도 리스트에 올라있을 거야. 누구한테서 들으니까 그러더라고. 합격한다고 해도 외국으로 나갈 가망은 없는 거지. 아버지는 도대체 마을 사람들한테 얼마나 못된 짓을 했기에 이 지경으로 벌을 받고 있는가, 당치도 않은 생각까지 하게 돼. 엄마는 왜 하필 아버지 같은 사람을 만나서 말을 잃어버리고 말았을까. 아버지를 만나지 않았다면 말도 잃지 않았을 거 아냐. 그랬다면 나도 이 세상에 나올 일이 없었겠지."

"그러면 저도 못 만나셨을 텐데……."

그는 말문이 막혀버렸다. 자기도 모르게 눈초리를 올리면서 입을 벌렸다. 미간을 펴고, 눈가에 잔주름을 만들면서 이내 입을 더 활짝 벌렸다. 그녀의 손을 덥석 잡았다. 잠깐 동안 가지고 있었던 불안감은 말끔히 가셔버렸다. 땀이 나 미끈거리는 자기의 손 안에서 곰지락거리는, 따뜻하고 다정스런 그녀의 마음을 느끼며 그는 만판 편안해졌다. 그녀가 다른 쪽 손을 자기 손등에 포개어왔다. 쓰다듬었다. 어찌된 일인지 눈물이 났다. 눈물이 나 참을 수 없었다.

돌아오는 내내 그는 그녀의 손을 꼭 붙들었다. 자기의 고뇌와 절망과 분노와 열등감, 거기에서 오는 외로움을 그녀에게 고스란히 들킨 것 같아 편치만은 않았다. 아니 홀가분했다. 지금까지 말하지 못한 채 가슴에 묻어두고 있었던 것들을 끄집어낸 것은 잘한 일이라는 생각마저 들었다. 이제부터는 어수선하고 신푸녕스럽기만 한 자기의 속이 깨끗하고 상쾌하게 마를 것 같았다.

자기의 물매가 그녀에게 터무니없이 쏠리는 것을 그는 경계했다. 경계했지만 자기도 모르게 쏠리는 데는 도리가 없었다. 그녀가 대학에 들어간 뒤로 자주 볼 수 없는 게 안타까웠다. 보고 싶은 마음과 불안한 마음으로 가슴이 두근거렸다. 거의 날마다 통화를 하면서도 그녀가 딴 맘을 먹을까 봐 신경이 곤두섰다. 일주일에 한 번씩 보내오는 편지가 하루라도 늦어지면 무슨 일이 생긴 것은 아닐까 조바심마저 생겼다. 아닌 게 아니라 그녀의 말투도 달라지고 있었다. 묻는 말에 대답도 제대로 못했는데 가끔 반문을 했다. 편지에 신뢰나 믿음, 의심이나 불안이나 아픔이라는 단어가 빈번할수록 그는 그녀를 붙들고 물어보고 싶은 충동에 시달렸다. 어떤 때는 답장도 걸렀다. 전화를 안 받기도 했다. 삐삐에 음성을 남기거나 번호를 남겨도 다음 날이 되도록 연락을 하지 않는 경우까지 생겼다.

이제 그는 아침저녁으로 전화를 했다. 매일 밤 편지를 썼다. 삐삐를 보내고 전화기 앞에 앉아 기다렸지만 그녀는 여전히 일주일에 한 번이나 열흘에 한 번씩 답장을 해왔다. 하루에 두 번 통화를 버거워했다. 삐삐를 없애고 싶다는 말을 은연중에 내비쳤다. 두려웠다. 잡아야 했다. 그녀가 없는 세상은 상상할 수 없었다. 사랑했다. 분명히 그녀를 사랑하고 있다고 그는 확신했다.

가방에 옷가지들을 넣어 들고 서울 가는 버스를 탔다. 그녀의 원룸 근처에 방을 얻었다. 아침이면 그녀가 학교에 가는 시간에 맞춰 밖으로 나왔다. 골목에 숨어 그녀가 버티고개를 내려가는 모습을 바라다봤다. 팔각정을 지나 장충단공원 쪽으로 걸어가는 걸 확인한 뒤 방으로 들어왔다가 그녀가 학교에서 돌아올 즈음에 다시 골목으로 나갔다. 돌아올 때까지 골

목길을 서성였다. 대개 저녁나절에 돌아왔지만 가끔 밤이 이
슥해서야 돌아오기도 했다. 새벽에 돌아올 때도 있었다. 그럴
때마다 피가 거꾸로 솟고 다리에 힘이 빠졌지만 간신히 방에
들어가 전화를 했다. 시골에 있는 것처럼 천연덕스럽게, 밤에
전화했더니 받지 않던데 무슨 일 있는 것은 아니냐며 걱정스
러운 목소리로 물었다. 코앞에 자기가 있는 줄은 꿈에도 모를
그녀는 미안하다는 듯 그때마다 변명을 늘어놓았다. 왜 갑자
기 편지가 없느냐고 그녀가 물었을 때 그는 대답했다. 손가락
을 다쳐서 펜을 잡기가 어렵다고. 대신 아침저녁으로 전화하
지 않느냐고.

그런 어느 날이었다. 전화벨이 울려 받았더니 아버지였다.
다 꺼져가는 목소리로 어머니가 아픈데 병원에 데려다 줄 사
람이 없다고 했다. 그는 퍼뜩 고개를 들었다. 거울 속에서 한
남자가 마주봤다. 껑정하게 서서 넋 빠진 껍데기로 피들피들
웃고 있는 사내. 살쾡이 같은 눈으로 마주 쏘아보던 그는 거
울을 떼어 방바닥으로 던졌다. 걸을 때마다 방바닥으로 핏물
이 배어나왔다. 깨어진 거울조각들과 시뻘건 핏물을 지근지
근 밟으며 그는 집으로 내려왔다.

5

그해 시월의 마지막 금요일 밤은 지금도 잊을 수 없다. 선재는 앞으로도 그날만은 잊기 어려울 것이라 생각한다. 자기 안에 있던 모든 것들이 다 빠져나가고 그 자리에 새로운 무언가가 만들어지기 시작했으니까. 그날 이전의 세상과 이후의 세상은 터무니없이 달라져버렸으니까.

통화 중에 그녀가 그랬다. 한 남학생이 교수에게 엉뚱한 질문을 하는 바람에 강의실이 웃음바다가 됐다고, 그러는 남학생이 귀엽더라고. 그는 발끈했지만 그 남학생한테 관심 있는 모양이구나, 농담하듯 물었다. 그녀는 웃으면서 그랬으면 좋겠는데 아니어서 아쉬워요, 라고 대답했다. 관심 두어도 괜찮아. 그럴 수 있지 뭐. 그는 넌지시 회유했다. 그녀는 말도 안 돼요, 했다. 이제 내가 싫어질 때도 됐을 것 같아. 그렇지, 그는 추궁했다. 그게 아니라고, 왜 예민하게 받아들이느냐며 그녀가 항변했다. 솔직히 말하라고, 진작부터 느낌이 이상했다고 그는 계속 따지듯 물었다. 대답할 가치도 없다는 듯 그녀는 한동안 말이 없었다. 그는 말해보라고 소리를 높였다. 계속 이러시면 전화 끊겠어요. 그녀가 단호한 목소리로 말했다. 사실이구나. 내 느낌은 못 속인다니까? 그는 거의 확신에 차서, 씹어뱉듯 말했다. 저편에서 수화기 내려놓는 소리가 들렸다. 이미 끊긴 전화기에 대고 내 이럴 줄 알았다고 소리를 질렀다. 분이 풀리지 않았다. 그는 다시 전화를 걸었다. 받지 않았다.

그는 날이 새기 무섭게 서울로 올라갔다. 그녀의 학교 앞에서 기다렸다. 여학생 무리에 끼어 걸어오던 그녀가, 그가 앞으로 다가가자 힐끗 쳐다보고는 외면했다. 횡단보도를 건너고 공원을 지나고 팔각정 앞에 올라올 때까지 앞만 보고 걸었다. 그녀가 버티고개를 올라 자기의 원룸 앞에 섰다. 그가 팔을 잡자 뿌리치고 도로 고개를 내려갔다. 그도 따라갔다.

"이건 집착이에요."

팔각정 앞에 선 그녀가 처음으로 말문을 열었다.

"은하야, 우리 얘기하자. 이러지 말고. 응, 내 말 좀 들어봐."

대꾸도 없이 쳐다보던 그녀가 내쳐 내려갔다. 전동차를 타고 고속버스터미널로 갔다. 버스표를 사서 내밀었다. 그는 받지 않았다. 마지막 버스마저 떠나버리자 그녀가 대합실 의자에 무너지듯 앉았다. 울었다. 폭폭하다는 듯 소리 내어 울었다.

그는 자기를 외면하면서 앞서가는 그녀를 뒤따라갔다. 그녀가 아무런 말도 없이 이층에 있는 자기의 원룸으로 올라가 버렸다. 무춤했다. 그녀의 방에는 한 번도 들어가 본 적이 없었다. 막무가내로 들어간다면 이대로 끝일 것 같았다.

두어 시간이나 지났을까. 세 시간이 지났는지도 모르겠다. 드디어 이층 방에 불이 켜졌다. 몇 분 지나지 않아 그녀가 가로등 아래로 나왔다. 아무런 표정도 짓지 않은 얼굴로 쳐다보더니 돌아섰다. 그는 자기를 초대하는 신호로 받아들이고 그녀를 뒤따라 올라갔다. 현관에 들어서자마자 그녀를 돌려세웠다. 그느르듯 보듬었다. 고개를 수그려 그녀의 볼에 자기 볼을 갖다 대었다. 점차로 온기가 스며들자 그는 포옹을 풀고 그녀를 마주봤다. 다시 안았다. 안아 들고 침대로 가 눕혔다. 외투를 벗기고 양말을 벗겼다. 자꾸만 옹송그리는 그녀의 두 팔을 편안하게 내려놓은 뒤 그도 야상을 벗었다.

그녀의 발가락을 주물렀다. 발개진 발바닥과 발등과 복사뼈 주변을 꾹꾹 누르고 쓸었다. 종아리와 무릎을 주무르고, 손과 팔과 어깨를 주물렀다. 머리와 목과 등 그리고 허리까지. 그는 자기의 모든 기운을 집중해 어루만졌다. 양쪽 날개뼈를 누르자 그녀가 신음하며 뒤챘다.

그는 심연에서부터 올라오는, 정체 모를 무엇을 봤다. 연기처럼 몽글몽글 모여서 오는 것. 환희 같기도 하고 슬픔 같기도 하고, 둘 다인 것 같은 그것이 속삭였다. 너의 은하수가 여기 있다고. 너를 기다리고 있다고.

다따가 그는 그녀의 전신을 손바닥으로 재었다. 왼쪽에서 오른쪽으로 오른쪽에서 왼쪽으로, 머리에서부터 발끝까지 발끝에서부터 머리까지.

"은하야, 일곱 뼘 반이야. 넌 내 손으로 일곱 뼘 반이라고. 너를 졸졸 따라다니면서 생각했지…… 이 손은 잊지 않을 거야. 일곱 뼘 반을 절대 잊지 않을 거야."

선사시대의 사내가 땅바닥에 돌덩이를 던질 때처럼 그는 무작정 거칠었다. 깨진 돌들 중에서 연장으로 쓸 만한 것을 골라 주울 때처럼 신중했다. 촉을 들고 사냥을 나갈 때처럼 경건하고, 사슴을 향해 그것을 던질 때처럼 날렵했다. 잡은 사슴을 집으로 가져와 아내에게 줄 때처럼 의기양양했다. 그의 손은 그의 눈이었다. 그의 손은 귀고 그의 손은 코였다. 그의 손은 입이고 그의 손은 그의 모든 것이었다. 그는 자기 손이 닿을 때마다 그녀가 무엇인가로 새로 태어나는 것 같았다. 무엇인지도 모를 그것은 어딘가로 훌쩍 날아갈 듯 낯설었다. 자부룩 높았다. 까마득하고 어리어리했다. 그는 자기의 전생과 이생을 관통해 그녀의 안으로 들어갔다. 수천 년을 기다려 온 듯 그녀도 마중했다. 아찔했다. 종잡을 수 없이 복잡하면서도 미묘한 물결이 전신을 휘감았다. 스물일곱 살의 남자는 비로소 고인돌 속에 감추어진 비밀을 알 수 있을 것 같았다. 늪의 비밀까지도. 어쩌면 바다의 비밀까지도.

"은하야, 네가 없다면 나는, 나는……."

울었다. 바닷속이 하도나 따뜻해서. 억눌렸던 무엇인가가 사르르 녹아내려서, 그는 눈물과 콧물로 범벅된 자기 얼굴을 그녀의 가슴에 묻었다. 그녀가 자기의 어깨를 토닥토닥 두드렸다. 맥박처럼 일정하게 두드리는 그 소리를 듣고 있자니 문득 '꽃잠'이라는 말이 떠올랐다. 지금까지 그는 노루잠만을 자왔다. 때로는 검불잠도 잤다. 나비잠은 자본 기억이 없었다. 드디어 그녀와 꽃잠을 자게 되는구나 생각하니 가슴이 미어졌다.

알 수 없었다. 그녀 안으로 들어간 건 자기 몸뚱이만이 아니었다. 번민이나 절망, 고통과 울분까지도 함께 들어갔지 싶었다. 들어가 녹았지 싶었다. 다가올 십일월을 기다렸던가. 수확이 끝나 고요한, 텅 빈 들판을 보면서 사색하지 않는 사람은 없을 것이다. 자기 안으로 비로소 침잠하지 않는 사람은 없을 것이다. 스물일곱 살의 남자애는 그날, 스물한 살 여자의 품안에서 십일월이구나, 생각했다.

은하

1

　구름이나 안개 속에서 서서히 모습을 드러내는 새벽의 능선은 매혹적이었다. 엉기듯 들어차는 햇빛 탓에 멀리서 보면 나목들이 투명한 이파리들을 무수히 매달고 있는 것처럼 보였다. 선재는 산등성이가 산의 근육이라고 생각했다. 그렇다면 나무들은 다리일까. 아니면 솜털? 웡워…… 엉, 어디선가 울음소리가 들렸다. 어머니 소리였다. 아버지가 돌아가시던 날 서럽고 분하고 억울함에 북받쳐 울부짖던 소리. 그는 달렸다. 어머니의 절규는 메아리가 되어 이 골짝 저 골짝에서 울렸다. 가까스로 진원지를 찾았을 땐 마침 거대한 나무가 고꾸라지고 있었다. 쿵, 지축을 울렸다. 나무는 앞에 선 살아있는 나무를 치면서 나뒹굴었다. 새파란 소나무 이파리들이 사태를 만난 것처럼 쏟아졌다. 그는 부르르 몸을 떨었다. 짜릿한 쾌감이 전신을 훑고 지나갔다.

산의 새벽은 안개 속을 점령해 들어오는 벌목공들의 발소리로부터 시작되는 것 같았다. 그는 벌목공들의 발치에서 연회색 안개가 뒤채는 소리를 들었다. 뒤채며 나뭇잎과 낙엽들에 제 몸을 맡기는 소리를 들었다. 그는 무작정 책임자를 찾았다. 나무를 베고 싶다고 청했다. 위에서부터 아래까지 죽 훑어본 책임자가 말했다. 정이나 하고 싶으면 먼저 가지치기한 것들을 모아 차에 실어 나르라고. 그는 그렇게 했다. 일주일이 지나자 책임자가 기계톱을 내밀었다. 누구나 나무를 켤 수는 있겠지만 아무나 제대로 켜지는 못한다고, 신중하게 마주봐야 한다고 말하며 몇 번이나 다짐을 받았다.

안개가 꾸물꾸물 흩어지면서 시야를 열어주면 순식간에 기계톱 소리가 산의 적막을 베어 넘겼다. 몇 개의 톱이 한꺼번에 아우성치는 소리는 온 산을 통째로 흔들었다. 가끔 총소리까지 들렸다. 멧돼지나 고라니 같은 짐승을 사냥하는 소리일 터였다. 아득하게 뻗어있던 나무들이 쿵쿵 쓰러지는 소리와 놀란 새들이 허둥대면서 날아가는 소리와 들짐승들의 소리와 집게클레인 소리, 트럭소리. 산속은 말 그대로 아수라장이었다. 그는 아수라장 속에 선 나무를 응시했다. 안전복 위에 찬 전대에서 병을 꺼내어 물을 마시고 안전모를 썼다. 장갑을 끼고 톱을 들었다. 감독이 표시해둔 주변의 잡목과 덩굴들을 먼저 쳐내고 다시 나무 앞에 섰다.

불어오는 바람에 나무가 휘우듬하게 쏠렸다. 나무가 어느 쪽으로 쓰러질지 알 수 없다면 베지 말아야 한다고 누구에겐가 들은 적이 있다. 다행히 바람은 그쳐 있었다. 그는 가지가 무성한 반대쪽으로 가 정강이 못 미치는 부분에 언더컷을 잘랐다. 깊숙하게 잘랐다. 그다음에 반대쪽으로 가 수평으로 언더컷을 자르고 쐐기를 박았다. 가지가 무성한 쪽으로 나무가 쓰러지도록 자세를 잡고 톱을 댔다. 톱날 돌아가는 소리와 함께 톱밥들이 사방으로 튀었다. 자르는데 걸리는 시간은 불과 삼사 분. 나무가 기우뚱했다. 그는 몇 발짝 물러나 섰다.

나무가 넘어지는 건 찰나였다. 찰나 속에는 억겁의 시간이 들어있었다. 찹찹하게 중첩된 시간은 호흡조차 허락하지 않았다. 그래서 나무는 단번에 고꾸라지지 못했다. 돌았다. 한 바퀴 혹은 반 바퀴. 어지러운 듯, 실신하는 듯 제 시간들을 토해냈다. 토해내며 제 역사의 무게에 눌리듯 쓰러졌다. 그는 자기도 모르게 푸, 바람 빠지는 소리를 냈다. 옥죄어오던 불안과 긴장이 한꺼번에 빠져 나가자 속이 허랑해졌다.

나무를 베어 넘기다 눈을 들면 숲 바닥은 톱밥들로 희누렜다. 여기저기 어수선하게 널린 통나무들, 찢긴 잔가지들과 바닥에 수북하게 떨어져 풀썩이는 이파리들, 휑해져버린 공간. 공간에 있던 수많은 것들은 이미 사라지고 없었다. 한바탕 폭풍우가 휩쓸고 간 자리 같았다. 자기 스스로가 폭풍우였다. 그는 눈을 부라렸다. 언제부턴가 더 이상 쾌감 같은 것은 사라지고 없었다. 후련하지도 않았다. 톱밥을 헤쳐가며 노루귀나 복수초를 찾지도 못했다. 나무 하나가 쓰러지면 나무만 사라지는 게 아니다. 나무가 차지하고 있던 공간과 나무가 차지하고 있던 시간과 나무와 함께 했던 모든 것들의 역사가 이렇게 한꺼번에 스러져 버린다. 그들은 다 어디로 가는가.

술을 마셨다. 취했고 울적했다. 누군가 어깨를 흔들며 일으켜 세웠지만 그는 탁자에 고개를 더 깊이 박았다.

고개를 들었을 땐 동료들은 간 데 없고 웬 여자 하나가 건너편에 앉아있었다. 노류라고 했던 것 같았다. 노류가 얼굴까지 옷깃을 올리며 배시시 웃었다. 건너왔다. 다짜고짜 팔을 잡아 일으켰다. 그는 얼얼해진 얼굴을 연방 한 손으로 쓸면서 그녀에게 끌려 밖으로 나왔다.

바지주머니를 다 뒤져도 열쇠가 걸리지 않았다. 점퍼주머니에도 윗옷주머니에도 없었다. 그는 숙소 앞에 서서 씩씩거렸다. 땅바닥에 쭈그려 앉았다. 하는 수 없다는 듯 노류가 그를 일으켜 세우고 바지춤을 뒤졌다. 금세 열쇠를 찾아내었다. 문을 열었다. 그는 그녀의 손에 이끌려 안으로 들어섰다. 그녀가 널린 옷가지와 양말들을 치웠다. 밭에 나갔다 돌아와 어질러진 집 안을 걸레로 훔치는 어머니처럼 한동안 수선을 피우더니 이 문 저 문을 열어보고는 욕실로 들어갔다. 그는 주방 겸 거실에 서서 주머니에 손을 넣었다 뺐다 하면서 중심을 잡으려고 애를 썼다.

그녀가 욕실에서 나왔다. 한쪽 손은 주머니에 들어가고 한쪽 손은 주머니를 비껴가며 중심을 잃은 그는 그만 나동그라지고 말았다. 그녀가 외투를 벗기고 웃옷을 벗기고 바지와 양말을 벗길 때까지 이쪽저쪽으로 비틀거리다 방으로 기듯 들어갔다. 이불 위로 쓰러졌다.

"휴, 마음 둘 곳 없는 작자가 여기도 있구나."

이불을 덮어주며 노류가 말했다. 옆에 와 허리를 감쌌다.

그는 그녀의 손을 뿌리치고 돌아누웠다. 순정을 지키고자 한 게 아니었다. 의욕이 생기지 않았다. 술에도 놀이에도 사람에도 사랑에도. 그는 오직 나무와 톱에만 집중했다. 나무와 톱. 베이는 것과 베는 것. 절망과 분노로 뚤뚤 뭉쳐진 자기 자신한테만.

다음 날 그녀가 가방 하나를 들고 왔다.

"떠돌이가 짐이 많으면 골치 아프죠. 보아하니 당신이란 사람도 조만간 어디론가 사라질 것처럼 보여서요. 그때까지만 함께 있을까요."

무슨 의미인지 몰라 그는 거실에 선 채로 멀뚱멀뚱 쳐다봤다. 그녀가 그의 허리께를 툭 치더니 가방을 들고 작은방으로 들어갔다. 들어가자마자 고개를 쑥 내밀었다. 다다분한 목소리로 말했다.

"붓글씨 쓰나 봐요. 어쩐지, 아무리 봐도 기계톱 잡는 손은 아니더라니까."

그녀의 말에 그는 데퉁맞게 서서 머리를 긁적였다. 작은방으로 들어가 문구들을 싸들고 나왔다.

2

저녁부터 술에 취한 선재는 건들건들 숙소의 문을 열었다. 노류가 밥상을 차려놓고 앉아 텔레비전을 보고 있었다. 퇴근해올 남편을 위해 식사준비를 해놓고 기다리는 아내처럼 한껏 늘어진 채였다. 그는 씨근덕거리며 현관 바닥에 쭈그려 앉았다. 신발 끈을 풀려고 팔을 뻗었지만 끈은 잡힐 듯 잡힐 듯 손에서 자꾸 미끄러졌다.

"전에는 말이지. 음력 시월에서 이월까지 나무를 베면 말이지. 고거를 서화천이고 내린천에서부터 합강리까지 운반했어요. 거기서 뗏목을 만들었으니까니."

웬 노인의 목소리에 그는 고개를 들었다. 텔레비전에서 나는 소리였다. 자기가 날이면 날마다 마주하고 있는 깊고 험한 산자락이 노인 뒤로 펼쳐지고, 노인의 억양도 낯설지 않았다.

"먼저 뿌리 쪽에 구멍을 뚫어요. 고거를 앞으로 허고 위를 뒤로 가게, 한 서른대여섯 개를 묶지. 묶는데, 칡끈을 갖다가 서리 구멍에 끼워서 한 꿰미를 만들어. 드렁칡을 물에 불려서 쓰므는 어드렇게나 질긴지 끊어질 념려가 없거덩. 그거이 맨 앞동가리야. 다음 동가리는 한 서른두세 개, 그다음 동가리는 한 서른 개, 스물여덟아홉 개, 마지막 동가리는 스물예닐곱 개를 묶어서 모두 다섯 동가리로 만드는 기야. 고거이 한 바닥인데 트럭으로 두 대분은 거뜬허지."

그는 연방 상소리를 두런거리며 신발 끈을 잡으려 더 몸을 구부렸다. 동가리는 뭐고 바닥은 뭔지 알아들을 수도 없을뿐더러 도대체 늙은이 목소리가 저리도 카랑카랑한 게 마음에 들지 않았다.

"고담에는 등테를 두르는 기야. 참나무 가지를 잘라다가 동가리 머리에다가 둘러요. 그래야 어긋나지 않거덩. 그러고는 맨 앞동가리에서부텀 맨 뒤동가리까장은 가줄로 지그재그로 묶는데 고것도 드렁칡으로 허지. 맨 앞동가리는 좀 느슨허게 묶어야 해. 운전대니깐. 그럭 헌 다음에 맨 앞쪽과 맨 뒤쪽에 강다리를 맹글어 세우고 그레를 꽂잖나베.[7]"

일혼 살도 훨씬 더 돼 보이는 노인이, 뗏목을 타고 마포나루까지 다녀오는 품삯이 그때 당시 군수 월급보다 많다는 말에 벌목에 뛰어들었다고 고백하는 모습을, 그는 멍청하게 쳐다봤다. 열아홉 살에, 미음나루에 있는 색주가에서 처음으로 총각 딱지를 뗐다는 얘기를 하면서, 노인은 그때 일이 떠오른 듯 쑥스럽게 웃었다. 그러면서 청평 물이 댐으로 막히면서부터 뗏목은 아예 사라지고 말았다고 전했다. 그도 열아홉 살 때를 떠올렸다. 아스라했다. 다만 한 가지. 아버지의 다리, 아니 무릎 아래에서 너풀거리던 아버지의 바지자락만이 또렷했다. 그는 물큰 솟구치는 눈물을 손등으로 거칠게 훔쳐냈다.

"눈 녹인 골째기에 진달래 피고 강가에 버들피리 노래 부르니, 어허야 어허야 어야 디이야, 압록강 이천 리에 뗏목이 뜬다…… 물줄기 굽이굽이 끝없이 머니 낯설은 물새들도 벗이 되었네[8]……."

느닷없이 노랫소리가 들렸다. 그는 간신히 신발 끈을 잡았다. 배경음악으로 오래됨직한 유행가가 나오고, 노류가 그 노래를 따라 불렀다. 그녀의 목소리는 나직했다. 어딘지 모를 곳을 향해 가면서, 애초의 고저장단은 다 무시하고 제멋대로,

---

7) 최승순·박민일·최복규, 『강원대학교박물관 유적조사보고 제5집 인제뗏목』, 강원대학교
   박물관, 1986 참고
8) 유도순 작사, 손목인 작곡 「뗏목 이천리」, 1942

그렇지만 정성을 다해 불렀다.

"압록강 이천 리에 뗏목이 쉰다. 그리워 못 잊은 듯 신의주 오니 인조견 치마감에 가슴 뛰노나. 어허야 어허야 어야 디이 야, 압록강 이천 리에 뗏목 닿았네."

흐느적거리는 그녀의 노랫소리를 따라 그도 뗏목 위에 섰 다. 아득한 곳으로, 흐르는 물살에 온몸을 맡기고, 눈앞으로 획획 지나가는 풍경들을 뒤로 보내면서 앞을 향해, 오로지 앞 에서 다가오는 하늘을 향해 흘렀다. 우미내를 지나 광나루를 지날 때 울긋불긋한 저녁놀 아래에서 '버레'에 떼를 묶었다. 묶으려는데 돌무지가 미끄러졌다. 연방 미끄러졌다. 그는 신 발 끈을 잡은 채 옆으로 고꾸라졌다.

"어마, 언제 왔대? 휴, 술 냄새."

그녀가 그제야 다가와 그를 일으켜 앉히고 신발을 벗겨냈다.

"어지간히 퍼마시지…… 해장국 끓여놨으니까 꼭 챙겨먹 어요. 빨래는 아직 안 말랐으니까 내버려두고."

잔소리를 해대며 어깨를 잡아당겼다.

"이봐요, 각자 삽시다. 각자 방에서 각자. 알겠어요?"

그는 필요 이상으로 신경질을 부렸다.

"누가 뭐래요. 한데 당신이란 사람은 각자 사느라 밥도 안 먹 고 옷도 안 빨아 입어요? 방값으로 이런 것쯤 하면 안 돼요?"

일부러 언성을 높이는 것 같았지만 그녀의 목소리는 외려

침울하게 들렸다. 그는 그게 자기 기분 탓인지 텔레비전 탓인지 궁금했지만 골치가 아파와 생각하기를 그만뒀다. 아니 누가 누구를 위해 그딴 짓들을 해야 한다는 거지. 어처구니가 없었다.

"누가 방값 달라고 했나. 신경 쓰지 말고 조용히 삽시다. 예?"

그는 퉁명스럽게 내뱉었다. 신발을 다시 꿰차고 문을 열어젖혔다. 그녀가 팔을 잡아끌었다. 그 바람에 그녀를 안은 꼴이 되고 말았다.

"사랑해요…… 아직도 모르겠어요."

그녀가 말했다. 떨기까지 했다.

그는 그녀의 어깨를 밀쳤다.

"다시 한번 그딴 말하면 그땐 여기서 나가야 할 거요. 당신이 내 무게를 이길 것 같아?"

볼따구니로 불이 지나갔다. 그는 얼얼해진 뺨을 누르며 그녀를 쳐다봤다. 갑자기 당한 일이라 아무 말도 만들어지지 않았다.

천천히, 큰누나처럼 그녀가 말했다.

"그 늙은 놈팽이는 허구한 날 압록강 타령만 했지. 뗏목을 타고 바다로 나가는 상상만 하다가 죽어버렸어. 어린 나만 달랑 남겨놓은 채, 너처럼, 패잔병처럼 굴다가 죽어버렸다고."

십일월이었다. 텅 빈 계절, 비로소 제 자신으로만 남는 달. 숙연하게 자기 안으로 침잠하는 달. 그는 언제나 십일월이 아팠다. 막 철이 들 무렵부터였다. 누군가 어깨를 가볍게 치기만 해도 주먹이 날아갈 정도로 예민하던 시절. 비둘기나 까치가 행여 하늘을 직 그어 푸름을 동강 낼까 봐, 밥도 먹지 못하고 오줌을 참아가면서 들판에 온종일 서있은 적도 많았다. 그런 십일월에 아버지가 돌아왔다. 한쪽 다리를 잃은 채, 목발로 푸른 하늘을 철그덕철그덕, 잘라내며 안마당으로 들어섰다.

새파랬던 저녁 하늘에 노란기운이 감돌았다. 발개지고 점점 빨개지다 시뻘게졌다. 이글이글 타올랐다. 타오르다 검붉어졌다. 검검해졌다. 먹빛인가 싶더니 어느 순간 텅 비어버렸다. 그는 자기 안으로 들어와 기꺼이 재로 쌓이는, 노류를 그러안았다.

3

선재는 언제부턴가 솜털이 보송보송한 산의 나무, 그 다리들을 베어내는 자신이 경멸스러워졌다. 새벽마다 산을 오르면서 눈앞에 펼쳐지는 기이하면서도 신비롭고 경건한 산자락들, 그들의 살점을 도려내고 있는 자신이 불한당 중 하나 같았다. 밤마다 별을 올려다보고 있어도 결코 별을 보는 게 아닌 자신이 초라하다 못해 비겁해보였다. 얼어버린 발은 계속 부풀어 올랐다. 터질 것 같았다. 가려웠다. 쓰라렸다. 그거 하나 못 참고 긁어대는 자신이 비굴하기 짝이 없었다.

"이 형, 발은 좀 괜찮아요?"

종기가 물었다.

"그러게 등산양말을 신어야 한다니까. 두 켤레는 신어야 한다니까 말을 안 들어?"

햇살이 비쳐들었다. 아름다웠다. 관능적이었다. 그는 나무들 사이로 비치는 햇살에 손을 내밀었다. 안개가 남실거리는 이런 날의 아침햇살은 꼭 속옷만 걸친 노류 같았다. 그녀의 몸은 아름다웠다. 눈동자는 투명한 갈색으로 경이롭게 반짝이고 작은 손놀림에도 그녀는 사연을 만들어냈다. 신음 하나에도 수많은 이야기들을 담아낼 줄 알았다. 그녀와의 섹스는 낭창낭창했다. 감미로웠다. 행여나 아버지에게 들킬까 봐 조마조마하면서 비파로 타던 유행가처럼, 그는 그녀의 가슴팍에서 속절없이, 황홀하게 뒤채곤 했다.

"요즘 드는 생각인데요. 세상에 쉬운 일은 없더라고요. 나도 이것저것 많이 해봤거든요. 한데 매번 지금 하는 일이 가장 힘들고 어려워요. 그래서 옛날이 좋았어, 하는 모양이죠. 이 형은 어때요?"

그는 말없이 웃었다. 나무에 톱을 댈 때마다 늘 긴장되고 불안했다. 종기가 오랫동안 해오는 일인 듯 여유로우면서도 즐거운 표정으로 나무를 넘어뜨릴 때면 자기도 모르게 입까지 벌리곤 했다. 왜소한 체격 어디에서 그런 힘이 나오는지 경탄스럽기까지 했다.

"난 여기 오기 전에 부여에서 양송이를 재배했어요. 양송이버섯 알죠. 그게 생긴 것은 아주 뽀얗고 이쁜데, 손이 엄청 많이 가거든요. 그래도 요즘에는 전문으로 하는 사람들한테 맡기니까 수월해요. 대신 손에 잡히는 게 시원찮죠. 그래서 때려치우고 마누라는 접종하러 다니고 나는 여기로 뛰어들었는데 와서 보니까 양송이 재배는 진짜 양반이네요."

말하다 말고 종기가 그루터기에 걸린 가지를 꺼내느라 힘을 들였다. 그는 종기를 도와 가지를 들어올렸다. 웬 바위가 나타났다. 고인돌일까 생각하다 부여, 하고 중얼거렸다. 느닷없이 비파가 떠오른 것은 그때였다. 연달아 '아버지의 노래'가 들려왔다. 끊어질 듯 끊어질 듯 소곤거렸다.

"돌아가야겠어요. 아무리 생각해도 손에 익은 게 낫지 싶어요. 타향이라 정 들기도 틀렸고……."

그는 고개만 끄덕거렸다. 그러다 재배는 어떻게 하느냐고 물었다. 궁금해서라기보다 구체적으로 그려지지 않아서였다. 구체적으로 그려지지 않아서라기보다 '아버지의 노래'를 지우고 싶어서였다.

"재배를 하려면 재배사가 있어야겠죠. 전에는 시멘트블록으로 쌓거나 하우스 시공을 해서 부직포로 덮었는데 요즘엔 대개 조립식판넬로도 지어요. 조립식은 튼튼한 대신 습 조절이 좀 까다롭긴 하죠. 음, 다음에는 균상을 만들고요. 입상은 균상에 퇴비를 얹는 걸 말해요. 야외에서 발효가 된 퇴비를 균상에 얹은 뒤에 다시 발효를 해요. 그 뒤에 버섯 균을 심는데요. 말이 쉽지 그것도 어지간하죠."

"그렇죠, 세상에 쉬운 일은 없는 것 같아요."

맞장구를 쳤다. 다시 생각해보니 자기가 해본 일이라고는 겨우 이 벌목뿐이었다. 그는 얼치기가 따로 없네, 생각하며 입을 비쭉거렸다.

종기도 혹시 죽음에 대해 생각할까. 쓰러지는 나무들을 생각할까. 어느 날부턴가 그는 자기가 놀리는 기계톱에 쓰러지는 나무가 바로 아버지의 다리 아닌가 생각하기 시작했다. 눈과 함께 짓이겨지는 톱밥은 어머니가 잃어버린 말들이었다. 영하의 날씨에도 비릿하고 역겨운 냄새가 진동하는 이 숲은 자기의 내면으로 보였다. 설령 베어 넘긴 나무들이 다른 곳에서 새롭게 쓰인다고 하더라도 자기는 이 산속의 역사를 송두리째 넘어뜨리고 있는 것에 다름 아니었다. 이것을 순환이라고 편하게 말할 수 있을까. 이런 생각이 드는 날은 일을 마치고도 숙소로 곧장 들어갈 수 없었다. 맨정신으로 잠자리에 누우면, 자기가 누워있는 방이 온통 톱밥으로 뒤덮여버렸다. 나무동가리가 나동그라진 채로 가슴팍을 옥죄어왔다. 다시 나가야 했다. 무조건 마셨다. 정신이 혼미해질 때까지 마시고 산으로 기어올랐다. 정신을 차리고 하늘로 고개를 들었지만 별들조차 톱밥이 되어 눈을 찔렀다.

"이 형은 무슨 일하다 여기까지 흘러들었소? 보아하니 무경험자 같은데. 손은 절대 거짓말 안 하거든."

"에이, 나도 할 만큼은 해봤어요."

그는 손을 내려다봤다. 자기 손인데 거기에는 아버지 손이 있었다. 논바닥에 두엄을 뿌리거나 논으로 경운기를 몰고 가던 손. 비파 위에서 너울너울 춤추던 곧게 뻗은 손이.

"글쎄 그게 무슨 일인지 궁금하다니까요."

정말로 궁금하다는 듯 종기가 눈빛을 반짝거리며 물었을 때 그는 다시 비파를 생각했다. 비파가 생각나자 은하가 떠올랐다. 그녀가 떠오르자 누렁이가 떠오르고, 그 남자가 떠올랐다. 손바닥에는 어느새 비파와 아버지와 어머니, 그녀와 누렁이와 남자가 손모가지를 부러뜨릴 것처럼 앉아 근등거렸다.

그 자식은 누굴까. 은하는 왜 그 자식이랑 함께 왔을까. 정말 아버지가 돌아가신 걸 알고 왔을까. 알고 왔든 모르고 왔든 어떻게 남자를 데리고 올 수 있지. 정말로, 그만 만나자고 하

려고 왔을까. 편지나 전화로 알릴 것이지 대면하게 만들 필요
가 있었을까. 보란 듯이, 확실하게 끝내려고 그랬을까. 그 자
식이 아니었다면 누렁이 대가리는 패지 않았을 것이다. 패지
않았더라면 녀석은 죽지 않았을 것이다. 그런데 지금에 와서
그게 어쨌단 말인가. 이미 일어나버린 일을 어쩌란 말인가.

그는 종기가 이끄는 대로 따라갔다. 삼겹살집으로, 생맥주
집으로, 노래방으로. 나는 저쪽 샘물 끄트머리에, 너를 위한
탑을 쌓을 거야. 그리고 그 위에 산속 모든 꽃들을 올려놓겠
어. 이봐, 은하. 같이 가자. 나랑 같이 가야 해. 인사불성이 되
어 소리를 질렀다. 다시 종기에게 이끌려 나왔을 때는 한밤중
이었다. 바늘 같은 별들이 살갗을 찌르고 대기는 얼음보다 찼
다. 그는 어깨를 웅크리고 숙소로 찾아들었다. 들어서자마자
밥상에 걸려 넘어졌다. 방바닥에 나동그라지는 밥과 반찬들
과 함께 엉겨 붙었다. 엉겨 붙은 채로 코를 골았다.

산 아래에는 벌써 진달래가 한창이라고 했다. 그는 자기 안
에도 봄이 와주길 기다렸다. 어서 봄이 와 살구나무에 꽃이
피기를 기다리며 전화를 걸었다. 그러나 아직도 겨울임을, 계
속해서 동상에 시달려야 함을 그는 확인해야 했다.

"야, 이 나쁜 자식아. 우리 은하를 어떻게…… 어떻게 그 지
경으로 만들어놓을 수 있냐. 뻔뻔스럽다, 너무 뻔뻔스러워."

전화를 받은 은주가 다짜고짜 소리부터 질렀다. 이를 갈고

있었던 듯, 말 한 마디 한 마디에 질책과 힐책과 비난이 무성했다. 목소리마저 툭툭했다. 그는 미안하다. 정말 할 말이 없다는 말만 되풀이했다. 끊길까 봐 수화기를 귀에 바짝 갖다 댔다.

"지금도 설마…… 이제는 괜찮아졌을 거야. 그렇지. 임용고시도 보고? 은하가 나…… 아직도 많이 원망하는 모양이구나."

조심스럽게 물었다.

"사학년 때는 임용고시도 못 봤어. 떼밀려서 겨우 졸업식에 갔다 오고 말았지. 작년에 봤는데 낙방했지 뭐. 나도 네 얘기는 주현이가 말해줘서 알아. 우리 은하한테도 얘기해줬고. 있지, 앞으로 연락하지 마라. 다시 연락한대도 어림없겠지만. 걔 삐삐 진작 없앴어, 휴대폰은 장만도 안 했고. 그리 알아."

은주가 약간은 누그러진 목소리로 소식을 전했다. 은주의 말이 저녁 안개에 실려 끝없이 밀려들었다. 앞으로 연락하지 말라는데, 그날 같이 왔던 남자가 누구였냐고 물을 순 없었다. 그는 은주가 전화를 끊기 전에 수화기를 먼저 내려놓았다. 이제 나락으로 떨어지는 기분은 들지 않았다. 차라리 다행이라는 생각마저 들었다. 이미 헤아릴 수조차 없이 많은 주검들을 지켜봐왔으므로. 아무렇지도 않게 지켜볼 만큼 심장도 비대해졌으므로. 계속해서 주검들을 만들 것이므로. 그는 공중전화부스에 비치는 자기 얼굴을 뚫어져라 쳐다봤다. 박

박 밀어버려 민둥민둥한 머리통, 짙기만 한 눈썹, 째려보는 눈동자, 도드라진 광대뼈와 신경질적으로 뻗은 콧날, 뾰족한 턱과 화난 듯한 입술. 그는 계속해서 마주봤다. 이미 예전의 자기가 아니었다. 뻣뻣하기 이를 데 없는 모가지에 얹힌 얼굴, 그냥 빈 채로 싸늘한 바람을 맞이하고 있는 가슴팍, 빈약하기 이를 데 없는 두 팔과 무작정 흐느적거리는 두 다리, 그 사이로 불거져있을 자지와 불알 두 쪽.

그는 숙소를 비켜갔다. 지금쯤 노류가 치장한 모습으로 나오며 문을 잠그고 있을 것이다. 어쩌면 또 양말과 팬티와 작업복을 빨아놨을지도 모르겠다. 둥그런 상에 반찬과 수저를 놓고 밥솥에 밥을 해두고 가스레인지에는 김치찌개를 올려놨을 것이다. 방에 담요도 깔아놨겠지. 그는 계속 갔다. 자기의 겨울은 결코 끝나지 않을 것 같아 술집으로 향했다. 마셨다. 내내 비어있던 속은 금세 뜨거워지고 쓰렸다. 그는 연거푸 술을 부었다. 앞이 부예질 때까지, 모든 것들이 어리어리해질 때까지, 아무것도 분간이 안 될 때까지.

정말 앞을 분간할 수 없을 정도로 캄캄한 밤을 그는 걸었다. 비틀거리며 올라간 산 위에서 별이 기다리고 있었다. 톱밥 같은 별들이 눈을 찌르고, 하늘 복판으로 은하가 흘렀다. 찬란하게 흘렀다. 그는 아무 생각도 안 하려고 애썼다. 묻기만 했다. 그녀는 은하일 뿐 결코 갈 수 없는 곳에 있느냐고,

그냥 올려다보는 것만으로 족해야 하느냐고.

별은 점점 더 선명해졌다. 선명했던 별이 떠나고 새 별이 떴다. 그는 동상에 걸린 발로 서서 묻고, 묻고 계속 물었다.

아버지의 노래

1

선재는 자기도 모르게 마스크를 꾹 눌렀다. 입상 일을 시작한 지 몇 달이나 지났는데도 냄새에 적응하기가 여간 어려운 게 아니었다. 양송이 배지로 쓰는 퇴비는 대개 볏짚에 계분과 깻묵이나 미강, 석고와 비료 등을 섞어 물을 뿌려가며 야외에서 일차로 발효를 한다. 이 퇴비를 균상으로 옮겨 평평하게 펴는 일, 이걸 입상이라고 하는데 그가 종기를 따라다니며 하는 일이다. 균상에서 수십 도의 온도에 살균하면서 후발효를 한다. 그때야 잡균들이 죽고 계분냄새도 사라진다고 하니, 입상을 하고 다니려면 냄새에 적응하는 수밖에 달리 방법이 없었다. 오늘도 그는 면 수건을 접어서 마스크 안에 덧대어 쓰고 목장갑을 낀 상태였다.

작년 봄에 그는 부여로 내려왔다. 곧바로 종기를 따라 입폐 상을 할 생각이었지만 몸이 말을 듣지 않았다. 위궤양으로 속은 쓰리고 간짓대처럼 말라버린 몸은 시도 때도 없이 떨려왔다. 알코올중독인지도 모르겠다며 종기가 병원에 가자고 재촉했다. 그는 버텼다. 버티며 졸랐다. 일을 하게 해달라고, 해야 한다고, 그래야 살 수 있을 것 같다고. 종기는 쉬라고 했다. 당분간은 무조건 쉬어야 한다며 거절했다. 하는 수 없었다. 그는 원룸에 종일 누워있거나 강변을 따라 걸으며 해바라기를 했다. 아주 먼 곳으로 온 것 같은 기분이 들었다. 강물을 거슬러 올라가다 보면 정말이지 쑹화강변에 닿을지도 모르겠다는 생각이 들었고, 그곳에서 살구꽃 핀 마을을 볼 수 있을 것 같았다. 그런 생각에 가슴이 들뜰 때면 시장에 들러 먹거리를 사들고 왔다. 원룸에 들어서자마자 꾸역꾸역 입속으로 욱여넣었다.

목장에도 다녀왔다. 목장이었던 곳은 스산했다. 그녀가 없는 목장은 아무런 의미가 없었다. 그는 자기가 나이를 먹어가는 것처럼 목장도 나이를 먹어간다고 생각하며 그곳을 떠나왔다. 올라오는 길에 집에도 들렀다. 하룻밤을 자는 둥 마는 둥 되짚어 나서는 그를 보고 어머니는 꺽꺽거리는 것으로 작별 인사를 대신했다. 지난가을에 그는 다시 종기를 찾아갔다.

허우대는 멀쩡해졌는데, 하면서도 종기는 망설였다. 그가 이제 돈도 다 떨어져간다고 너스레를 떨자 정말 괜찮겠느냐며 걱정을 했다. 그는 들고 간 작업복을 꺼내어 갈아입었다. 하는 수 없다는 듯 종기가 악수를 청했다. 동료들에게도 소개했다.

그는 시멘트 바닥에 쌓인 퇴비 앞으로 외발리어카를 끌고 갔다. 포클레인 기사가 리어카에 퇴비를 담아주자 재배사 안으로 밀고 들어가 통로에 세웠다. 포크로 퇴비를 떠서 균상으로 올렸다. 파트너가 그것을 쇠스랑으로 끌어다 균상에 평평하게 폈다. 이 일을 몇 번이고, 밖에 쌓아둔 퇴비를 균상으로 다 옮길 때까지 반복했다. 아직 사월인데도 아침 공기는 벌써부터 후텁지근했다. 숨이 턱턱 막혔다. 그는 목에 두르고 있던 수건으로 땀을 닦았다.

"이제 제법 하는 사람 같은데?"

종기도 수건으로 뒷목의 땀을 닦아내며 말했다.

"어깨는 어때요? 동상에 안 걸리겠다 싶으니까 이제는 어깨가 속 썩이죠."

동상에 걸렸던 살갗은 쭈글쭈글해져 보기에는 안 좋았지만 시간이 지나면 나아질 것이다. 종기 말대로 대신 어깨가 아팠다. 잠을 제대로 잘 수 없을 정도로 쑤셨다. 이 일을 계속해야 하나 말아야 하나 갈등마저 생겼다. 하지만 아직은 아니었다. 몸보다는 마음이 날것인 채로 팔딱거렸다. 그는 지금 자기의 마음과 사투를 벌이고 있는 중이었다.

"아직은 그런대로."

"버틸 만하다는 거요?"

커피를 건네며 종기가 반문했다. 솔직히 그도 자신할 수는 없었다. 오늘은 입상만 두 동이었다. 대개 새벽 네다섯 시부터 시작해 서너 시간 정도면 한 동을 마쳤다. 여섯 명이 한 조일 때 그렇지, 네 명이나 다섯 명이라면 시간이 더 걸렸다.

"전에는 어떻게 이런 것까지 다 농가에서 했는지 몰라. 거기다 종균 접종해야지 복토도 올려야지. 세상 참 좋아졌다니까."

거기다 버섯채취도 요새는 따로 인력을 사서 한다는 거였다.

"그럼 재배농가에서는 뭘 하죠?"

"입상하기 전에 재배사를 청소해야죠. 입상하고 나면 후발효를 하고요. 또 접종 후에는 관수하고, 복토 뒤에는 습도랑 온도관리 하면서 핀이 맺을 수 있도록 해야죠. 물론 버섯도 같이 채취하고요. 할 일 많아요. 눈에 보이는 게 다가 아니라니까요."

눈에 보이지 않는 게 뭘까 생각하다 그는 양송이버섯 하나가 식탁에 오르려면 얼마나 많은 과정이 필요한지 따져보기 시작했다.

우선 재배사를 지을 때 뼈대로 소용되는 각관파일과 벽체와 지붕으로 쓰일 조립식패널이나 덮개용 피복재, 균상을 만드는 데 필요한 파이프와 그것들을 붙이고 이어주는 기계장비들, 재배사의 온도 습도와 CO_2 농도를 확인할 수 있는 제어시설이나 여러 비품집기들이 있어야 할 것이다. 퇴비를 만들려면 볏짚과 계분 석고 비료 미강 깻묵과 물 등이 필요하다. 볏짚 대신 밀대나 갈대나 솜을 쓰기도 하지만 우리나라에서는 대개 볏짚을 사용한다. 또 계분 대신 마분을 쓰는 농가도 더러 있다. 볏짚은 벼를 수확한 논에서 가져온다. 논에 농약을 얼마나 쳤는지는 야외발효 때 속을 썩이는지 수월한지 보면 알 수 있다고 한다. 계분은 양계장에서 온다. 조류독감 같은 병 때문에 닭에게 약을 많이 먹인다고 들었다. 그런 약제와 항생제나 영양제를 얼마나 먹였느냐에 따라 퇴비의 발효방법이나 시기가 달라지기도 한다. 야외시설장에서 볏짚과 계분 석고 비료 미강 깻묵과 물 등을 섞고 뒤집어가며 이십여 일 동안 발효한 퇴비를 재배사 균상에 올린다. 재배사에서는 온도를 올려 살균을 하면서 다시 발효를 하는데 이를 후발효라고 한다. 이렇게 후발효를 하면서 퇴비에 남아있던 가스를 완전히 빼내고 난 뒤에라야 종균을 접종한다. 종균은 종균회사에서 가져온다. 통밀을 삶아 살균한 다음에 균을 주입하고 약 이십 일 동안 적절한 온도와 습도를 유지하면서 배양관리 한다. 계절이나 환경에 따라 품종도 여러 가지다. 색깔도 갈색과 흰색 계통이 있다. 향과 풍미는 갈색 품종이 월등하게 좋지만 소비자들이 깨끗하고 예쁜 것을 찾으니 농가에서도 대개 흰색 품종을 재배한다. 종균을 접종하고 약 보름 정도 지나면 배지에 종균이 거의 활착한다. 그 위에 흙을 덮어주는데 이것을 복토라 부른다. 복토 흙은 대개 식양토나 미사질 식양토에 토탄을 섞어서 쓴다. 흙에 소석회나 탄산석회를 첨가하여 산도를 맞춘 다음 생수증기나 약제로 소독해 쓴다. 복토를 한 뒤에는 버섯 핀이 설 때까지 이십 일 정도 주기적으로 관수를 해가면서 온도와 습도를 조절한다. 버섯이 자라면 채취해서 경매장이나 음식점으로, 학교나 마트로 보낸다.

이런 일련의 과정에 관계된 사람들, 그 사람들이 투자하는 시간, 차량장비들과 연장들, 장비와 연장들에 딸린 부품들과 그것들을 만들고 팔고 나르는 사람들. 그들에 딸린 가족이나 연관된 사람들까지 계산하자니 어마어마했다. 방금 종기가 말한 것처럼 농가에서 한다는, 눈에 보이지 않는 것들까지 합한다면 더 늘어날 것이다. 겨우 엄지만 한 버섯 하나에도 이토록 엄청나게 많은 인연이 얽혀있다니. 우리 칠십억 인간이 먹고 있는 많은 것들과 입는 것들과 자는 것들에 연관되는 인연의 무게는 얼마나 무거울까. 지구보다 더 무거울 것 같았다. 의식주 말고도 우리가 누리고 있는 수많은 것들과 그것들과 관계된 것들은 또 얼마나 많고 무거운가. 인간만이 아니라 풀과 나무, 들짐승 길짐승 날짐승에 벌레에 미생물에 균에…… 그는 갑자기 소름이 돋았다. 무서운 생각마저 들었다.

"어이, 배불뚝이. 저 앞 동이 일주기랬지. 잘 나왔냐. 버섯이 어떻게 생겨나는지 몹시도 궁금한 모양인데 좀 보여줄래."

종기가 눈으로 자기를 가리키며 말했다. 그는 재배사 주인을 바라다봤다. 허우대가 크고 활달하게 생긴 주인은 종기 말대로 배가 불룩했다. 주인이 배를 한 손으로 쓸며 눈을 흘겼다. 종기는 입상하러 와서부터 불알친구라며 커피 타 와라 막걸리 대령해라, 큰소리치더니 이번에는 버섯을 따고 있는 재배사를 보여주라고 성화였다. 그도 버섯이 어떻게 자라는지 궁금하기는 했지만 나서서 보여 달라고 하기는 조심스러워 기다리고 있던 참이었다. 일단 씻고 옷부터 갈아입으라고 하면서 주인이 먼저 재배사로 들어갔다.

안은 어둑신했다. 그는 입구에 서서 눈을 끔벅거렸다. 조금 지나자 온통 흰 버섯으로 가득한 균상이 눈에 들어왔다.

"어때요, 소감이?"

안쪽에서 주인이 물어왔다. 안에는 종기와 주인 말고 두어 사람이 더 있었다. 중년 부인들이었다. 균상과 균상 사이에 놓인 밀차에 허리를 구부리고 서서, 장갑 낀 손으로 버섯을 채취하고 있었다. 한 손으로 버섯의 갓을 잡고 다른 손으로는 칼로 버섯의 대를 잘라 손가락 새에 끼웠다. 버섯 다섯 개가 다섯 손가락 새에 끼이는가 싶더니 눈 깜짝할 사이에 포장상

자에 담겼다.

"굉장하군요."

그는 낮게 탄성을 질렀다. 보고 있는 것은 버섯인데 가슴 속은 어느새 살구꽃으로 가득 차들었다. 사랑방 앞 살구나무, 아버지의 비파 소리를 들으면서 살았을 꽃들. 꽃들은 비파 소리에 더 환하고 눈부셨는지 모른다. 비파 소리가 사라지고 텅 비어버린 사랑방을 쳐다보면서도 여전히 꽃을 피우겠지만 저 버섯들처럼 지금도 생동생동할까.

'아버지의 노래'가 몰려들었다. 또랑또랑하게 울렸다. 그는 천천히 통로로 걸어 들어갔다. 희디 흰 버섯 하나는 하나의 음표 같았다. 음과 음들이 빼곡하게 들어차 하나의 선을 만들 고 선과 선들이 이어지며 율을 만들었다. 선율은 올차게, 끝 없이 재배사 안을 울렸다. 이쪽저쪽에서, 아래위에서, 사방팔 방에서 동시에 울렸다. 당장이라도 잡을 수 있을 것처럼 생생 했다. 그는 넋을 빼앗긴 채 통로 이쪽 끝에서 저쪽 끝까지 느 즈러지게 오락가락했다.

2

아침부터 장맛비가 내렸다. 선재는 한쪽에 놔두었던 쓸 것들을 방 가운데로 가져왔다. 바닥에 신문지를 깔았다. 벼루에 물을 붓고 오른손으로 먹을 쥐었다. 갈았다. 알싸한 냄새가 코끝을 간질였다. 얼마쯤 지나자 엄지와 검지와 중지가 뻣뻣해졌다. 왼손으로 바꿔 쥐고 갈다 멈추고 그는 붓끝에 먹물을 묻혀 신문지에 찍어봤다. 묽었다. 한참을 갈아도 먹물은 좀처럼 까매지지 않았다. 얼추 됐을 것 같아 확인해보면 어림없었다.

오늘처럼 먹을 갈던 시절이 있었다. 서안 앞에 앉은 아버지를 마주하고 무릎을 꿇고 앉아 이렇게 먹을 갈던 시절이, 그의 기억 속에는 가장 아름다웠던 시절로 저장되어 있다. 가장 화창했던 시절, 먹을 갈면서도 졸 만큼 나른했던 시절로.

마침내 검고 반들반들한 먹물이 종이에 까맣게 찍혔다. 그는 신문지를 펼쳤다. 손으로 판판하게 쓸어내고 문진으로 눌렀다. 붓을 들었다.

自. 세상에 태어나 붓으로는 처음 써보는 글자. 쓰려고 작정한 것도 아닌데 불쑥 튀어나온 글자. 그는 붓을 든 채 自 자를 망연히 내려다봤다.

自 자는 사람의 코를 본뜬 글자라고 한다. 스스로를 일컫는다. 한데 왜 코를 자신으로 본 것일까. 궁금해하다 그는 이내 수긍했다. 코로는 숨을 쉰다. 숨은 가장 원초적인 생명의 활동이다. 모든 생명의 활동은 숨으로 시작해 숨으로 끝난다. 숨을 쉬지 못하는데 눈이 어떻게 사물을 볼 수 있으며, 귀

가 어떻게 소리를 들을 수 있으며, 혀가 어떻게 말을 할 수 있으며, 어떻게 몸으로 촉감을 느끼며, 어떻게 생각이나 마음이 생기겠는가.

自는 모든 일이 자기로부터 비롯된다는 것을 의미한다. 自에는 얽매임이 없다. 自에는 저절로는 있어도 결코 방임은 없다. 自에는 억지스러움도 없고 自에는 흐트러짐도 없다. 自는 바람보다는 물의 성질이 강하다. 그저 한없이 흘러가는 물처럼 自에는 능동적인 생명력이 꿈틀거린다. 自는 살아있는 활동을 말한다. 自에는 파멸이 아니라 스스로 사라지는, 때가 되면 스스로 거두어가는 적멸이 있을 뿐이다. 自에는 그래서 거스를 수 없는 단호함이 존재한다.

먹물 냄새를 들이마시고 붓끝을 가지런히 한 뒤 종이 위로 가져갔다. 들이마셨던 숨을 내쉬면서 붓을 내려 아래에서 오른쪽 위로 비스듬히 올렸다. 머물면서 붓끝을 세우고 약간 기울여 아래로 내렸다. 그는 다시 숨을 들이마신 뒤 멈추고 붓끝을 세우면서 잠시 머문 듯 왼쪽으로 붓을 내렸다. 삐침 한 획을 긋는 데만도 신경이 예리하게 갈렸다. 곧게 내려 긋기도 가로 긋기도, 기필起筆이 가장 어려웠다. 물론 행필行筆이나 수필收筆도 마찬가지였다. 흐름에 내재하는 질서는 어느 것에든, 어디에든 존재하고 있다는 사실을 다시 한번 확인하는 순간이었다.

신문지 한 장에 모두 自 자를 썼다. 그는 다 쓴 종이를 내리고 새 종이를 올렸다. 손바닥으로 종이를 판판하게 쓸어내고 문진으로 눌렀다. 다시 自 자를 썼다. 다음 장에도 또 다음 장에도 自 자를 썼다. 自 자만을 작정하고 쓴 것은 아니었지만 언제부턴가는 작정하고 덤볐다. 쓸수록 붓을 든 오른손에도 바닥에 댄 왼손에도 힘이 들어갔다. 힘이 들어가면 과격해진다고 아버지는 비파를 가르칠 때마다 말했다. 무엇에든 힘이 들어가면 과격해진다고. 그는 쓰던 걸 멈추고 어깨를 폈다. 붓을 내려놓고 주먹을 쥐었다 폈다. 두 손을 깍지 껴 머리 위로 올렸다 내렸다. 몇 번 반복하고 나서 다시 붓을 들었다.

그는 '희망의 나래여'를 썼다. '아름다운 마음 고이 간직하리라. 길손'을 썼다. 글자들 위로 은하의 얼굴이 환하게 나타났다. 해사하게 웃었다. 웃으면서 한 남자를 가리켜 보였다. 그는 붓을 놓았다. 아직도 그날에서 벗어나지 못하는 자신이 한탄스러웠다. 아닌 게 아니라 지금도 궁금증은 가시지 않았다. 그녀와 그 남자는 어떤 사이일까. 도대체 어떤 사이기에 함께 왔을까. 연락해서 물어볼까. 그는 부리나케 전화기를 들었다. 그녀의 원룸 번호를 눌렀다. 누르다 말고 전화기를 도로 내려놨다. 뻔뻔스럽다던 은주의 말이 핥고 지나갔다. 그녀는 전화기도 없다고 했다. 더군다나 그날로부터 칠팔 년이라는 시간이 흐른 뒤였다. 이미 넘지 못할 벽이 되고도 남는 세월이었다.

다시 自를 썼다. 얼마큼 쓰자 붓끝이 자꾸 갈라졌다. 갈필이 되었다가, 더 이상 삐침조차 써지지 않았다. 그는 그제야 붓을 내려놓았다. 좌정하고 앉았던 다리를 풀자 피가 통하면서 지르르 저려왔다. 그는 글자를 쓴 신문지로 벼루를 닦았다. 먹과 문진과 함께 한쪽으로 치웠다. 신문지를 구겨 쥐고 일어났다. 바깥은 어둑했고 비는 여전히 쏟아지고 있었다.

3

영정각과 산신각 사이로 흐르는 계곡 물소리가 투명하고 맑게 들렸다. 무량사의 겨울은 높고 우람하고 거칠 것 없는 나목들과 계곡의 물소리로 고독이 뿌리깊이 배어있다는 인상을 풍겼다. 선재는 앞산에 눈이 쌓이고 푸른 햇살이 흰 마당을 비추고 영정각 앞 뽕나무가 계곡을 향해 끄덕끄덕 바람에 흔들리는 이즈음이 좋았다. 다른 계절보다 이때가 김시습이 비로소 매월당이거나 청한자로 느껴지곤 했다.

청청한 바람에 촛불이 흔들렸다. 매월당의 눈빛도 잠깐 미동하는 듯했다. 무엇엔가 억눌린 것처럼 무겁고 고적해보였다. 그러면서도 그것을 떨치고 일어날 것처럼 화끈했다. 눈

속에는 냉정과 열정이 공존했다. 울분과 분노가, 회한과 참회가, 뜻을 펼치지 못한 절망감이 싸늘하게 들끓었다. 아니 그 모든 것들을 넘어서서 달관으로 빛나는 듯도 했다. 그는 가까이 다가갔다.

너는 지금 무엇을 보고 있느냐. 네가 서있는 곳은 어디냐. 너는 지금 어디로 가려 하느냐. 네가 가려는 곳은 네가 진정으로 가고자 하는 곳이냐.

매월당은 다그치듯 물었지만 그는 대답하지 못했다. 매월당의 눈썹은 완고하면서도 한없이 자유롭고자 하는 욕망으로 꿈틀거렸다. 금방이라도 갓을 고쳐 쓰고 일어나 어디론가 떠날 것처럼 보였다. 그는 인색하기보다는 사사로운 감정을 단호하게 쳐내버릴 것 같은 코와 세상의 모순을 받아들이지 못하고 평생 가난하게 살았을 것 같은 작고 얇은 입술을 봤다. 매월당은 구레나룻이 희미했다. 그것은 감정보다 정신에 충실했을 것이라는 인상을 주었다. 그래서일까. 정면을 똑바로 응시하지 않고 어느 먼 곳으로 향해있는 시선은 한없이 높고 쓸쓸해보였다.

"허허, 처사님. 찬 데 너무 오래 앉아계시면 탈납니다. 어떠세요, 저랑 차 한 잔 나누실까요."

소리 나는 곳으로 고개만 돌렸던 그는 이내 일어났다. 스님이었다.

"하도 오래 앉아계셔서, 그러다 감기 걸리지 싶어서요. 괜찮다면 가시지요."

스님이 안으로 들어와 촛불을 눌러서 껐다. 의향도 묻지 않고 앞장서갔다. 생각지도 못한 청에 그는 적이 당황스러워하며 뒤따라갔다.

그는 스님이 내미는 보료에 앉았다. 방 안은 단출했다. 다탁과 다탁 옆에는 경전 몇 개가 쌓여있고 지금은 보기 어려운 횃대보가 벽 한쪽을 차지하고 있었다. 달랑 대나무만 수놓인 보는 꾸밈이 없어 더 정갈했다. 스님이 전기주전자에 물을 붓고 스위치를 누른 뒤 벽장에서 다기를 꺼내었다. 끓인 물을 숙우에 담아 식혀 다관에 붓고 차를 넣었다.

"가끔 오시는 것 같던데, 혹시 설잠 스님과 관련된 일을 하고 계신가요. 철학이나 문학이나 아니면 종교?"

생각지도 못한 물음에 그는 겨우 대답했다.

"그냥 옵니다. 올려다보고 앉아있으면 뭐랄까, 꾸지람을 듣는 것 같으면서도 격려를 받는 기분이 들어서요. 다녀가면 한동안 마음이 편안해지더라고요."

스님이 고개를 끄덕이면서 차를 따라 그에게 권하고 자기 앞에도 놓았다.

"그 양반의 눈에는 오만 것들이 들어있다고들 하지요. 보는 사람에 따라 다 다르게 본다는 말일 겁니다. 처사님처럼 꾸지람을 하는 것처럼 보는 분도 있을 테고 또 위로를 받는 분들도 있을 테고요. 아니면 열정을 보는 사람, 분노를 보는 사람, 절망을 보는 사람, 이상을 보는 사람도 있을 테지요. 설잠 스님은 생전에 자화상을 두 점 그렸다고 합니다. 사실 여기 모셔놓은 게 그 자화상이냐 아니냐는 논란도 있지요. 여부를 떠나서 전 스님의 행적에 제대로 어울리는 눈빛이라고 생각합니다."

"매월당은 본래 유학자였다고 하지요. 스님이기도 하고 또 도인으로 불리기도 했다던데…… 유불선을 통찰할 수 있는 힘은 어디서 나올까요."

"'본래'라는 게 과연 있는지는 모르겠지만, 글쎄요, 자유인에게 어디 유불선의 경계가 가당키나 합니까. 처사님도 스님의 눈빛에서 자유도 보셨나 보군요. 전 늘 함께하고 있어서 그런지 제대로 보이지 않던데, 언젠가 어떤 보살님이 그러십디다, 자유가 보인다고. 처사님처럼 그렇게 설잠 스님과 마주 앉아있다 가곤 하는 분들이 더러 있어요. 아, 저 아래 들어오는 길에 부도밭 가보셨나요? 거기에 스님 부도도 있는데. 아주 오래전에, 태풍이 몰아쳐서 부도가 자빠졌답니다. 그때 사리가 나와서 한동안 이곳에 모셔두었다던데 지금은 박물관에 있지요, 아마…… 이따 가면서 한 번 들러보세요. 부도밭 뒤편에는 소나무도 한 그루 있거든요. 아주 고상하게 생겼어요. 전 그 소나무를 설잠 스님의 화신으로 생각합니다. 강직한 것 같으면서도 이리저리 꼬인 가지들을 보면 그분의 행적을 말해주는 것 같아서 가슴이 짠해요. 무엇보다 신비한 일은…… 해마다 여름이면 부도밭에 상사화가 핍니다. 노란색 상사화가 있다는 걸, 전 여기 와서 처음 알았답니다."

스님의 말은 독경소리처럼 들렸다. 적당한 고저와 적당한 강약과 적당한 장단으로 사람의 마음을 푸근하게 했다. 스님이 말하는 여자가 혹시 은하일까. 그는 터무니없는 생각에 쓸쓸하게 웃었다.

"소나무와 노랑상사화…… 조합이 예사롭지 않네요. 음…… 스님 말씀을 듣고 보니까 매월당이 자유인은 맞는 것 같은데요, 제가 생각하기에는 자유를 자유롭게 만끽하지는 못한 눈빛으로 보여서요."

"그러십니까. 혹시 처사님도 전통이나 사회규범이나 제도 같은 걸 부수는 게 자유라고 생각하시나요. 제가 보기에 자유는 그런 데에 있을 것 같진 않습니다만. 내가 한 행동을 남에게 책임지게 하지 않는 것, 이게 진정한 자유라고 생각합니다. 이를테면 담배꽁초나 종이컵 같은 것을 아무 데나 버리지 않기. 내가 먹은 그릇 내가 치우기 같은 것들…… 일견 사소해 보이는 요런 것들이 결국엔 엄청난 차이를 만들지 않나요. 이걸 제대로 안다면 전통이나 사회규범이나 제도들은 한낱 허울에 불과하다는 것도 알게 될 것 같고요.”

“내가 똑바로 서있어야 한다는 말씀이군요. 내가 세상의 중심이다…….”

“너무나 당연해서 곧잘 잊고 살지요. 내가 똑바로 서야 가정이 똑바로 서고 사회가 바로 서고 나라나 국가도 바로 섭니다. 인류가 바르게 서고 마침내 지구가 온전해질 것 아니겠어요. 말 그대로 수신이 먼저지요. 나 하나쯤이야 어때, 라고 생각할지 모르나 나 없는 세상은 없습니다. 수많은 ‘나’들이 모여 세상을 형성하니까요. 안 그렇습니까.”

“맞는 말씀입니다. 한데 전통이나 사회규범 같은 제도가 허울에 불과하다는 말씀은 잘…… 혹시 법이나 제도로는 개인을 구속할 수 없다는 말씀이신가요?”

“개인은 사회나 국가 같은 어떤 단체에 속해 있게 마련이지요. 하지만 인간은 그것을 넘어선 곳에 있다고 봅니다. 그런 인간을 어떻게 구속할 수 있겠습니까. 어쨌거나 세상은 지금까지 법과 제도를 깨려고 노력하는 자와 그걸 더 견고히 하려는 자의 충돌로 이어져오고 있지, 그것을 관찰하거나 관조한 사람들은 상대적으로 드물었어요. 관찰하거나 관조하는 사람이 자연으로서의 인간 아닐까요. 적어도 난 그렇게 봅니다만, 그런 사람의 눈 속에 울분이나 절망이 들어있을까요.”

스님의 말은 다소 현학적으로 들렸다. 의견에 모두 동의하기도 어려웠다. 하지만 적어도 매월당의 눈 속에는 분명 울분과 자유가 공존하고 있다고 그도 생각했다. 연민과 갈망이, 고독과 좌절이, 이상과 현실이. 스님의 말대로 진정한 자유란 그것들을 벗어난 자리에 있을지도 모르겠다고 생각하며 그는 차를 한 모금 마셨다.

"내가 원하는 걸 다른 사람도 꼭 원하지는 않을 겁니다. 그러니까 서로의 다름을 인정한다면, 저도 여기 와서 저분의 눈빛을, 제대로 마주보지도 못하면서 굳이 보려고 애쓰지는 않겠지요."

뭔가를 더 말하고 싶었지만 그게 어떤 것인지 몰라 망설이다 그는 다시 차를 마셨다. 찻물은 떫으면서도 달았다. 풋풋했다.

빈 찻잔에 차를 따르는 스님의 얼굴에 얼핏 미소가 번졌다.

"헌데 처사님, 예전에는 자화상을 어떻게 그렸을까요. 궁금하지 않습니까."

어떻게 그리다니, 붓으로 그렸을 것 아닌가. 한데 자기의 얼굴을 어떻게 보고 그리지? 순간 궁금증이 일었다. 그는 장난기 가득한 스님의 얼굴을 마주보다 차 한 모금으로 입을 축인 뒤 대답했다.

"글쎄요. 거울 아니 예전에는 명경이라고 했다지요. 그 명경을 앞에 놓고 그리지 않았을까요. 아니면 대야에 물을 떠놓고 물속에 비친 모습을 보면서 그랬을라나."

"제 생각에도 대야 속 얼굴을 보고 그랬을 것 같군요. 명경 앞에서 그리는 것보다는 대야에 물을 떠놓고, 물속에 비친 자기 모습을 보면서 그리는 게 훨씬 낭만적으로 보이잖습니까. 설잠 스님 정도 같으면 당연히 그리하셨겠지요."

말을 보태면서 스님이 껄껄 웃었다.

"물에 비친 당신의 모습을 보면서, 한 획 한 획 붓을 놀렸을 선생의 마음이, 지금 보니까 눈빛에 고스란히 담겨 있는 것 같기도 하네요."

그는 조금 전에 보았던 매월당의 눈빛을 떠올리며 덧붙였다.

"오늘 물소리는 퍽이나 요란합니다. 그러면서도 아주 젊게 들리는데 처사님 귀에는 어찌 들리십니까."

남은 찻물을 다 마시고 난 스님의 말이었다. 적묵당 문으로 어느새 노릇한 햇살이 비쳐들었다.

4

매월당의 사리는 수장고에 보관 중이어서 보여줄 수 없다고 담당자가 말했다. 선재는 아쉬워하며 전시관으로 들어섰다. 자화상의 눈빛과 사리의 빛은 서로 닮았을까. 닮았다면 사리에서 나오는 빛도 여러 가지일까 궁금했고 궁금증이 여기까지 이끌었다. 어떤 근거가 있어서라기보다 막연한 추측이었다. 하지만 수장고에 있는 걸 보려면 절차가 있어야 하고, 절차에 따르려면 자격이 있어야 한다니 어쩔 수 없었다.

백제금동대향로는 굉장했다. 맨 아래 향로의 몸체를 받치고 있는 용의 위용부터, 연꽃잎 하나하나에 살고 있는 진귀한 짐승들과 구름 모양으로 두른 테, 산과 나무와 사람과 악기와 새들. 그리고 봉황의 날갯짓까지 어느 하나 영혼의 숨결을 비켜간 곳이 없었다. 구체적이고 사실적이고 간절하면서도 속세의 이념이나 가치관에 물들지 않는 고유한 꿈이 거기에 펼쳐져 있었다. 설령 백제라는 나라가 추구하는 이상향을 향로에 그대로 반영한 것에 불과하다고 해도 향로는 결코 거기에 매몰되지 않고 타협하지 않는 힘이 있었다. 그는 고인돌을 생각했다. 고인돌에서 나오는 힘과 향로의 힘은 서로 닮은 것 같으면서도 달랐다. 고인돌의 힘이 투박하고 올곧다면 향로의 힘은 세련되고 자유로웠다. 그리고 풍성했다.

풍성하다고 느낀 순간 그는 산해경이라는 책이 생각났다. 덩달아 은하가 떠올랐다. 그는 알 수 없는 기분에 휩싸였다. 향로 속에 든 사람들과 동식물들을 보고는 있지만 둘 사이의 연관성을 되짚어보느라 머릿속은 분주해졌다. 아무리 생각해봐도 산해경과 그녀 사이에 연결고리 같은 건 없었다.

완함은 금세 알아볼 수 있었다. 집에 있던 비파와 너무도 흡사해 깜짝 놀랄 정도였다. 그는 낙낙하고 밝은 연주자의 얼굴을 마주보았다. 가늘고 긴 눈과 낮은 듯 둥근 콧날과 도톰한 입술과 통통한 볼은 약간 짓궂은 표정을 짓고 있고 다른 연주자들보다 젊어보였다. 소리도 젊을까. 그는 길면서도 둥글둥글하게 구부러진 완함 연주자의 손가락을 가만히 들여다봤다.

그 시절 내 소리는 어땠을까. 그는 이제 자기의 손을 펴고 골똘히 쳐다봤다. 입소리를 내다가 중단하고 아버지는 종종 꾸짖곤 했다. "왜 쓸 데 없는 것들을 소리에 집어넣지?" 처음 그 말을 들었을 때 소리는 다 같은 소리 아닌가, 그는 속으로 반문했다. 자기의 의중을 헤아린 듯 아버지가 타 보여줬을 때에야 그는 아버지가 타는 소리와 자기가 탔던 소리가 다르다는 것을 알았다. 함에도 지금은 아버지가 타던 소리와 자기가 탔던 소리를 구별할 수 없었다. 뒤엉키고 뒤섞이고 얼크러져버린 두 개의 소리는 그의 마음속만큼이나 두서가 없었다.

비파를 찾으러 마을을 쑤시고 다닐 때까지만 하더라도 그는 단순히 비파는 아버지의 것이라 여겼다. 악기점에 돌아다닐 때에도 타고 싶어서라기보다 아버지의 비파 소리를 듣고 싶어서였다. 한데 언젠가부터 아버지의 것만은 아니었다는 생각이 들기 시작했다. 아버지의 소리와 자기의 소리처럼, 비파는 아버지의 것이기도 하고 자기의 것이기도 하다고 바꿔 생각하기에 이른 것이다.

초등학교 삼학년 가을이던가, 할머니가 돌아가신 다음 해였던 걸로 기억한다. 그는 처음으로 아버지에게서 '아버지의 노래'를 배우기 시작했다. 그전에도 아버지가 안 계신 틈을 타 몰래 비파로 유행가를 퉁기면서 어머니의 칭찬에 한껏 으쓱해하곤 했지만 아버지가 타던 가락들을 흉내 낼 정도로 손에 익지는 못했다. 더군다나 비파는 거의 자기만 했다. 성깔도 있는 것 같았다. 어린아이가 다루기에 그리 만만한 악기가 아니었다.

그런 날 중 한 날이었다. 비파로 어설프게 유행가 가락을 타고 있을 때였다. 손뼉을 치면서 흥얼거리던 어머니가 문득 황망한 얼굴로 마루에서 일어났다. 그도 타다 말고 고개를 들었다. 아버지가 안마당으로 들어서고 있었다. 서늘한 표정으로 사랑방 문을 열고서 "따라 오너라." 했다. 여느 때와 마찬가지로 아버지 목소리에는 아무런 표정도 들어있지 않았지만 그는 불안한 마음으로 어머니를 바라봤다. 어머니가 장난기 가득한 얼굴로 마주보며 "얼른 들어가 봐?" 했다. 그는 하는 수 없이 아버지를 따라 사랑방으로 들어갔다. 아버지 앞에 비파를 놓았다. "잘못했어요. 다시는 안 그럴게요." 무릎을 꿇고 앉아 기어들어가는 목소리로 용서를 빌었다. 아버지는 아랑곳없이 모자와 외투를 벗어 병풍 뒤 횟대에 걸고 서안을 당겼다. 회보라색 보료 위에 앉았다. 벼루를 꺼내라고 일렀다. 벼루를 꺼내라는 말은 먹을 갈라는 뜻이었다. 붓글씨를 쓰거나 그림을 그리겠다는 말씀이었다. 그는 서안 윗목에 신문지를 깔았다. 사방탁자에서 벼루와 먹을 내려 신문지 위에 놓았다. 먹을 갈았다. 갈고 갈았다. 갈고 또 갈았다. 좀 전에 용서를 빌던 것은 잊어버리고 얼핏 졸기까지 하다, 방바닥 두드리는 소리에 그는 화들짝 놀라 눈을 떴다.

아버지가 붓끝으로 먹물을 찍어보고 고개를 끄덕이면 휴, 한숨을 쉬며 사랑방을 나오면 되었다. 한데 아버지는 먹물을 확인하고도 고개를 끄덕이지 않았다. 그림붓에 먹물을 묻히고, 아마도 매화의 줄기 같았다, 선을 그으면서도 나가라는 말씀은 하지 않았다. 그는 저릿저릿해진 다리를 꼼지락거리며 몸을 뒤틀었다. "이제 너도 배울 때가 되았구나." 아버지가 붓을 내려놓으며 말했다. 화선지에는 어느새 희고 푸른 꽃이 피어있었다. 아버지가 그림이 놓인 서안을 한쪽으로 밀었다. 사발 물에 붓을 흔들어 빨았다. 문구들을 제자리에 놓으라고 한 뒤 책상다리를 하고 앉아 비파를 무릎에 올려놨다. "가조각假爪角이라는 것이여. 이렇게 해야 손톱이 아프들 안혀." 하면서 오른손 검지에 두겁을 씌우고 그에게도 씌워주었다.

먼 선조로부터 내려오는 노래라고 말하며 아버지가 한 마디를 타보였다. 그는 아버지가 타는 가락이 대여섯 살 때쯤 조부의 무릎을 비파와 나눠 앉고서 들었던 소리 같아, 맞느냐고 여쭀다. 아버지가 "기억하는구나."하며 다시 탄 뒤 비파를 건넸다. 그는 갑자기 낯설어진 비파를 엉거주춤 받았다. 아버지처럼 무릎에 울림통을 앉히고 목을 높이 쳐들었다. 아버지가 하던 대로 손가락을 놀렸다. 유행가와는 아주 다른 소리가 났다. 그는 자기 손에서 나오는 소리가 마냥 신통했다.

"아빠, 이 노래가 뭐예요. 제목 있어요?" 어린 그가 물었다. "제목? 글쎄다. 따로 없다만 느그 할아버지가 애비 어렸을 때 그러셨제. 굳이 이름을 붙이자면 '아버지의 노래' 정도나 되겠다고. 이 노래는 느그 할아버지뿐만 아니라 증조할아버지 고조할아버지, 그 이전 할아버지들에서부터 지금까지 이어 내려오고 있단다. 일리 있는 말씀이여."

로 리~ 리 로 라~ 루 라~ 로 리 리 로[9]…….

아버지가 타는 비파 소리가 마당을 벗어나 시원하게 트인 들판으로 뻗어나갔다. 안뿔한 언덕에 앉아 따스한 햇볕을 쪼이는 것처럼 아늑해졌다. 어린 그는 부신 눈으로 아버지와 비파와 줄을 오르내리는 아버지의 손가락을 넋을 잃고 건너

---

[9] 국립국악원, 『한국음악학자료총서 22』, 1987, <琴合字譜>의 비파구음 '慢大葉' 인용. 이하 '아버지의 노래' 구음은 모두 여기에서 빌려 씀

다봤다.

아버지는 하루에 한 마루 정도를 가르쳐주었다. 그럭저럭 따라 하는 것 같은지 얼마간 지난 뒤부터는 짧은 장은 두어 번으로, 길다 싶은 장은 서너너덧 번으로 나눠서 가르쳐주기 시작했다. 입소리를 쓴 화선지 두루마리를 펼치고 한 손으로 짚어가며 당신이 먼저 타보였다. 비파를 건넸다. 그는 아버지가 타던 가락이며 손놀림을 유심히 듣보며 기억했다가 그대로 탔다.

'아버지의 노래'는 길었다. 견디다 못한 그는 얼마나 더 배워야 하느냐고 여쭈었다. 아버지는 말없이 다만 입소리를 내어 재촉했다. 노래를 배우는 일은 중학교에 입학할 무렵까지 이어졌다. 아버지의 입소리에 맞춰 한 번도 틀리지 않고 한 바탕을 다 타고 났을 때, "이만하면 되았다. 앞으로 한 번에 한두 장씩만 타도록 혀." 아버지가 비로소 말을 만들어 했다.

아버지의 노래는 길면서도 지루하기까지 했다. 그는 노래를 타는 중간 중간에 유행가나 민요를 섞어 타곤 했다. 그런 날은 어김없이 아버지에게 들켜 혼찌검이 났다. 혼찌검이 나도 그는 계속해서 유행가를 탔다. 길고 지루한 아버지의 노래보다는 짧고 쌈빡한 유행가가 훨씬 구미에 당겼다.

어느 순간부터 아버지의 노래만 탔다. 무엇에 끌리듯 주야장천 탔다. 흥이라도 나서 두 장이고 세 장이고, 더 이상 타고 싶지 않을 때까지 계속 타려 들면 "한 번에 한두 장씩만 타라고 허지 않았더냐?" 아버지가 호통을 쳤다. 한 장을 타든, 두세 장을 타든, 한 바탕을 모두 타든 무슨 상관인지 그로서는 까닭을 알 수 없었다.

"죄송하지만 문 닫을 시간입니다."

안내인이 다가와 말했다. 그는 돌아서다 말고 향로를 다시 봤다. 완함 연주자는 여전히 짓궂은 표정을 지으며 줄을 퉁기고 있었다. 도톰한 입술에서 노랫소리도 들려왔다. 새소리로 날아왔다. 물소리로 흘러왔다. 솔바람소리로, 별 흐르는 소리로, 달이 뜨는 소리로 다가왔다. 소리는 젊고 싱그러웠다. 헐거운 것 같으면서도 찰방졌다.

그는 다시 헤매었다. 비파를 만드는 곳이 어디 있는지 아십니까? 어디로 가면 살 수 있을까요? 물으며 여기저기를 떠돌았다. 떠돌다 지쳐 어느 읍내 장바닥에 서있던 날, 한 사람이 그를 불렀다. 따라오라고 했다. 백양나무 길을 지나서 저물어가는 골목골목을 지나서 밭을 지나고 괭하게 흐르는 개울을 건너더니 다 쓰러져가는 집 한 채를 가리켜보였다. 저 집이오. 저기서 비파를 만든다고 합디다, 했다.

대패나 끌 같은 연장들이 방바닥에서 뒹굴고 나무판대기들이 늘어선 벽 한쪽에는 철사 줄들이 엉켜있었다. 그는 용도를 알 수 없는 나뭇조각들을 발로 밀어내고 손으로 바닥을 훔친 뒤 겨우 자리를 만들어 앉았다. 방 한쪽에 사내가 있었다. 트고 갈라진 손등에 툭툭 불거진 손마디, 손바닥엔 옹이가 박히고 손가락 끝은 갈라져 시커멓게 때가 낀 초로의 사내가, 등을 구부리고 앉아 자기처럼 둥그렇게 구부러진 나무 테두리를 칼로 다듬으면서, 그렇잖아도 너저분하기 짝이 없는 방을 계속 어지럽혔다. 기척을 했지만 이쪽에는 관심도 없어 보였다. 그는 무료하게 앉아서 방 안을 두리번거렸다.

벽 한쪽에 비파 같은 악기가 세워져있었다. 그는 그것을 가져다 슬며시 무릎에 올렸다. 모양은 비파와 닮았지만 네 줄짜리였다. 철사 줄은 찼다. 음색도 찼다.

'아버지의 노래'는 좀처럼 만들어지지 않았다. 몇 번이고 반복해도 막히고 다시 막혔다. 십 리 가다 한 번씩 울리다가 휘몰이로 치달으면서 툭 떨어지는 소리. 슬프면서도 애절하고 고요하면서도 경건한 소리. 마침내 평화롭게 애무하며 갈무리하는 소리들. 그는 아버지가 운명할 때 휘몰이를 휘몰이로 타지 못했다. 눈물을 주체할 길이 없어서였다. 슬픔 때문만은 아니었다. 울분 때문이었고 절망 때문이었고 분노와 억울함 때문이었다. 그것들 때문에 세 줄이 다섯 줄, 여섯 줄로 보이곤 해서였다.

불현듯 은하를 처음 만났을 때부터 마지막으로 봤던 날까지가 가슴속을 훑고 지나갔다. 지금도 그녀를 위해 저 샘물 끄트머리에 탑을 쌓고 싶은가. 그는 속으로 물었다. 그 위에 산속의 모든 꽃들을 올려놓고 싶은가. 그녀와 함께 백리향을 따라 헤더 숲으로 가고 싶은가. 그는 계속해서 비파를 퉁기고 또 퉁기며 물었다.

열어놓은 문으로 캄캄한 하늘이 들어왔다. 다시 보니 은하수가 흐르고 있었다. 은하수가 저 앞산의 뿌리를 받쳐 들고 있는지도 모르겠다고 생각하며 그는 문을 활짝 열었다. 본래부터 둥근 무지개가 지평선이라는 불투명하기 짝이 없는 현실을 통과하지 못해 반원으로 보이듯, 지금 저 은하수도 그렇지 않겠는가.

"처음으로 비파가 만들어진 곳은 타클라마칸 사막의 북쪽 쿠처라고 하지요. 그곳에서는 은하수를 우마이 탱그리 젖이라 부른답니다. 신들이 거주하는 산 카일라스에서 흘러나오는 여신의 젖이라고요. 또 사람이 죽으면 새를 타고 북극성으로 돌아가는데, 새가 하도 많아 하얗게 보여서 은하수라고 한다는 말도 있어요."

사내가 처음으로 말했다. 인상과는 달리 젊고 고즈넉한 목소리를 지니고 있었다.

"우마이 탱그리 젖…… 카일라스?"

그는 사내에게서 나온 낯선 말들을 나직하게 발음해봤다.

"우마이 탱그리는 우주 어머니로 번역할 수 있을까요. 탱

그리가 하늘의 신, 우주의 신이라 알려져 있다고 하니까요. 카일라스는 티베트 말로 강 디세, 강 린뽀체라고 부른답니다. 눈부처를 뜻한다던가요. 불교에서 말하는 수미산이 카일라스라고 합디다. 카일라스는 또 우주의 중심이라고도 하고 히말라야의 아버지로도 불린다던데, 직접 가서 보니 허언이 아니었어요. 뭐랄까, 내가 아주 카일라스가 돼버린 것 같은 기분이 들었거든. 돌아와서도 한동안 현실에 적응을 못해서 힘들어할 정도로…… 또 가보고 싶군요. 허허…… 누구나 우주의 중심에 우뚝 서고 싶을 때가, 간혹 있지요."

그는 문을 닫고 사내를 향해 앉았다. 테두리와 칼을 윗목으로 던지듯 밀고 나무판을 집어 드는 사내 앞에서, 아교풀칠을 한 뒤에 좀 전에 밀어뒀던 나무 테두리를 갖다가 판에 붙이기 시작하는 사내 앞에서 그는 다시 악기를 안아들었다.

그리고 바라지 가락

1

어머니는 방문을 열어두고 홀로 앉아 텔레비전을 보고 있었다. 전국노래자랑이었다. 한 아주머니가 사과를 깎아 사회자의 입에 넣어주자 사회자가 그것을 맛있게 먹어 보이는 장면이 나오고 있었다. 관중들이 환호성을 지르며 박수를 쳤다. 출연자가 사과 바구니를 한쪽에 내려놓고 마이크를 잡자 어머니도 빙긋이 웃었다.

"물새 우는 고요한 강 언덕에 그대와 둘이서 부르는 사랑 노래. 흘러가는 저 강은 가는 곳이 그 어데뇨. 조각배에 사랑 싣고 행복 찾아 가자요[10]……."

10) 손석우 작사·박시춘 작곡 「물새 우는 강 언덕」 중 일부, 1955

당신이 즐겨 부르던 노래였다. 계란프라이를 얹은 밥에 김치와 돼지고기수육과 나물을 담은 찬합. 보자기에 그 찬합을 싸들고, 여섯 살 된 자기 손을 붙들고 오 리나 되는 들판 길을 걸어가면서 부르던 노래. 학교에 당도할 때쯤 울리던 학교 종소리. 교무실 앞에서 당신 남편에게 도시락을 건네고 돌아서던 모습이 어제 일인 듯 떠올랐다. 듣고 계실까. 혹시 당신의 남편을 떠올리실까. 훤칠하면서도 다감했던 젊은 시절의 남편을. 아니면…… 선재는 울컥해진 마음을 다독이며 방으로 들어섰다. 어머니가 눈을 끔벅끔벅하더니 무릎걸음으로 다가왔다. 두 손으로 그의 팔을 붙들었다.

지난 십삼사 년 동안 집에 온 것은 열 번이나 될까. 왔어도 하루나 이틀 정도 머물렀을 뿐 무엇에 쫓기듯 새벽바람을 맞으며 떠나곤 했다. 그는 어머니의 손을 선뜻 잡지 못했다. 눈시울이 붉어져 고개를 돌리자 행랑채 앞에서 샛노란 국화 몇 송이가 꾸짖듯 마주봤다. 새파란 하늘빛을 받아 더욱 선명한 국화, 어머니가 가장 정성을 들여 가꾸는 꽃이. 그는 옷매무새를 가다듬고 큰절을 올렸다. 어머니가 너무나 가볍고 헐멍한 손으로 연방 그의 등짝을 두드렸다.

어머니가 점심을 준비하는 동안 그는 집 주변을 둘러봤다. 천구백 년대 초에 지어졌다는 집은 고색창연이라는 허우대로 버티고 있었다. 여기저기 회 시멘트가 벗겨지고 나무 기둥도 군데군데 좀이 슬어 늙은 티가 역력했다. 어머니처럼, 어벙해진 눈과 어눌한 손으로 타오르는 불 위에 장작만 얹을 뿐인 어머니처럼.

부엌 바깥벽에 걸려있던 거울도 여전히 그곳에 있었다. 얼굴에 비누거품을 잔뜩 바른 채 처음으로 면도를 하던 어린 그가 거울 속에서 바라다봤다. 가슴팍에 난 몇 오라기의 털을 살펴보기도 하고, 자기의 목울대는 왜 아버지보다 낮게 솟았는지 불만족스럽게 쳐다보던 날들이 고스란히 그 속에 담겨 있었다. 지금 거울 속에는 낯선 사내 하나 들어있었다. 아무렇게나 치렁대는 머리칼을 하고 어깻죽지 실밥이 터진 외투를 입은 사내, 물크덩한 볼따구니를 손가락으로 주물럭거리는 사내가 반들거리는 눈동자로 이편을 노려봤다. 그는 부리나케 우물로 가 작두에 마중물을 붓고 펌프질을 했다. 대야에 물을 받아 머리칼부터 적셨다. 당장 이것부터 잘라야겠다고 생각하며 비누칠을 했다.

2

집을 부수고 새로 짓자고 말하자 어머니가 온몸으로 반대했다. 증조부가 지으신 집이라고, 백 년도 더 산 집이라고, 어떻게 함부로 허물어낼 수 있겠느냐고. 역정을 내며 반대하실 거라 예상은 했지만, 선재는 옛집을 부수고 새로 짓고 싶었다. 본채뿐만이 아니라 행랑채도 부수고, 집 안의 것들을 다 부수고.

전에 조부가 사랑채를 허물고 본채에 사랑방을 달아냈던 것은 증조부가 돌아가시고 나서라고 했다. 식구가 점점 줄어들어 덩치만 큰 집으로 찬바람 드나드는 게 적적해서 그리했는데 막상 사랑채를 허물고 나자 그렇잖아도 넓기만 한 마당은 을씨년스럽기까지 했다던가. 그래서 부득불 안마당과 바깥마당을 구분해 나지막하게 담을 두르고 한쪽에 행랑채를 옮겨지었다고, 언젠가 아버지가 말했다. 바깥마당에 있던 살구나무도 그 무렵에 안마당으로 옮겨 심었다고 했다. 그는 뒤안 대숲보다 살구나무에서 불어오는 바람이 더 정겨웠다. 뒤안의 밤나무나 복숭아나무보다 살구나무가 좋았다. 봄이면 봄대로, 여름대로 가을대로 겨울대로, 나무는 저마다의 색깔과 운치로 마당을 살아있게 했다. 그는 안방 앞 마루에 앉아 이제는 연장이나 보관하고 있는 행랑채와 소박하기 이를 데 없는 중문과 문 왼편 담벼락 아래 서있는 살구나무를 건너다봤다. 노란 나뭇잎들은 그간의 사연들을 들려주기라도 하듯 바람에 팔랑팔랑 떨어져 날렸다.

주방을 통해 들어가야 해서 번거롭기는 해도 욕실로 쓰기에는 정짓방이 괜찮을 듯했다. 그는 안에 있는 것들을 치우기 전에 몇 번이고 쪽문을 열었다 닫으면서 햇빛이 드나드는 모습을 살폈다. 아버지는 사랑방에 누워계시고 어머니는 밭에 나가 일하실 때 그는 혼자 혹은 누이들과 이 정짓방 쪽문으로 들어오는 스산한 빛을 받으며 밥을 먹었다. 누이들의 얼굴에 어리비치던 빛은 벽 한쪽을 가리고 있던 횃대보와 더러 강정이나 산자가 들어있던 석작들에도 교교히 비치곤 했다.

그는 횃대보를 걷어내고 이제는 비어있는 석작들을 내려 대청으로 옮겼다. 선반을 걷어냈다. 쪽문도 떼어내 헛간에 갖다 놨다. 방바닥을 들어내고 배수관을 설치했다. 바닥을 판판하게 고르고 타일을 깔았다. 변기를 들이고 수납장을 달고 거울을 붙이고 수도꼭지를 달았다. 문틀과 문을 새로 짜 넣고 반쪽짜리 창문 두 개를 새로 달았다. 대부분 기술자를 불러다 하고, 자기는 옆에서 잔심부름 정도밖에는 하지 못했지만 다 해놓고 나니 뿌듯했다.

가끔 목장을 건너다봤다. 욕실 바닥을 고르다가 타일을 붙이다가 변기를 들여놓다가도, 그는 덩둘히 손을 놓고는 했다. 전화기를 들어 은하의 집 번호를 누르고 기다리다 그쪽에서 받자마자 폴더를 덮었다. 전처럼 못 견딜 정도는 아니었다. 그녀가 자기를 거절한 진짜 이유가 뭘까 궁금하기는 했다. 개를 폭행해서일까. 그 남자 때문이었을까. 그것 말고 혹시 다

른 까닭이 있었을까. 결혼은 그 남자와…… 했을 테지. 그런
저런 생각을 하다 보면 나는 왜 결혼을 안 하고 있지, 스스로
에게 물을 때가 있었다. 안 하는 게 아니라 못하고 있지, 대답
했다. 왜냐면, 왜냐면…… 거기에는 답을 못했다. 자기 일이
면서도 까닭을 알 듯 모를 듯했다.

저녁이면 어머니와 나란히 앉아 텔레비전 드라마를 보면
서 고구마를 먹었다. 가끔 누이들에게 전화해 안부를 묻거나
붓글씨를 썼다. 그는 종종 비파를 사러 갔던 날을 회상하기
도 했다. 백양나무가 길게 늘어선 가로수 길과 꽹하던 개울을
건너서 갔던 공방을 떠올렸다. 자주 공방의 사내를 생각했다.
사내의 거친 손과 곧게 뻗은 아버지의 손을 생각했다. 그날
공방 하늘로 흐르던 은하수가 그리웠다. 사내가 가봤다던 카
일라스는 어떻게 생겼을까 궁금해졌다.

어머니는 안방의 벽장을 그대로 두고 싶어 했다. 그러자니
어쩔 수 없이 주방바닥을 층지게 해야 했다. 그는 밭으로 가
리어카에다 흙을 실어 날랐다. 영규 아버지와 함께 흙을 깔고
다지고, 구들을 깔고 시멘트 반죽으로 덮은 뒤 시멘트가 솔기
를 기다려 장판을 깔았다. 마침 주방가구점에서 싱크대가 도
착했다. 그는 영규 아버지와 함께 수납장을 달고 개수대를 놓
았다. 수도꼭지를 틀자 따뜻한 물이 시원하게 쏟아졌다. 순간
어머니의 얼굴이 일그러졌다. 얼척이 없었다. 그래, 언제까지

불을 때가면서 밥을 하고 물을 데우려고 하느냐며 언성을 높이고 말았다.

"허허, 저 사람 저, 춤이라도 출 태세네 그려. 고렇게도 재미진가."

그는 더 어처구니가 없어지고 말았다. 어머니의 반응이 반가운 표현이었다는 것을 마침 들어오는 서월 할머니를 통해서 알았던 것이다.

어렸을 때도 그는 어머니의 표정을 읽지 못할 때가 많았다. 아니 말을 못하는 어머니를 받아들일 수 없어 표정마저 읽으려 하지 않았다는 게 맞는 말이었다. 어머니에게 말은 어떤 의미로 기억되어 있을까. 당신의 일부였던 말을 모두 기억하고 계실까. 문득 어머니에게 말하는 법을 가르치던 일이 떠올랐다. 이강수 문남향 이희재 이숙재 이효재 이선재. 그는 가족의 이름을 발음하며 어머니가 따라 하기를 재촉했다. 어머니는 당신의 이름 문남향을, 발음은커녕 소리조차 제대로 내지 못했다. 몇 번을 시도해도 안 되자 입을 벌린 채로 눈두덩을 훔쳤다. 낙심한 얼굴로 노란 국화를 마구잡이로 꺾었던가, 집을 나갔다가 거지꼴로 갑자기 들어선 아버지에게 국화 다발을 던졌던가. 그러면서 소리를 질렀을 것이다. 아버지가 다리병신으로 돌아오셨을 때보다 더 크고 무시무시한 소리를. 병원에서도 불가능하다고 했지만 어린 그는 다르게 생각했다. 바로 얼마 전까지만 해도 멀쩡하던 어머니를 쉽게 잊을 수 없었다. 솔직히 말해 병신은 아버지 하나로 족하다고 생각했다. 그는 면구스럽고 염치가 없어 쏟아지는 물줄기만 쳐다봤다.

"그려, 요래야 사람 사는 집이제. 선재야 잘혔다. 아니제, 하매 마흔도 훌쩍 넘었을 텐디…… 그렇게 인자는 집에 있을 생각인갑제?"

할머니가 물었다. 그는 물을 잠그면서 말없이 웃었다. 자기도 알 수 없었다. 집 안을 손보면서도 문득문득 내가 아주 머물려고 이러나 싶기는 했다. 때로는 이대로 머물고 싶기도 했다.

"동네에 젊은이가 하나라도 더 있음사 좋제. 어디 느그 오메만 든든허겠냐. 얼릉 각시하나만 델꼬 오면 쓰겠다."

주방을 둘러보던 할머니가 대견하다는 듯이 그의 어깨를 다독였다. 마루로 나가 앉아 쌈지를 풀었다. 담배를 꺼내 불을 붙였다.

"아짐, 인자 생에는 태와버립시다. 언제까정 저렇게 방치해둬요. 멜 사람이 있어야제. 아, 시르죽은 할망구들한테 메라고 허겠소?"

그때까지 아무 말이 없던 영규 아버지가 불쑥 한마디 했다.

"그렇다고 여태 보관허고 있던 것을 태우잔 말이여?"

할머니가 서운한 기색을 드러내며 되물었다.

어머니가 막걸리와 안주상을 차렸다. 차리면서도 사뭇 두리번두리번 살폈다. 세간을 어떻게 정리해야 할까 고민하는 눈치가 역력했다. 그는 빙긋 웃으며 상을 들고 마루로 나왔다.

"보아하니 아짐은 한 이십 년은 더 사시겠소. 아이, 너도 봐라. 아짐이 올해 여든너이시란다. 이빨도 쌩쌩허고 칠십인 나보다 허리도 더 꼿꼿허고 정정헌디, 백 살은 너끈허지 않겄어."

영규 아버지 말대로 할머니는 아직 피부도 매끈하고 눈매도 날렵했다. 어려서 봤을 때나 지금이나 별로 늙었다는 느낌도 들지 않았다. 거기에 비해 영규 아버지는 벌써부터 어깨가 구부정했다. 얼굴도 주글주글한 데다 목마저 길었다. 어렸을 때 영규한테 기린목이라고 놀리곤 했는데 아버지를 닮아서 그렇구나, 싶었다. 사랑방은 그대로 둘 거지. 거기서 나던 먹 냄새가 그립더라고. 알싸한 냄새가 가끔 코끝을 스친다니까. 영규가 며칠 전에 전화를 해 와서 그랬다. 아버지에게서 집 고친다는 소식을 들었다며, 잘하는 일이라고 했다. 생각지도 못한 말에 그는 픽 웃고 말았다.

"보소, 영규 아부지. 바라지가락이야 인자 틀렸응게 내 더 이상 고집은 안 부릴 거여. 그렁게 상여만큼은 태와줘야 안 쓰겄는가."

"누가 아짐 맘을 모르겄소. 허지만 사람이 있어야지요, 사람이."

할머니가 담배를 피워 물었다. 얼굴로 말할 수 없이 쓸쓸한 기색이 번졌다.

"소리 하나 타기가 뭐 그리 에롭다고 작파혀, 작파허기를."

누구에게랄 것도 없이 툭 뱉는 할머니 말에 그는 할머니와 영규 아버지를 번갈아봤다. 무슨 말인지는 몰라도 왠지 서먹해진 기분이 들었다.

"아따, 죽은 아들놈 불알은 만져서 뭣 헐 것이오. 인자 그런 말은 아무 소용이 없당게 자꾸 그러요이."

영규 아버지의 말이 채 끝나기도 전에 할머니가 뚱한 얼굴로 일어났다. 지대석으로 내려섰다. 뒷짐을 진 채 계단을 내려서더니 마당을 가로질러 나갔다. 갑작스레 썰렁해진 분위기를 바꿀 겸 그는 막걸리를 따랐다. 잔을 받아든 영규 아버지가 죽 들이켰다. 입을 훔치면서 말했다.

"돌아가신 양반 원망해서는 안 되지만, 동네 사람들은 아직도 느그 선친헌티 서운한 마음 많어. 아무리 딴 놈들이 지랄을 혔어도 바라지가락을 계속 했어야 혀, 버리들 말았어야 헌다고."

그는 빈 잔에 막걸리를 따르다 말고 영규 아버지를 봤다. 되물을 수밖에 없었다.

"바라지가락이라뇨. 그게 뭔데 아버지가 버려요?"

영규 아버지의 얼굴에 의혹이 일었다. 그런 표정으로 한참을 쳐다보더니 김치에 생굴을 얹었다. 입에 넣고 우물우물했다.

"아녀. 내가 공연히 생에 얘긴 꺼내가지고 할망구를 속상하게 했구만. 거시기 뭣이냐, 대청에 보이라를 깔 거라고 했지."

딴청을 부렸다. 그는 뭐가 뭔지 모를 기분으로 영규 아버지 잔에 막걸리를 마저 따랐다.

대청의 마루판을 걷어내고 보일러 배관을 깔았다. 걷어낸 마루판을 다시 쓰자니 오래되어 좀이 슬고 부스러진 것들이 꽤 많았다. 그는 영규 아버지와 함께 목재소에 가 맞는 나무판을 골라다 대패질을 하고 바닥에 깔고 못을 박았다. 마루 쪽에 벽을 치고 문까지 달고 나자 큰방 하나를 덤으로 얻은 것 같아 흡족했다.

그가 언제 다 이런 기술들을 배우셨냐며 놀라워하자, 영규 아버지는 시골에 살면 목수일은 기본이고 때로는 미쟁이, 보이라공, 전기기술자도 돼야 한다면서 당신도 특별히 배우려고 해서 배운 게 아니라 살다 보니 이것저것 다 하게 되더라고 했다. 그도 그럴 것 같다며 그는 맞장구를 쳤다. 바라지 가락에 대해 넌지시 운을 뗐다. 영규 아버지는 함구했다. 며칠 지나 다시 물었지만 지난 일을 들춰서 뭐 헐 거냐며 오히려 지청구를 했다.

건넌방은 손대지 말라고 어머니가 말렸다. 그렇잖아도 헐

어내자고 할 참이었는데 용케도 알고 손사래까지 치며 완강
했다. 누이들이 오면 잘 곳이 없다는 게 이유였다. 그는 덩치
만 댈싹 큰 집을 관리하는 일이 쉽지 않을 것 같아 어머니에
게 재고할 것을 부탁하려던 참이었다. 어머니는 집에 손대는
일도 몸에 손대는 일 만큼이나 중요하고 위험할 수도 있다고,
계속해서 손짓으로 몸과 얼굴 표정으로 말해왔다. 거기다 건
넌방은 보일러를 연결하지 말고 아궁이를 그대로 두자고 했
다. 하는 수 없었다. 그는 자기가 쓰던 것들을 건넌방에서 꺼
내어 사랑방으로 가지고 갔다. 갑자기 어머니가 입을 실룩거
리며 우는 소리를 했다. 그러면서도 기꺼이 옷가지들을 나르
고 이불을 옮겼다. 몸으로는 반겨하면서도 표정으로는 반대
하는 어머니. 그는 둘 중 어느 쪽이 어머니의 본마음인지 아
직도 헷갈렸다.

옷가지와 이불을 사랑방으로 옮기고 나자 책상과 책꽂이
만 덩그렇게 남았다. 그는 책들을 꺼내어 계속 읽을 것, 필요
한 사람에게 줄 것, 버릴 것으로 분류했다. 반 이상이 육법전
서와 경제서와 역사서와 국제법 같은 것들이었다. 그는 그것
들과 참고서들을 버릴 것으로 분류했다. 잠 못 이루는 밤을
위하여나 차라투스트라와 간디 자서전, 멋진 신세계는 다시
읽어볼 만한 것들이라 여겨 따로 놓았다. 난쏘공과 리어왕,
에프게니 오네긴, 어린 왕자는 필요하다는 사람이 있을 것 같

아 한쪽에 두었다. 개선문이 보이지 않았다. 뒤로 넘어갔나 싶어 책상을 기울여봤지만 없었다.

책상 맨 위 오른쪽 서랍을 열었다. 볼펜과 수첩과 흰 종이들이 어수선하게 들어차 있었다. 가운데 서랍에서는 안 쓴 노트들이, 왼쪽 서랍에서는 양말짝과 컴퍼스가 나왔다. 왼쪽 아래 칸에서는 삼각자와 오래된 탁상달력이 나왔다. 그 아래 서랍에는 편지들이 수북했다. 개선문도 그 속에 있었다. 웬 노트도 있었다. 그는 개선문을 책상 위에 올려두고 노트를 펼쳤다. 중고등학교 때와 대학 다닐 때, 그 이후로도 간간이 새로 듣게 된 우리말이나 잊힌 단어들을 찾게 되면 이 노트에 적어두었다. 마을 어른들이 쓰는 사투리들도 기억해뒀다가 메모해두곤 했다. 일종의 사전인 셈이었다. 이렇게 해찰만 해댔으니 고시에 붙겠어. 그는 쓴웃음을 지으며 두런거렸다.

편지는 몇몇 개만 빼고는 모두 은하에게서 온 것들이었다. 호칭도 없이 써내려간 편지들. 당사자들만이 알 수 있는 편지들. 그 많은, 비밀이랄 것도 없는 비밀들. 그는 동글동글하고 발랄하게 써내려간 필체를 보면서 그녀의 손을 떠올렸다. 그늘이라고는 찾아볼 수 없는 환한 얼굴과 즐거울 때면 껑충껑충 걷던 그녀의 걸음걸이를 생각했다. 무척이나 수줍어하고 어려워하던 사람. 가끔은 자기의 말이나 행동이 못마땅하면 하루 종일 대답조차 하지 않던 사람. 그는 개선문과 편지들을 도로 서랍에 넣었다.

책상과 책꽂이도 가져가자고 우기는 어머니에게 그는 사랑방에는 어울리지 않는다고 우겼다. 어머니가 그럼 건넌방에 그냥 두자고 했다. 그는 누이들이 오면 비좁을 거라며 반대했다. 어머니가 아까워하는 것은 당연했다. 그가 중학교에 입학하면서 아버지가 사 주었으니 삼십 년이나 된 것이었다. 몇날 며칠 동안 밥 먹는 것도 잊은 채 얼마나 손바닥으로 만지고 쓸고 닦았던가. 그는 책상과 책꽂이를 헛간으로 옮기면서 문득 자기의 젊음이 폐기되는 것 같은 기분이 들어 울적했다. 한편으로는 온통 쑥대밭이었던 시절이 다 가는구나, 안도감이 들기도 했다.

사랑방 문을 열자 서안書案이 눈에 들어왔다. 이 집을 지을 때 증조부가 선물로 받았다는 앉은뱅이책상이었다. 아버지도 조부처럼 책상 위에 책을 놓고 읽거나 그림을 그리거나 붓글씨를 썼다. 그런 날에는 서안 위로 먹물방울이 튀어 마치 살아 꿈틀거리는 것처럼 영롱하게 반짝이곤 했다. 신기했다. 그는 자기도 모르게 어머니를 불렀던가. 어머니를 부르면서 아버지의 다리를 봤던가. 그때 아버지의 뭉툭해진 다리를 봤던가, 온전한 쪽 다리를 봤던가. 그의 안에서는 늘 온전했던 아버지와 한쪽 다리가 없는 아버지가 충돌했다. 노래 잘하던 어머니와 말을 못하게 된 어머니가 부딪쳤다. 그럴 때마다 혼

란스러웠다. 혼란스러움은 어느새 분노로 바뀌고 분노는 절
망을 낳았다. 절망은 더 이상 어느 곳으로도 가지 못하게 그
를 옥죄여왔다.

서안 말고도 아버지가 쓰던 물건은 그대로 있었다. 생전에
읽곤 하던 책들이 책장에 꽂혀있고 벼루며 먹이며 화선지와
붓도 사방탁자 위에 놓여있었다. 고비도 여전히 벽에 붙어있
고 횃대를 가리고 선 병풍도 그대로였다. 회보라색 보료만 보
이지 않았다. 그는 자기 책들을 아버지의 책 옆에 꽂고 노트
도 꽂았다. 어머니가 건넌방에 있던 난분을 안고 와 서성였
다. 어디에 둬야 할지 모르겠다는 듯 여기저기를 둘러보더니
난분을 방바닥에 내려놓고 바라지창 아래에다 서안을 갖다
놓았다. 그 위에 난분을 두고는 자랑이라도 하듯 그를 봤다.

3

이마 앞에서 손가락을 폈다가 주먹을 쥐고, 엄지를 치켜든
손을 가슴에 댔다가 오목가슴에서부터 위로 올리는 어머니
의 손동작이나 숨소리의 위치, 머리 위로 주먹을 올리고 엄지
와 검지를 쫙 펴면서 에나 아처럼 의미 없이 내뱉는 말이랄
것도 없는 소리를 들으며 선재는 눈과 귀를 최대한 열었다.

어머니는 어쩌다 바라, 라고 짤막하게 발음하기도 했다. 당신이 말하고 싶은 것을 제대로 표현하지 못해 답답한지 자주 주방으로 가 물을 마셨다. 그는 그런 어머니의 말과 손짓과 표정을 추론해 졸가리를 잡아봤다.

당신이 시집왔을 때 당신의 시조부님은 마을의 누군가가 운명할 때 그 집에 가 비파를 타셨다. 상여가 나가기 전날까지 일정 시간을 정해두고 망자 옆에서 비파를 타며 옆을 지키셨다. 그 이전 분들도 해오셨다고 들었고 당신의 시아버지도 그리하셨는데 당신의 남편은 안 했다.

대충 이런 내용으로 가닥이 잡혔다. 추론을 전제로 한다면 아버지는 왜 그것을 안 했을까 하는 문제가 남았다. 그는 여쭸다. 내내 편안하던 어머니 눈빛이 흔들렸다. 복받치는지 사뭇 가슴을 들썩거리다가 이내 비명처럼 소리를 높였다. 당신은 아버지의 심정을 충분히 이해한다는 손짓을 해보였다.

당신의 뜻을 온전히 표현하지 못해 어머니도 답답하고 분통이 터졌을 테지만 그는 어머니가 말을 못하는 것과 함께 뭔가 억울한 일이 있었던 모양이라는 짐작 때문에 답답하고 분통이 터졌다. 방법이 없을까. 사실을 아는 사람이 없을까. 조금이라도 언질해줄 만한 사람이 없을까. 그는 밤새도록 찾았다. 찾다, 찾다 까무룩 잠이 들려고 할 때 큰누나가 떠올랐다. 결혼하기 전까지 집에 있었으니 혹시 알까. 그는 다음 날 아침식사를 하자마자 누나에게 전화를 걸었다.

몇십 년이나 지난 일을 이제 와서 뭐 하려고 들추느냐며 누나는 싫은 내색을 숨기지 않았다. 기억을 더듬는 데도 시간이 걸렸다. 자주 혀를 차면서 씩씩거렸다. 한숨을 쉬거나 말을 쉬곤 했다. 당연한 일이겠지만 누나의 말에는 기억보다 기억에 달라붙은 감정들이 더 덩알덩알 매달려 있었다. 그는 그것들을 떼어내고 잔가지들을 쳐내어 요점을 정리했다.

미숙 할머니가 돌아가시고 얼마 지나지 않았을 무렵, 마을에선 갑자기 바라지 가락을 두고 미신이네 아니네, 하는 말들이 생겨났다고 했다. 여태까지 굉장한 자랑거리로 알고 있던 것이 하루아침에 미신으로 전락해버렸다며 누나는 오래 씨근거렸다. 조부는 충격으로 쓰러졌고 시름시름 앓다가 돌아가셨는데 아버지는 그때 비파를 타지 않으셨다고 했다. 삼 년 만에 조모마저 돌아가셨다. 그때도 비파를 타지 않으셨다고 했다.

그도 기억을 더듬어봤다. 조부가 돌아가실 적은 생각나지 않아도 조모가 돌아가시던 때는 떠올랐다. 할머니 머리맡에는 쌀을 담은 커다란 함지박이 놓여있고, 아버지는 내내 함지박 너머에 작은아버지 두 분과 고모 세 분과 함께 앉아 할머니를 지켰다. 아버지는 그때 비파를 안고 계시지 않았다.

얼마큼의 세월이 흐른 뒤 마을 사람들이 다시 바라지 가락을 말하기 시작했다고 누나가 말을 이었다. 오경섭의 아버지가 돌아가셨을 때라고 했다. 오경섭이 찾아와 타줄 것을 부탁했는데 아버지가 거절하셨다고 했다. 소리는 소리일 뿐이지 다른 무엇의 수단이 아니라고 말하셨던 것 같다고 했다. 그게 무슨 말인지 누나는 이해를 못했고, 오경섭도 이해하지 못하는 눈치였다고 했다. 마침내 오경섭의 입에서 거친 말들이 쏟아져 나오고 아버지도 언성을 높였다. 아버지가 바라지 가락이 무슨 지장보살이라도 되느냐며 호통을 치셨던 걸로 누나는 기억했다. 극락이나 지옥이 있다고 누가 말하던가, 하면서 단단히 화를 내시던 아버지의 목소리가 떠오른다면서 누나는 가라앉은 목소리로 말했다.

"결국 바라지가락을 찬성하는 쪽과 반대하는 쪽으로 갈라져서 서로 삿대질에 육두문자까지 오갔어. 지금 생각해도 기가 막히네."

누나가 말을 멈추었다. 컵에 물 따르는 소리가 들렸다.

"아버지는 그때 문상도 못 가셨어. 경섭이한테 거절당하신 거지. 경찰서에서 아버지를 지목한 사람도 그 사람이었는지 몰라. 아무리 생각해봐도 딴 사람은 그럴 만한 사람이 없잖아."

한숨을 푹 쉬며 누나가 말끝을 흐렸다.

"경섭이 형은 그때쯤 학교 다녔을 텐데요?"

그가 기억을 더듬으며 물었다.

"졸업반이었을걸. 공무원시험에 합격해놓고 빈둥거리다

가, 아마 무료하다고 따라나섰을 거야. 그러다 유진 엄말 만났잖어, 다쳐가지고 보건소에 갔다가.”

“난 왜 기억이 안 나지. 경섭이 형 아버지가 돌아가신 건 어렴풋이 떠오르는데 다른 것들은 하나도 모르겠네.”

정말 누이가 말하는 어떤 것도 생각나지 않았다. 그는 망연해졌다.

“만날 학교에서 늦게 왔던 모양이지 뭐.”

“한데 누나, 바라지가락이 혹시 아버지의 노래예요?”

그는 혹시나 해서 물었다.

“아버지노래? 아냐, 사람들은 바라지가락이라고 했어. 나난구…… 뭐라고도 했지만 대개는 바라지가락이라고 불렀어. 아버지노래는 나도 들어본 적 없는데?”

느닷없이 어머니가 등을 두드린 것은 그때였다. 도림을 가리키며 양쪽 새끼손가락을 폈다. 한 손은 주먹을 쥐고 다른 손 검지와 중지를 펴 위아래로 흔들며 면소재지의 중학교 쪽을 다시 가리켰다. 은하가 집에 다녀갔고 중학교에 있다는 말씀인 것 같았다. 그는 뭐라 대꾸해야 할지 몰라, 누나에게 다시 연락하겠다고 말하고는 전화기 폴더를 닫았다. 어머니가 다시, 주현이 집에 가끔 들른다고 했다. 동민도 찾아와 묻곤 했다면서 입까지 오물거렸다.

그는 어느 결에 학교 진입로로 들어서고 있었다. 만나는 사람마다 서은하를 물었다. 아는 사람이 아무도 없는데도 선뜻 돌아설 수가 없어 교사 주변을 맴돌았다. 이 학교에 다닐 때는 아무 일도 없었다. 걱정이라고 해봐야 방과 후에 퇴비를 만들어야 하는 것과 잔디씨앗을 봉투에 받는 일, 이차방정식 숙제를 풀어야 하는 것 정도였다. 선생들이 이유 없이 때리는 것에 꼭지가 돌기도 했지만 그런 일이 일상은 아니었으므로 대개는 묻히고 말았다.

휴대전화기가 울렸다. 종기였다.

"대체 언제 올라올 거요?"

잘 지냈느냐는 인사도 할 것 없이 재촉부터 했다. 언제 올라올 거냐고 물은 것은 얼른 와서 입폐상 일을 다시 하자는 뜻이었다. 사람이 없어 힘들어 죽을 지경이니 될수록 빨리 올라오라고 성화였다. 그는 대답을 미루고 전화를 끊었다. 사랑방으로 거처를 옮길 때는 떠나지 않기로 결심했기 때문이었다. 하지만 흔들렸다. 아버지가 문제였다. 마을 사람들도 마찬가지였다. 바라지 가락을 사이에 두고 아버지와 마을 사람들 간에 어떤 사연이 있을 것 같았다. 어머니나 누나가 말한 것 말고 또 다른 사연이. 아버지 임종 때 비파를 빼앗아 간 것도 틀림없이 그와 관련이 있지 않았을까. 그는 골똘한 표정을 지으며 교사 주변을 배회했다.

"서은하 선생을 찾는다고요?"

학교 아저씨였다. 어렸을 때는 무진장 나이 든 줄로 알았는데 머리칼만 희끗희끗할 뿐 그때나 지금이나 엇비슷해보였다. 그는 반가워 인사를 꾸벅했다.

아마 일학년 때였을 것이다. 그때는 음악실이 따로 없어서 음악시간이 되면 다른 교실에 있는 풍금을 가져와야 했다. 그와 세 학생이 일층 교실에 있던 것을 이층으로 옮기다가 그만 계단에서 놓쳐버렸다. 풍금은 층계참으로 굴러 떨어졌다. 어쩔 줄 몰라 하고 있는데 아저씨가 달려왔다. 혼자 일으켜 세우더니 뚜껑을 열고 건반을 하나하나 눌러봤다. 마침 찾으러 나온 선생님이 그걸 보고는 벽력같이 소리를 질렀다. 그때 당황하는 표정이라니.

그녀는 여기서 오 년을 근무하고 전근했다고 했다. 다른 도道로 갈 거라는 말을 들었다고 했다. 그것도 몇 년 전 일이라고.

"실례지만 어디서 오셨소?"

아저씨가 물었다.

"예, 저도 이 학교 출신입니다."

그는 딱히 대답할 말을 찾지 못하다 얼버무리듯 말했다.

"그래요이. 어느 분 자제신가."

그는 우물쭈물 마을과 선친의 이름을 말하고는 헛기침을 했다.

"아, 안골. 거기에 우리 고모님도 사시는데. 누구라고 해야 알아들을까. 아, 서월댁이라오. 거 뭣이냐, 우리 고모님이 종종 댁의 조부께 신세 진 일이 있다고 말씀허십디다만. 조부께서 우리 고모부님 임종을 지켜봐주셨다고요. 바라지가락인가 하는 것이 어떤 건지 난 들어본 적은 없지만 예전에 안골 사람들 거의가 그 소리를 들으면서 편안하게 갔다고 헙디다. 자랑이 대단했어요."

그는 그저 예예, 했다.

"벌써 오래전 일이지요. 댁의 선친을 생각하면 지금도 가슴이 아파요. 혈기도 왕성하고 참 고매하신 분이었는데. 아참, 이 학교도 댁의 조부께서 지으신 거요. 애초에는 고등공민학교였는데. 알고 있소?"

계속 서있기가 민망해 그는 서둘러 돌아 나왔다. 왕년에는 자기 집에도 금송아지가 있었다고 사람들은 대개 말한다. 왕년에 금송아지가 있었다는 말은 지금은 없다는 말이고, 금송아지가 있을 때에 비해 지금은 초라하거나 불행하거나 불우해졌다는 말에 지나지 않는다. 아저씨가 하는 말도 내내 같은 의미였다. 지금 너희 집안이 그 꼴이 돼버리지 않았느냐는 말. 그는 거기에 대해 반박하고 싶지는 않았지만 그것을 다른 사람의 입을 통해 듣자니 모멸감마저 들었다.

4

집 전화벨이 울렸다. 선재는 꽤 놀랐다. 지금까지 집에 전화기가 연결돼있으리라고는 생각지도 못했다. 어머니가 쓸일은 없을 테니 눈여겨보지도 않았고, 누이들과 통화할 때도 휴대전화기를 썼다. 그는 새삼스러운 기분으로 수화기를 들었다.

"어떻게 된 거야. 이거 너무 서운한데?"

김주현이었다. 혹시나 싶어 전화했다며 언성을 높였다. 술한 잔 걸친 듯 질펀하고 넉넉한 목소리였다. 달라지지 않았다면 설레거나 기분 좋을 때 내는 소리라는 걸 그는 기억했다.

"어떻게 알고 전화를 다…… 미안해, 그간 좀 바빠가지고. 네 생각을 안 한 건 아닌데 틈이 있어야 말이지."

그는 농담 반 진담 반으로 주현을 반겼다.

지금 도림에 와있다고 했다. 도림이라면…… 그는 어쩐지 기운이 빠진 채로 외투를 집어 들고 밖으로 나갔다. 주현이 벌써 마을로 들어서고 있었다.

"야, 이 친구야. 이렇게 계속 서운하게만 할래."

"오자마자 집부터 수리 좀 하느라고. 연락해야지 하고서도 계속 미루고 말았어. 요즘 말로 리모델링을 좀 했거든."

"그래. 참 어머니부터 찾아뵈어야 할 텐데, 가지."

주현이 방에 들어가 어머니에게 큰절을 했다.

"죄송해요, 어머니. 저놈이 없어도 자주 찾아뵈어야 하는데. 이제부터는 그렇게 할 테니 염려 마세요. 야, 집이 훤칠해졌어요. 어머니도 좋으시죠. 모처럼 저 친구가 자식 노릇을 제대로 한 게 표가 나잖아요. 그러니 한 턱 내야 하지 않겠어요. 늦을지도 모르니까 먼저 주무세요. 참, 뭐 잡숫고 싶으신 거 있으세요, 어머니? 한 보따리 사다놔야 심심하지 않으실 텐데."

아무튼 주현의 변죽은 따라올 자가 없었다. 어머니도 익히 알고 있을 것이었다. 저렇게 손을 내저으면서도 벌린 입을 더욱 크게 벌려가며 웃으시는 게 그랬다.

"여기서 이러지 말고 우리 읍내로 나갈까. 오랜만에 만났는데 기념주는 마셔줘야 할 것 아냐. 나도 이제 이 고장에 대해 너만큼은 알걸."

주현이 신발을 신으며 말했다. 그의 손은 여전히 두툼하게 컸고 검고 굵으면서도 숱이 많은 머리카락도 변함이 없었다.

카페 안에서는 클래식음악이 흘러나오고 탁자에는 서너 팀이 앉아 술잔을 기울이며 담소를 나누고 있었다. 그는 다소 어색한 듯이 주현이 권하는 자리에 앉았다.

"도림에 오면 대개 어머니를 뵈러 가. 네 소식도 들을 겸 잘 계시는지도 궁금하고. 짬이 안 나면 전화라도 하게 되더라고. 어머니야 알아듣지 못하시겠지만 집에 다른 사람이 있으면

받을 거 아냐…… 큰애가 벌써 열 살이다, 인마."

그는 주현의 말에 대꾸하지 못했다. 갑자기 그간의 자기 삶이 초라하고 보잘 것 없어 보였다. 주현이 다 안다는 표정으로 건너다보자 더욱 추레하게 여겨졌다.

은주더러 데리러 오라고 할 거니까, 하면서 주현이 두 개의 잔에 맥주를 따르고 건배를 청했다. 큰 손에 술잔을 들고 원샷, 했다. 단숨에 들이키는 모습이 편안해 보였다. 부리부리한 눈에는 여유로움이 묻어나고 곧추세운 허리와 가무잡잡하면서도 단단한 어깨와 팔 근육은 화염병을 다시 들어도 어울릴 만큼 울룩불룩했다. 건설회사의 소장다운 풍모였다. 예나 지금이나 키만 껑정한 자기와는 너무나 달랐다.

주현과는 고등학교 때부터 대학까지 줄곧 붙어 다녔다. 서로 많은 것들을 공유했다. 화염병도 같이 던졌다. 졸업하고서도 둘은 자주 만났다. 아버지가 돌아가시기 전까지는 그랬다. 아버지가 돌아가시기 전까지는. 그는 뭐라 말할 수 없는 심정으로 잔을 기울였다.

"은주도 무척 반가워하더라고. 어디 가서 뭔 짓을 하고 돌아다녔대? 고지식한 놈, 연락하지 말랬더니 진짜 한 번도 안 하더라, 그러던데. 어때, 은하와는 표현하는 게 많이 다르지?"

그는 은하의 이름을 듣는 순간 가슴이 먹먹해졌다. 고개를 숙이려 하지 않았는데도 저절로 수그러졌다.

"은주는 아직도 널 원망하고 있더라. 안 그러겠냐, 자기 동생이 한참 동안이나 몸 고생 마음 고생하는 걸 지켜봐야 했는데. 뭐, 내가 보기에는 지금도 별로 달라진 것 같진 않아. 나 혼자 생각인지는 모르지만."

우리 은하를 어떻게 그 지경으로 만들어놓을 수가 있어, 하던 은주의 말이 오래오래 고막을 울렸다. 뜬금없이 벌목장이 생각났다. 사뿐사뿐 걸을 수 있는 숲 바닥. 푹신하면서도 차가운 숲 바닥. 은하의 목소리 같은, 그녀의 걸음걸이 같은 숲 바닥에서 발에 동상이 걸리도록 서서 맞이하던 새벽이.

"잘 살고 있을 거야. 쓸 데 없이 걱정은……"

무심한 듯 그는 말했다.

"알아, 네가 지금 어떤 심정으로 말하는지. 하지만 처제는 아직 혼자야. 난 그게 네 탓이라고 생각해."

청천벽력이었다. 그는 단숨에 맥주를 들이켰다. 이제까지 그녀가 결혼을 했을까 안 했을까 궁금하기는 했었다. 그날 같이 왔던 놈, 그녀를 부축해서 택시에 태우던 놈. 그 자식과 결혼해 잘 살고 있을 거라고 어떤 때는 확신도 했다. 한데 혼자라니. 허탈감이 밀려왔다. 분명 허탈감이었다.

"한데 처가엔 무슨 일로?"

"애들이 외할머니 보고 싶다고 해서. 아, 장인어른은 돌아가셨어, 몇 년 전에."

그는 벌써 취한 눈으로 주현을 봤다. 언제 봐도 호탕했다. 그는 저런 주현이 든든하면서도 부러웠다. 은주도 저런 모습이 마음에 들어서 결혼했을 거라는 생각이 들었다. 대학에 입학하고 얼마 지나지 않아서였다. 학교에서 은주와 마주쳤다. 그가 은주에게 너도 이 학교 다니는구나? 묻고 있는데, 옆에 있던 주현이 누구냐고 눈짓으로 물었다. 동창이라고 하자 다짜고짜, 내가 찜했다. 넘보지 마? 했다.

"장모님은 건강하시지."

"아직은. 그래도 연세가 있어서 여기저기 아프신 곳이 많은가 봐."

우리 은하가 왜 자네 전화를 안 받겠다고 하는지 모르겠네. 둘이 무슨 일이 있었나? 마지막으로 전화했을 때 그녀 어머니는 그리 물었다. 그때 뭐라고 했던가. 제가 잘못한 게 있어요. 만나야 하는데. 만나서 풀어야 하는데, 그랬을 것이다. 하지만 풀기는커녕 여직 만나지도 못하고 있다.

"이봐 이선재. 혹시 너, 아직도 은하랑 같이 온 그 자식 의심하고 있냐? 그날 은하가 쓰러졌다면서. 그래서 그 자식이 병원에 데려다줬다던데, 너도 알지?"

그리 묻는 주현의 눈에서 알 수 없는 열기가 피어올랐다. 비웃는 듯 안타까운 듯, 실망스러운 듯 빛났다. 그는 그런 주현을 멍청히 쳐다봤다.

"이제 그 일은 잊어버려라. 네가 고민하는 게 뭔지 나도 짐작은 하지만 우리 처제에게 그런 일은 일어나지 않았어. 그 자식이 좋아한 것은 맞는데 처제는 관심이 일도 없었대. 도서관에서 쓰러진 걸 학교 보건소에 데려다줬더니 생명의 은인 운운하면서 치근댔다는 거야. 그날도 서울에서부터 무조건 따라나섰다더라고. 미친놈 아니고서야…… 아무튼 처제는 그날 일로 몸져누워가지고, 절에서 한 일 년은 요양했을걸."

그는 어깨를 움츠렸다. 자기도 모르게 손으로 머리칼을 움켜쥐다 탁자에 떨어뜨렸다. 툭, 떨어지는 자기의 손을 내려다보며 그는 질끈 눈을 감았다.

"지금 부여에 살고 있어. 하필이면 부여냐고 물었더니 그냥 웃더라고. 은주 말로는, 고도古都여서 포근하다던가. 거기에 계속 있을 건가 봐."

주현이 잔을 미쳐 다 채우기도 전에 그는 술잔을 들었다. 그녀가 부여에서 살고 있다는 게 이상했다. 부여가 고도여서 포근하다고 하더라는 말도 믿어지지 않았다. 매월당의 자화상 앞에 앉았다 가는 여자가 정말 그녀일지도 모르겠다는 생각이 스쳤다. 아무려나 그녀면 어떻고 아니면 어떻단 말인가. 십몇 년이나 지난 일을 되돌릴 수는 없는데, 하필 은하가 좋아하는 브람스 음악이 나왔다. 그는 맥주를 들이켰다. 연거푸 들이켰다.

어머니가 건넨 것은 낡은 노트와 제법 굵게 말린 화선지 두루마리와 화선지로 만든 책자였다. 사랑방 벽장에 있었다고 하며 입을 종그렸다. 선재는 마루에 걸터앉아 노트를 펼쳤다. 주로 논어나 노장의 구절들을 필사한 것들이었다. 그는 노트를 책 옆에 놓고 두루마리를 끌렀다. 서화들이었다. 붓글씨를 쓴 종이들이 대부분이고 간간이 매화나 난을 그려놓은 것들도 끼어있었다.

살아 꿈틀거리는 고목의 가지 끝에는 막 돋아난 매화 꽃송이가 희게 피어있고 그림 상단에 매월당의 시 '설로심군독장려雪路尋君獨杖藜'가 씌어있었다.

雪路尋君獨杖藜 설로심군독장려

簡中眞趣惡還迷 개중진취오환미

有心却被無心使 유심각피무심사

直到參橫月在西 직도참횡월재서

눈길로 그대 찾아 홀로 지팡이 앞세우고 가니

그 가운데 참 취미를 깨달은 듯 아득한 듯

유심이 도리어 무심의 부림을 당하여

삼 별 비끼고 서쪽에 달 질 때까지 배회하였네[11]

"유심은 매월당 자신이요 무심은 매화니라. 유심은 뭣이
냐, 청청하늘엔 잔별도 많고 우리네 가슴속엔 수심도 많다,
헐 때 그 수심이나 잡념일 것이여이. 무심이란 것은 매화의
심성일 테고. 매화의 심성이야 곧 자연의 질서 뭐 그런 것 아
니겠냐." 아버지는 한시를 읊으면서 종종 그를 옆에 앉히고
는 했다. 매월당의 시도 그래서 알게 된 것이었다.

글씨와 그림들을 보고 있노라니, 그것들이 시간 순으로 되
어있는지 무작위로 묶였는지에 관계없이 아버지의 심기가
변해가는 과정을 보는 것 같아 새삼스러웠다. 아버지는 어려
서부터 당신의 조부 밑에서 붓글씨와 그림을 배웠다고 했다.
고등공민학교에서 학생들에게 국어를 가르치다가 조부가 경
영난으로 학교를 공립중학교로 넘기게 되자 그만두었다. 그
가 아마 초등학교에 입학하기 바로 전이었을 것이다. 집에서
농사를 지으면서도 틈틈이 서화를 연습했는데 아버지는 그
때가 가장 평화로운 시절이었다고 가끔 얘기했다. 그에게도
평화로운 시절이 있긴 있었다. 아버지가 온전했을 때 아버지
앞에 무릎을 꿇고 앉아 벼루에 물을 붓고 먹을 갈던 시절. 다
리에 쥐가 날 정도로 꼼짝도 못하고 갈면서 더러는 졸기도 하
던 시절. 아버지가 화선지 한쪽에 붓끝을 살짝 찍는 모습을

---

11) 심경호, 『김시습평전』, 돌베개, 2010, p.210에서 인용

바라보던 시절. 숨을 멈추고, 아버지가 고개를 끄덕이면서 그만하면 됐다, 라고 말씀하기를 기다리던 때. 휴, 한숨을 쉬면서 쥐가 난 다리를 쭉 펴고 앉아 두드리던 시절. 아버지의 붓 끝에서 탄생하던 매화를 넋을 잃고 바라다보던 시절. 사랑방을 나오면 파란 하늘이 누구보다 먼저 반겨주던 시절.

그는 자기가 가장 평화롭게 기억하는 그 시절이 아버지에게는 가장 무거운 때였겠구나, 생각했다. 당신의 아버지와 어머니를 연이어 잃고 난 뒤였으니. 그래서 아버지의 붓 끝은 그토록 떨렸을까. 비파 소리는 그토록 처연하게 흔들렸을까.

휴대전화기의 진동에 그는 두루마리를 내려놨다. 큰누나였다. 누나는 다짜고짜 맞아, 했다.

"뭐가 맞는다는 거예요?"

되묻는 그에게 누나가 말했다.

"바라지가락이 아버지노래 맞다고. 할아버지도 그러셨던 것 같아. 언젠가 미숙이 아버지가 바라지가락이라고 하니까, 요것은 이름도 없이 내려오는 것이네. 꼭 불러야 헌다면 아버지노래라고나 헐랑가, 하시던 게 생각나잖아. 한데 그건 왜?"

가슴속으로 무엇인가가 소리도 없이, 꾸물꾸물 밀려들었다. 그는 대답을 하는 둥 마는 둥 전화를 끊고 화선지로 된 책자를 펼쳤다.

로 리~ 리 로 라~ 루 라~ 로 리 리 로…….

통째로 '아버지의 노래'였다. 마을 사람들이 말했다던 바라지 가락이었다. 아버지가 임종하실 때 자기 손으로 타던 악보였다. 구음을 적어둔, 그러니까 육보였다. 이것을 당신 앞에 펼쳐놓고 비파를 타보이던 아버지의 모습이 또렷하게 되살아났다. 그는 둔중한 무엇으로 얻어맞은 것처럼 가슴팍을 눌렀다. 뒤죽박죽 헝클어져버린 머릿속으로 아버지의 입소리가 하나씩 둘씩 날아와 박혔다. 글씨는 오른쪽 위에서부터 세로쓰기로 시작하고 있었다. 십육 절지쯤 되는 종이는 수십 장에 달했다. 어디가 먼저인지 어디가 끝인지 표시도 없었다. 세필로 씌어있는 글씨는 분명 아버지의 필체가 맞았다.

"한데 아버지는 왜, 아버지가 왜?"

그는 더 이상 말이 안 나왔다. 헝클어진 생각들을 좀체 가종그릴 수가 없었다. 아버지는 왜, 라는 말을 왜 했는지도 알 수 없었다. 다만 뭔가 어긋나 있다는 생각, 뭔가 이상하게 돼버렸다는 생각, 아버지가 뭔가를 잘못했다는 생각. 그런 생각들로 머릿속은 터질 것만 같았다.

달이 떠올랐다. 얼마 남지 않은 살구꽃송이들이 하얗게 빛났다. 이 가지 저 가지에서 아스라하게 부풀어 올랐다. 그는 육보를 든 채 댓돌에 놓인 신발을 신고 지대석에 섰다. 계단을 내려갔다. 아버지도 밤마다 살구꽃을 보셨으리라. 지난 시절을 그리워하고 안타까워하면서 첩첩이 쌓인 애성이를 삭

이셨으리라.

그는 살구나무로 갔다. 나뭇가지를 가만 흔들었다. 연분홍 꽃들이 팔랑팔랑 흩날렸다. 머리 위로 어깨 위로 손바닥으로 달빛과 함께 흩어져 내렸다. '아버지의 노래'도 날렸다. 머릿속 한 귀퉁이에서 시작한 첫마디는 이내 다음 마디를, 그다음 마디를 줄레줄레 달고 나와 날았다. 그는 고개를 흔들었다. 마치 소리들을 털어내려는 듯이, 소리들을 밖으로 내몰 듯이. 하지만 소리들은 그러면 그럴수록 더 많은 가락들을 몰고 들어와 머릿속을 온통 채우려 들었다.

라~~~ 라 라~~~ 라~~ 로 리~~ 리로 라 리라루…….

그는 무심코 가락들을 따라 가끔 입을 벌렸다. 대부분의 가락들은 놓쳤지만 가끔은 손가락이 움직이면서 놓친 가락들을 부여잡았다. 가락이 흘러가면서 시나브로 머릿속이 정돈이 되는 것 같았다.

주머니에 손을 집어넣자 웬 종이 하나가 걸렸다. 꺼내어 육보 위에 펼쳤다. 달빛이 어찌나 화사한지 글자가 다 보였다. 전화번호였다. 며칠 전 술집에서 주현이 건넨 것이었다. 네가 먼저 연락하라고, 말할 때 브람스 클라리넷 오중주가 들렸던가. 그날 비가 왔었나. 그 음악은 비가 내리는 날 들어야 제맛이라고 은하는 말했었다. 빗소리에 안겨든 클라리넷 소리를 듣고 있노라면 생전의 브람스가 자신의 목소리를 그 안에 담아둔 것 같다고 했다. 브람스는 아마 깊은 울림을 가진 목소리를 지녔을 것이라면서. 그는 이것을 어찌해야 할지 몰라 주머니에 도로 쑤셔 넣었다.

직녀성이 북동쪽 하늘에서 반짝이고 오리온은 서쪽으로 떠나고 있었다. 그는 자기도 모르게 목장 쪽을 건너다봤다. 목장은 안골과 도림 사이 약간 높은 지대에 있다. 주변이 환히 트여 하늘이 넓어보였다. 은하를 만나기 전에도 밤이면 자주 그곳에 갔다. 혼자 아니면 동민이랑 솔밭 앞에 드러누워 하늘을 올려다보곤 했다. 문득 옛일 하나가 떠올랐다. 초여름 밤이었던가, 동민이랑 막 집을 나서는데 목장에서 웬 불빛이 왔다 갔다 했다. 두 사람은 목장으로 갔다. 난데없이 꼬맹이들 소리가 들렸다. 옆집 무진이와 유진이었다. 손전등으로 공중을 비추면서 서로 자기별이라면서 다투고 있었다. 동민이 무진이에게 물었을 것이다. "넌 어느 별 가질래?" 그러자 그 애가 곧장 대답했다. "누나 별 빼고 다요." 동민이 머리를 쥐어박으며 말했었다. "인마, 하나를 간직하기도 얼마나 벅찬 줄이나 알아. 하나만 정해."

오리온은 떠났다. 시리우스도 함께 갔다. 북두칠성이 중천에서 달빛을 받아 부옜다. 그는 지금까지 자기만의 별을 따로 만들지 않았다. 별이 흐르는 강만을 봐왔다. 별이 흐르는 강, 수십억 년이 지나도록 유장하게 흐르고 있는 은하수를.

그는 사랑방 책꽂이에 육보를 꽂았다. 건넌방으로 갔다. 책상 서랍에서 편지들을 꺼내 들었다. 아궁이에 던지고 불을 붙였다. 어지럽다고 쓴 은하의 편지가 화르르 타올랐다. 서로를 믿지 못하는 상태로 어떻게, 라고 쓴 문장이 측은하리만치 느리게 타면서 재로 쌓였다. '아버지의 아버지, 그 아버지의 아버지……' 그는 부지깽이를 들어 타들어가는 편지지를 꺼냈다. 아궁이 앞에 내려놨다. '거슬러 시원…… 고향에 가…… 아버지의 노래……' 내가 그리워하는 게 정녕 그녀일까. 이 편지에서처럼, 그녀 안에서 혹 시원이라는 것을 찾으려 했을까.

"그날 일로 몸져누웠다더라고. 절에서 거의 일 년이나 요양했다니까." 주현의 말이 뒤통수를 갈겼다. 그는 타다만 편지들을 아궁이에 다시 넣었다. 그 위에 메모지를 던졌다. 종이가 타면서 길게 연기를 일으켰다. 노랗고 발갛게 치솟다가 재로 부서졌다.

이제 십일월은

1

아버지는 왜 '아버지의 노래'를 타라고 했을까. 남들에게
타주기는 거절했으면서 왜 당신이 임종할 때는 타기를 원했
을까. 선재는 오랫동안, 큰누나에게서 이야기를 들은 뒤로도
오륙 년 동안이나 이 문제로 고민해왔다. 아버지가 운명하시
던 그날을 반복해서 회상했다. 저녁에 아버지가 별을 보다 방
으로 들어가셨고, 비파를 타라고 손짓하셨고, 어머니가 가져
온 약을 거절했다. 그때 자기는 비파를 탔다. 아버지 숨이 멈
추고 어머니가 소리를 지르고 마을 사람들이 들이닥쳤다. 마
을 사람들이 비파를 빼앗아갔다. 다시 생각해보자. 마을 사람
들이 비파를 빼앗은 것은 단순히 시끄러워서가 아니었다는

생각이 들었다. 아버지의 노래, 바라지 가락 때문이었을 것 같았다. 당신의 부모는 물론이고, 마을 사람들이 부탁할 때도 단호하게 거절했던 사람이 당신의 마지막은 바라지 가락으로 끝내려고 한다. 마을 사람들은 그것이 마땅치 않다고 생각했을까. 지금 그가 아버지를 이해할 수 없는 것처럼 그때 마을 사람들도 아버지를 이해할 수 없었을까. 이해할 수 없었으므로 아버지를 원망했을까. 그래서 비파를 빼앗아 어딘가에 숨겨버렸을까.

갑자기 목이 탔다.

"에이, 왜 이래요?"

포크로 퇴비를 찍어 균상에 올린다는 것이 그만 종기의 머리 위로 던졌던가 보았다. 종기가 퇴비를 뒤집어쓴 채 소리를 질렀다. 그는 허둥지둥 다가가 종기의 머리에서 퇴비를 털어냈다.

종기가 눈살을 찌푸리며 툴툴거렸다.

"무슨 일 있어요, 왜 그래요?"

"미안해요. 나머지는 내가 할 테니까."

그는 종기를 재배사 밖으로 밀어내고 얼른 균상으로 허리를 수그렸다. 쇠스랑을 들었다. 볏짚과 계분이 제대로 섞이지 않아 퇴비에는 덩어리들이 많았다. 냄새마저 지독했다. 그는 마스크를 고쳐 썼다. 십 년 가까이 맡아오고 있는 냄새를 감당하지 못해서가 아니었다. 이렇게 균상에 퇴비를 올린 뒤에 수십 도로 살균을 한 뒤에야 가스와 잡균들이 없어지고 그제 야 향긋한 냄새가 나는데, 어쩌면 자기에게도 살균이 필요한 지 모르겠다 싶었다. 그는 쇠스랑으로 균상을 고르면서 덩어 리를 골라냈다. 덩어리가 많으면 살균할 때 가스가 제대로 빠지지 않아 버섯 균을 접종해놓아도 가스에 질식사 하고 만다 고 들었으므로, 그에게도 쇠스랑이 있어야 했다. 덩거칠고 질 떡거리는 자기의 안을 평평하게 고를 쇠스랑이.

"이 형, 그런 것까지 골라내다가는 잠잘 시간도 없어요. 그만 마무리합시다."

어느새 옷까지 갈아입은 종기가 재배사 밖에서 소리쳤다. 그는 마저 긁은 뒤 밖으로 나왔다. 씻고 옷을 갈아입었다.

"버섯도 주인 발소리를 듣고 큰다고 말하는 걸 보면, 과학적인 재배방식이 과연 정말로 합리적인가 의문스럽기는 하죠. 한데도 어쩝니까. 일손은 부족하지 연령대는 자꾸 높아가지, 자동화시설을 안 할 수가 없다니까요. 이 입폐상도 머잖아 완전자동으로 할 때가 오겠죠. 물론 젊은 사람들로 물갈이가 되고는 있지만 어쨌든 그런 것들 때문에 사람들이 게을러지는 것 같아요. 버섯이 주인 발소리를 기억 못할 정도로 방치하는 사람들이 점점 많아진다고."

삶은 밀알에 버섯 균이 자라 버섯이 된다고 했던가. 그는 종기의 말을 듣고 있노라니 뜬금없이 오래전에 읽었던 소설이 생각났다. 멋진 신세계. 한 개의 난자에서 백팔십 가지의 인간을 생산해내는 공장과 그 아이들을 교육시키는 장면으로 시작하는 이야기. 동민은 앞으로의 세상은 멋진 신세계에서 말하는 대로 돌아갈 거라고 했다. 조지 오웰의 전언처럼 빅 브라더가 벌써부터 우리를 조종하고 있지 않느냐고 반문했다. 그는 동민의 말에 반대했다. 사람은 결코 세뇌만 당하지는 않을 것이다. 나는 누구인가, 화두를 꼭 붙들고 있는 한 차라투스트라는 반드시 깨어나 있을 것이라 반박했다.

멋진 신세계 속 아이들은 지금 입상해놓은 재배사에 일주일에서 열흘 뒤에 뿌려질 종균처럼 부모가 누구인지 모른다. 불안과 두려움은 신경안정제 한 알이면 된다. 그러므로 어느 누구에게도 불행이란 존재하지 않는다. '아버지의 노래'는 아버지에게 신경안정제였을까. 마을 사람들에게도 그랬을까. 내게 아버지의 노래는 뭐지. 비파는? 생각은 엉뚱한 곳으로 뻗어나갔다. 그는 고개를 흔들었다.

"야, 벌써 토요일이구나. 이 형, 오늘 한잔 꺾읍시다. 내일 쉬니까, 어때요?"

술 마실 생각에 벌써부터 흥이 난 모양인지 종기가 다른 동료들까지 불러서는 보신탕집에 가자 삼계탕 먹으러 가자, 설레발을 쳤다.

그는 전화기를 꺼내어 날짜를 확인했다. 그동안 매년 오늘 목장에 갔다. 혹시 그녀도 찾아오지 않을까, 몇 년 동안은 설레며 두리번거리기도 했지만 언제부턴가는 그럴 필요가 없어졌다. 이제 그만 놓아주라는 메시지가 자기 안 깊숙한 곳에서 들려왔다. 지겹지도 않느냐며 나무랐다. 그렇다고 목장에 가는 것까지 그만두고 싶지는 않았다. 그가 나이를 먹어가듯 목장의 얼굴도 늙어가고 있지만 목장이 품고 있을 설레고 아름다운 기억은 여전했다.

서둘러 원룸으로 돌아왔다. 샤워를 하고 외출복으로 갈아입었다. 밖으로 나오자 소낙비가 쏟아졌다. 이 비가 그치고 나면 우산을 들고 한 소녀가 나타날지도 모르는 목장을 향해, 그러나 그것을 전혀 기대하지 않은 채 그는 차에 올랐다. 시동을 켜고 가속페달을 밟았다.

2

리 라 루 라~ 리라~~~~ 르 러…….

소리를 타면서도 제대로 타는지 자신할 수 없었다. 선재는 십 리 가다 한 번씩 퉁기면서, 십 리와 십 리 사이에서 숨을 멈추고 여음에 귀를 기울였다. 이 비파 소리는 아버지가 타던 것과는 음색이 달랐다. 대체적으로 소리가 가느다랬다. 길게 여울져 가면서도 끝으로 갈수록 차랑차랑 늘어졌다. 기운이 없는 아이가 젖을 달라고 보채는 것처럼 새된 소리로, 금방이라도 끊어질 듯 이어지며 불안하게 떨었다. 빠른 가락을 탈 때는 오히려 너무 긴박하고 극적으로 출렁거렸다. 휘몰이쯤에서부터는 긴장하며 손가락을 놀리는데도 그는 매번 소리에 압도돼버리곤 했다. 높은 음이건 낮은 음이건 아버지의 비파와는 퍽이나 대조적이었다. 그는 악기의 문제라기보다 자기의 손놀림에 문제가 있다고 생각했다. 손놀림이 문제라면 원인은 마음이었다. 아직도 평온해지지 못한 이 마음이 문제였다.

아버지의 소리는 무척 안정돼 있었다. 너무 높거나 들뜨지 않고, 너무 퉁겁거나 무겁지도 않았다. 낭랑한 가야금과 묵직하고 중후한 거문고 사이에 아버지의 비파 소리가 있었다. 그는 그것을 평화로운 색깔이라고 생각했다. 때로는 가라앉듯이 때로는 날아갈 듯이 들리는 소리의 변화가 좋았다. 어떤 때는 힘차고 너렁청하게 뻗어나가는가 하면 어느 때는 제자리에서 여리게 흔들리기도 했다. 세 개의 줄을 한꺼번에 탈 때는 이루 말할 수 없이 화사했다. 아버지의 윤주輪奏는 세련되거나 화려하지는 않았다. 우아했다. 한없이 중심으로 회귀하려는 힘이 있었다. 확산하려는 힘과 함께 그것은 묘한 균형을 이루었다.

'아버지의 노래' 한 바탕을 전부 타고 다시 타기 시작할 무렵에야 그는 불현듯 아버지의 말이 떠올랐다. 한 번에 한두 장씩만 타라고 하지 않았더냐? 호통을 치던 목소리. 아. 그는 나직하게 탄성을 지르며 손을 멈췄다. 이제야 아버지의 의도를 알 것 같았다. 마을 사람들이 '아버지의 노래'를 기억하고 있을지도 몰랐다. 기억하는 그가 듣게 된다면 자칫 누군가 운명했을 거라고 잘못 판단할 수도 있었다. 아버지가 염려했던 것이 바로 그것인 것 같았다. 그는 바깥을 향해 귀를 세웠다. 아, 다시 탄식했다. 여기는 고향마을이 아니다. 이곳 사람들에게 '아버지의 노래'는 단순히 비파 소리거나 그냥 악기 소리일 것이었다.

그는 눈을 감았다. 빗소리 사이로 멀어져가는 비파의 여음을 좇다가 눈시울을 들었다. 벽에 악기를 세우고 자기도 기대어 앉았다. 아버지의 노트를 펼쳤다. 노트는 오래되기도 했지만 그간에 하도 자주 펼치고 넘겨봐서 속지가 나달거리고 더러는 떨어져서 스카치테이프로 붙여둔 곳도 여러 군데였다. 흐트러지지 않은 필체를 보면서 그는 아버지의 손을 떠올렸다. 아버지의 손은 두엄을 뿌리는 손이 아니었다. 경운기를 몰고 논에 나가거나 밭에 나가 삽으로 땅을 파는 손이 아니었다. 겨우내 밖에서 전봇대를 세우고, 어딘지도 모를 곳으로 끌려가 중노동을 하던 그런 손이 아니었다. 아버지의 손은 붓글씨를 쓰거나 비파를 타야만 어울리는 손이었다.

— 사람의 한평생 중에서 태어날 때와 죽을 때가 가장 의식이 명료한 상태라고 생각한다. 그러므로 사람이 죽을 때 비파를 타는 것은 그 명료한 상태를 방해하는 것이다. 지금도 그 생각은 변함이 없다.

— 내 선친을 비롯한 선조들은 모두 마을 사람들의 마지막을 아버지의 노래로 지키셨다. 사람들은 그 노래를 들으면서 편안하게 숨을 거뒀다. 거둔다고 살아있는 사람들은 믿었다. 아버지의 노래를 듣는다고 죽음에 대한 공포와 고통이 사라질까. 아니 남은 자들이 생각하는 것처럼 죽어가는 자들이 과연 공포에 떨까. 고통스러워할까. 고통과 환희의 표정이 닮은 것을 사람들은 모를까.

죽어가는 자들이 어떤 의식을 가지고 이 세상에서 사라지는지 아무도 모른다. 오직 사라지는 자만이 알 수 있을 뿐. 깨달음에 이르는 과정을 어떠한 말이나 글로도 가르쳐줄 수 없다고 하듯 죽음에 이르는 과정 또한 그렇다. 혼자, 철저하게 혼자 체험하는 의식이다. 그러므로 가장 명료한 상태로 죽음을 맞이해야 한다. 아버지의 노래는 살아있는 자, 남아있는 자들의 소리다. 남아있는 자들이 노래를 들으면서 스스로를 세뇌하는 것이다. 산 사람들이 그저 자기 위안으로 삼기 위해 소리를 원할 뿐이다.

― 요즘에도 임종을 지켜달라고 부탁하는 사람들이 있다. 그에 대한 답은 默.

― 소리에 사유를 넣지 마라. 소리에 이념을 넣지 마라. 소리를 수단으로 쓰지 마라. 소리는 소리일 뿐이다.

― 아내는 안다. 내가 왜 죽어가는 자에게 아버지의 노래를 타지 않는지. 말을 잃어버린 아내는 안다.

아버지의 노트에서 얻을 수 있는 것은 이것들뿐이었다. 이것 말고는 아무것도 없다는 것을 그는 잘 알았다. 노트의 몇 쪽에 있고 몇 줄로 씌어있으며, 어떤 것이 만년필로 씌어있고 어떤 것이 볼펜으로 씌어있는지 안 보고도 그 부분을 펼쳐 보일 수 있었다. '소리에 사유를 넣지 마라. 소리에 이념을 넣지 마라. 소리를 수단으로 쓰지 마라. 소리는 소리일 뿐이다.' 같은 문장은 가는 붓으로 씌어있어서 이 문장이 있는 곳을 가장 먼저 기억했고 자주 들여다봤다.

아버지의 노트를 펼치고 아버지의 생각들이 적힌 문장들을 읽을 때마다 그는 종잡을 수 없는 심정이 되어 그것들을 읽고 또 읽었다. '아내는 안다. 내가 왜 죽어가는 자에게 아버지의 노래를 타지 않는지. 말을 잃어버린 아내는 안다.'는 구절은 노트의 끄트머리쯤에 있는 것으로 봐서 가장 최근 것인 듯했다. 어떻게 보더라도 아버지가 임종 때 했던 것과는 정반대되는 문장이었다. 마음과 행동은 다를 수도 있다고 받아들여야 할까. 아니면 본능과 이성은 다르다고 받아들여야 할까. 한데 어머니는 안다고 했다. 아버지가 써둔 구절처럼, 아버지가 어떤 생각으로 그런 결단을 내렸는지는 아버지만이 아신다고. 당신은 아버지의 뜻을 이해한다고.

그는 노트를 덮고 다시 화선지 두루마리를 펼쳤다. 그것을 말아두고 비파를 꺼냈다. 비파를 가방에 도로 넣었다. 벽에 세워두고 밖으로 나왔다. 비를 맞으며 나루터까지 걸어갔다. 카페에 들어갔다. 맥주를 마셨다. 소주를 마셨다. 취하기는커녕 오히려 말똥말똥해진 의식은 점점 정신을 옥죄어왔다.

노트의 문장만을 놓고 보면 아버지 심정을 이해할 수 있을 것 같았다. 달리 생각해보면 마을 사람들의 심정도 알 것 같았다. 함에도 그는 아버지의 이중성을 받아들이기 어려웠다. 죽음은 정말이지 이성으로도 어쩔 수 없는 걸까. 본능만이 작용할까. 결국 아버지가 생각한 명료한 의식이란 죽을 때는 하등 필요가 없다는 말일까. 한데 어머니는 안다고 했다. 아버지 뜻을 이해한다고. 이것을 어떻게 받아들이고 또 어떻게 이해해야 한단 말인가.

아버지의 노래를 미신이라 치부했던 사람들과 영혼을 배웅하는 소리로 받아들였던 사람들, 그 사이에 있는 아버지의 죽음. 그는 지금도 그것들을 받아들이기 어려웠다. 뒤늦게 뒤적여보고 있는 자기 자신마저도 이해할 수 없었다. 그는 아버지가 임종하던 순간을 몇 번이고 떠올렸다. 심장에 산소를 공급하기 위해 하염없이 숨을 쉬고 또 쉬던 모습. 나중에는 숨이라도 쉬기 위해, 숨쉬기가 너무 힘들어 자주 숨을 멈추던 모습. 어느 순간엔가 홀연 숨을 멈추고 말던 모습을. 아버지는 편안하게 가셨을까. 아버지의 노래를 들으면서 행복했을까. 영혼의 가장 명료한 순간은 언제일까. 아버지 말씀대로 사람이 태어나는 순간과 죽는 순간일까. 나는 아버지가 명료하게 지켜봐야 했을 그 순간을 방해했을까.

그 밤에 어떻게 운전을 했는지 그는 기억하지 못했다. 어떻게 부도밭 앞에 주차를 했는지. 왜 노랑 상사화를 깔고 퍼질러 앉아있었는지. 언제부터 매월당 영정 앞에 고꾸라져 있었는지. 스님이 어떻게 알고 와 자기를 일으켜 세웠는지. 어떻게 집으로 다시 돌아왔는지. 왜 한쪽 신발은 방바닥에서 뒹굴고 다른 쪽 신발은 현관바닥에 뒤집힌 채인지, 아무것도 떠오

르지 않았다. 새벽에 종기가 빨리 나오라고 전화를 해왔을 때
에야 그는 깨질 것 같은 머리를 흔들며 바지를 꿰찼다.

3

전화벨이 울렸다. 사흘째 같은 번호였다. 맨 처음 걸려왔을
때는 가슴이 벅차 받지 못했다. 어제는 알 수 없는 불안감에
주저하다 받지 못했다. 오늘은, 받는 순간 그간의 기억들이
와르르 무너져 내릴 것 같은 두려움 때문에 통화 버튼을 누를
수 없었다. 선재는 도리질을 했다. 이제는 받아야 한다. 받아
야 했다.

"기억하세요. 저예요, 저…… 서은하."

가슴 어딘가에서 바람이 불어왔다. 몇 마디뿐이었지만 크
기도, 굵기도, 높낮이도, 색채도, 속도도, 결도, 밝기도, 세기
도, 질감도, 억양이나 강약도, 초점을 두는 장소도 지금껏 기
억해오고 있던 목소리 그대로였다. 그는 자기도 모르게 가슴
에 손을 얹었다. 후벼 팔 듯이 전화기를 귀에 바짝 갖다 댔다.

만나고 싶은데 괜찮으냐고 물어왔다. 그는 현기증을 느꼈
다. 입술이 떨어지지 않았다. 자기가 생각해도 대답이 너무
늦어지고 있었다.

"이번 주 토요일 오후에 제가 안골로 갈까요."

은하가 침묵을 깨고 말했다. 그는 종기에게 며칠 쉬어야겠다고 말해두고 고창 집으로 내려갔다.

그녀가 흰색 승용차 앞에 서있었다. 이십 년만이었다. 여전히 생머리에 단발이었다. 하늘색 반팔 블라우스와 블라우스보다 조금 진한 파란색 면바지에 짙은 밤색 단화차림이었다. 예전보다 살이 좀 찐 것 같았다. 키가 더 커보였다. 색조화장을 한 듯 안 한 듯 갸름한 얼굴에, 옆으로 길쑴한 외까풀 눈과 도톰한 코와 약간 작으면서도 안정돼 보이는 입술이 조화를 이루고 있었다. 고상해보였다. "난 고상한 사람이 좋더라." 언젠가 귀가 다 보이도록 머리를 짧게 자르고 나타난 그녀를 보고 말하자 "애늙은이를 좋아하시나 봐요." 그녀가 뒷머리를 긁적이며 말했다. 고개를 돌리고는 입을 비쭉거렸다. 문득 그녀가 그때 지었던 표정이 떠올라 그는 두어 번 헛기침을 했다.

그녀가 차 안으로 들어가 조수석에 있던 고동색 크로스백을 뒤로 놓으며 타세요, 했다. 그는 어색한 마음으로 차에 올랐다. 가슴이 두근거리지는 않았다. 엊그제 만난 듯 오히려 심상했다. 지금 어디로 가고 있는지도 알 듯했다. 심정을 아는지 모르는지, 그녀는 양손으로 핸들을 잡고 전방을 주시하면서 가끔 룸미러나 사이드미러를 힐끔거리며 깜빡이를 넣고는 했다. 추월도 하지 않았고 속도위반도 하지 않았고 신호

위반도 하지 않았다. 무덤덤한 표정만큼이나 운전습관도 그런 것 같았다.

고인돌유적지에 당도했다. 그녀가 주차장에 차를 세웠다. 두 사람은 차에서 나와 진입로를 따라 걸었다. 예전과는 달라진 모습에 그는 순간적으로 이질감을 느꼈다. 입구에는 박물관이 널찍하게 자리 잡고 있고 코스모스와 구절초가 길 양쪽 논밭을 뒤덮고 있었다. 약속이나 한 듯 두 사람은 습지탐방안내소 앞에서 오른쪽 길로 접어들었다. 그녀가 거대한 고인돌 앞에 서서 고인돌과 살구나무를 보는 사이 그는 그녀가 돌아 나올 때까지 기다렸다가 다시 걸었다. 전에도 그랬던 것처럼 그녀는 거북 모양의 고인돌 앞에서 한참을 지체했다.

벤치에 앉았다. 그녀도 옆에 앉았다. 둘 사이로 새로운 바람이 불어왔다. 바람이 지나갈 때마다 햇살의 무게도 달라졌다. 그는 허공을 바라다보다 두 손을 깍지 껴 무릎 위에 놓았다. 아주 오래전 스무 살 먹은 그녀 앞에서 울었다. 여기 이 벤치에 앉아서 자기가 처해 있던 상황을 고통스러워하며 그녀 앞에 모조리 털어놓고 눈물을 흘렸다. 그때와 지금은 뭐가 달라졌을까. 알 수 없었다. 상전이 벽해가 되었는지 도로아미타불이 되고 말았는지.

"부여에 살고 있다고. 왜 하필 거기에……?"

이게 그리도 궁금했나. 말해놓고도 어처구니가 없어 그

는 입맛을 다셨다. 대답 대신 그녀가 웃는 듯했다. 고개를 들어 바람에 살짝살짝 흔들리는 소나무 가지를 보는가 하면 흰 구절초 밭으로 그윽한 눈길을 보내기도 했다. 그는 자기 속을 들킨 것 같아 열적어져 공연히 손바닥을 마주 비볐다.

"부여는 동명이 세운 나라라고 했어요. 고리국의 치치하얼에서 죽을 고생을 해가며 쑹화강을 넘어왔다면서요. 부여는 고구려와 백제, 가야와 신라 그리고 발해를 낳았다고 하구요. 또 부여는 밝은 벌판이란 뜻을 가지고 있다고 해요. 그리고 부여는 열씨 즉 염제신농씨의 후예라고도 하셨어요."

말끝에 배쩨시라고구려, 보태면서 소리 내어 웃었다. 이 무슨 해괴한 소린가. 그는 그녀를 쳐다봤다. 눈길을 의식했는지 그녀가 또 웃었다.

"고등학교 다닐 때 가르쳐주셨잖아요, 무조건 외우라면서. 그때 전 이런 건 시험에 안 나와요, 얼마나 반박했는지 몰라요. 속으로만, 감히 말로는 못하고."

그리 말하고 또 웃는 그녀에게, 그는 그랬던가, 혼잣소리를 했다. 꽃을 보는 심정으로 그 시절을 반추했다. 검은색으로 덧칠해지고 때로는 희게 지워져버려 선명하지는 않았으나 잊어버린 것은 없었다. 눈을 내려뜨고 앉아 잘근잘근 입술을 깨물던 그녀가 이렇게 아련한 곳에서부터 다가오고 있지 않은가.

"부여는 마음 놓고 나를 버릴 수 있는 곳이었어요. 새로운 나를 만났지요. 부여는…… 맞아요, 새로운 나와 살고 있는 곳이에요. 참, 아세요. 제가 서가잖아요. 부여 서扶餘徐."

이런 목소리였다. 동글동글, 티 없이 맑은 소리. 적당히 가늘고 적당히 부드러운 소리. 너무 차지지도 않고 너무 묽지도 않은 소리, 가슴속으로 들어와 포근하게 안기는 소리. 그는 자기가 그녀의 얼굴만큼이나 그녀의 목소리를 그리워했다는 사실을 깨달았다. 아니 듣기를 갈망했다는 편이 맞았다. 그녀는 늘 말을 아꼈다. 목소리를 듣고 싶어서 종종 떼를 쓰기도 했다. 말을 하도록 억지를 부려가며 부추기기도 했지만 그녀는 좀처럼 따라주지 않았다.

그는 버려야 했던 그녀와 새로운 그녀 중 어디에 자신이 있을까, 채근하려는 마음을 말렸다. 지금은 그녀의 목소리를 듣고 있다는 사실이 중요했다.

"몇 번 안골로 찾아갔어요. 그때마다 선생님은 안 계시더라고요."

그제야 그는 그녀를 똑바로 바라봤다. 눈가에 주름이 지고 볼도 탄력이 떨어지기는 했지만 그때나 지금이나 달라진 것은 많지 않아 보였다. 그때보다 오히려 조금은 강단져 보였다. 그런 그녀에게서 지금 낯선 말이 흘러나왔다. 선생님이라고 했다. 선생님이라고. 그것은 그녀한테 비로소 자기의 정체성이 어느 한 가지로, 그러니까 선생으로 자리 잡았다는 말이 될 터였다. 선재 씨도 아니고 오빠도 아니고 자기도 아니고 당신도 아니고, 선생으로.

그녀가 말하는 선생님이라는 호칭에는 아무런 감정도 들어있지 않았다. 그는 눈을 감았다. 그녀가 고민해왔던 게 무엇인지 알 것도 같았다. 그날 일 말고는 둘 사이에 맺힌 것은 없었다. 적어도 자기는 그렇게 생각해왔다. 그는 눈을 감은 채 다음 말을 기다렸다. 입술을 때로 일그러뜨리고, 일그러뜨린 입술을 잠깐 떼기도 하면서 침을 삼켰다. 감은 눈이 파르르 떨리더니 속눈썹이 젖어들었다. 그는 입술을 맞물면서 입매를 바로잡았다.

"어디서부터 어떻게 말씀드려야 할지. 그러니까 그날 같이 갔던 사람은…… 아, 형부한테서 들으셨겠네요."

그녀가 말을 중단했다. 눈길을 멀리 보냈다.

그는 약간 구부리고 앉은 등과 맞잡아 무릎 위에 놓은 그녀의 두 손을 보았다. 멀리 가있던 시선을 발아래로 내려뜨리는 그녀의 얼굴이 발갰다. 그는 까닭 없이 가슴이 조여 왔다.

"선생님이 원룸에 다녀가시고 나서…… 달거리가 비치지 않아서…… 어떡해야 하나 갈등하다 찾아갔던 거예요. 하필 그런 일이 생기는 바람에, 언니 전화를 받았더라면…… 그 몽둥이가 저를 향해 있는 것 같았죠. 너무 무섭고 두려웠어요."

새파란 단풍나무 잎들이 살랑살랑 바람에 흔들렸다. 우듬지가 바람에 휘우듬하게 기울다 제자리로 돌아오고 가지에 앉아 재잘거리던 새들이 포르르 날아오르더니 옆의 나뭇가지로 옮겨가 앉았다. 그는 그 모든 소리를 단 한 가지 색깔로 들었다. 온통 새카만 색으로 들었다.

"그 학생이 병원에 데려다줬어요. 산부인과로 데려다 달라고 했더니…… 진료실에서 나왔을 때는 가고 없더라고요."

문득 내내 잊어버리고 있었던 일이 떠올랐다. 아버지가 돌아가시던 해의 봄이었던가. 아버지는 마을회관에 다녀온 뒤 몸살을 앓았다. 뭐 하러 갔느냐고 어머니가 핀잔을 하자, 아버지는 "이제라도 손을 내밀었으니 되았다. 내 자신을 제대로 안다면 세상과 갈등할 일도, 세상에 분노를 터뜨릴 일도 없어. 나를 진정으로 알게 된다면…… 모든 것은 내 안에 있으니까."라고 했다. 그는 꼭지가 돌고 말았다. "누가 이 지경으로 만들었는데? 아버지가 그리된 것도 엄마가 말을 못하는 것도 모두 저놈들 때문이잖아요. 왜 굽실거려요? 아버지가 뭘 잘못했는데, 뭘 얼마나 죽을 짓을 했는데? 다 죽여 버리겠어. 다 죽이고 나도 죽어버리겠어." 소리 질렀다.

그녀마저 시험 준비 때문에 내려오지 못할 것 같다고 했다. 며칠 쉰다고 떨어지겠느냐며 그는 보챘다. 막상 만났지만 그녀의 표정이나 걸음걸이는 전과 달랐다. 입맞춤도 그저 그랬고 안아도 편하지 않았다. 그는 그녀가 서울로 간 뒤 이틀인가 지나서야 전화를 했다. 시험 볼 때까지 연락 안 할 테니 준비 잘하라고. 하지만 마음뿐 며칠 지나지 않아 그는 거의 날마다 편지를 보내고 답장을 기다렸다. 소식이 없었다. 전화해도 받지 않았다.

방학이 되어도 내려오지 않았다. 방학이 끝나도록 편지도 전화도 몇 번 밖에는 하지 않았다. 자동응답전화기와 삐삐에 수도 없이 음성을 남겨도 그녀에게서는 겨우 몇 통의 답장뿐이었다. 그는 기다리다 지쳐 서울로 올라갔다. 아득한 성곽을 향해 달리듯 걸었다. 그녀의 원룸은 환했다. 현관문을 두드렸다. "은하야. 나야, 문 열어줘. 안에 있으면 문 열어줘." 대답이 없었다. 다시 두드리고 부르고 또 두드리고 부르고. 답답한 나머지 은주에게 전화를 했다. 은하와 낮에 통화를 했다고 말하면서 지금 어디냐고 물었다. "원룸 앞인데 전화를 안 받아. 문을 두드려도 소용없고. 무슨 일 있는 것 아닐까." 그의 대답에 "그냥 내려와라. 지금 한창 예민해져 있을 땐데." 은주가 달랬다. 아랑곳없이 그는 다시 올라갔다. 문을 두드리며 "은하야, 은하야." 큰 소리로 불렀다. 발카닥, 문이 열렸다. 얇고 어둑신한 그녀가 문 안쪽에 서있었다. 내려오는 길에 그는 주현을 찾아갔다. 술을 마셨다. 아무 말도 하지 않고 술만 마셨다. 그리고 울었다. 먹은 것을 다 토하면서 울었.

"병실에 혼자 누워있는데…… 처음으로 불러봤네요. 선

재…… 한 번도 못 불러볼 줄 알았는데."

말해놓고도 어색한지 그녀가 빙긋 웃었다. 웃는 그녀의 얼굴에 잠깐 스산한 표정이 스쳐갔다.

지금에 와서 왜, 하필이면 지금에 와서 그 일을 말하는지. 그런 생각은 들지 않았다. 다만 그녀의 손을 잡고 싶은데 무거워 도저히 들리지 않았다. 목소리마저 나오지 않았다. 정말로 아팠었구나. 그래서 지금껏 혼자인 모양이구나, 다독여주고 싶은데 목구멍 바닥에서 무엇이 잡아당기는지 소리는 자꾸 밑으로, 밑으로만 꺼져들었다.

솔직히 말하고 싶었다. 원룸에 찾아갔을 때 마지못해 문을 열어준 것은 그녀에게 다른 남자가 생겼기 때문이라 생각했다고. 그날 누렁이를 패고 있을 때 같이 온 남자를 보고 저놈과 사귀는구나 생각했다고. 그녀가 무진의 품으로 쓰러지는 것도 봤다고. 그녀를 부축하는 남자의 팔도 똑바로 쳐다봤다고. 그때 비파를 잃은 분노만이 아니라 질투심에 눈이 뒤집혀 누렁이의 대가리를 난타했다고. 택시를 타고 가는 두 사람의 뒷모습을 본 순간 갑자기 멀쩡했던 길이 툭 끊어져버렸다고, 그는 모조리, 다 말하고 싶었다.

"무엇보다 제 안에 새로운 생명이."

"그만…… 그만하지."

그는 그녀의 말을 서둘러 잘랐다. 산부인과에 갔었다는 말로도 충분했다. 유산했다고 꼭 말하지 않아도, 너 때문에 내가 일 년 동안이나 요양해야 했었다고 질책하지 않아도 그의 마음은 이미 난장이요, 구렁으로 변해버렸다.

"아니 제 말은……."

다시 말하려는 그녀를 제지했다. 그는 손사래를 치며 일어났다. 마음은 결코 늙지 않는다고 했던가. 어느새 팔만 사천 곳으로 가지를 뻗고 팔만 사천 개의 가지에서 이파리들이 돋아났다. 이파리들은 어느 순간 무시무시한 북데기 덤불로 얼크러져버렸다.

차에 시동을 걸면서 그녀가 말했다.

"이십 년이나 지났는데…… 아직도 거기에서 한 발짝도 못 나오고 계시는 모양이죠. 놀랍군요…… 기억하고 계실까요. 삶의 비밀은 다른 누구에게 있지 않다. 바로 내게 있다. 나만이 그 비밀을 캐낼 수 있다…… 지금까지 살아오면서, 원망과 불안 속에서 헤맬 때마다 이 말이 종종 제 앞을 밝혀주곤 했어요."

집까지 바래다준다는 청을 거절하고 도림 앞 버스승강장에서 내렸다. 한참이나 그대로 있던 그녀가 갔다. 저수지를 지나 고갯마루를 넘어갔다. 그녀의 차가 요강바우재에서 완전히 사라질 때까지 지켜보다 그는 다리난간에 가 앉았다. 아직도 푸르기만 한 버드나무가지들이 중천에 뜬 반달을 잘게 자르고 어둑어둑해지는 하늘로 백조와 직녀성이 찾아들었다.

'나는 지금 무엇을 보고 있는가. 어디로 가고자, 어떻게 살고자 몸부림치는가…… 내 삶의 비밀은 내게 있다. 나만이 안다. 나만이 그 비밀을 캐낼 수 있다.'

울분을 토로하는 심정으로 이렇게 편지를 써서 그녀에게 보냈었다. 한데 이십 년이 지난 지금도 자기가 어디로 가고 있는지 알지 못했다. 어떻게 살려고 이렇게도 몸부림치는지 알 수 없었다. '아름다운 마음 고이 간직하리라'던 길손은 여기에서 옛일이나 추억하고 있는데 '희망의 나래'는 날개를 퍼덕이며 가버렸다. 가버린 하늘로 은하수가 흘렀다. 그는 하늘 복판을 가로지르는 은하수를 올려다봤다. 걸었다. 목장에서부터 자기 집까지, 집에서부터 목장까지. 누렁이를 패던 고샅에, 그녀가 쓰러지던 고샅에, 누렁이 피가 묻은 옷자락을 닦던 고샅에 그는 우두커니 섰다. 달은 보이지 않고, 별은 선명했다. 몸은 서늘하고 가슴은 싸늘했다. 오랜만에 새벽이슬을 맞고 안마당으로 들어서자 어머니 방에서 쌕쌕, 숨소리가 들렸다. 사랑방은 캄캄했다.

4

그는 自를 썼다. 然을 썼다. 緣을 썼다. 그는 自然을 썼다.

自緣을 썼다.

自然 — 이 세상에 있는 모든 것들. 원래 그대로의 상태. 본래의 성질. 당연한 것. 꾸미지 않은 상태. 저절로 그러한 상태. 그리고 스스로 태움.

自緣 — 스스로의 인연. 스스로 일으킴. 스스로 불러들임. 스스로 맺은 끈. 원래 그대로에서 비롯한 까닭. 원래의 끈. 스스로 만든 끈. 스스로 줄을 잡음. 스스로 탐. 스스로 까닭을 도와 결과를 만듦. 고로 스스로 얽음.

自 — 내가 불러들인 모든 씨앗들. 불러들였던 씨앗에서 맺어진 모든 결과들. 다시, 결과 속으로 들어가 까닭을 불러들이는 새로운 씨앗들. 고리와 고리와 고리, 끈과 끈과 끈들. 언제나 주체가 되는 것.

글씨는 정연하지 못했다. 정연하지 못하니 질서가 생길 리 없었다.

秩序 — 본래 그대로의 성질을 갖고 있는 상태. 도덕과 윤리 이전의 상태. 緣으로 얽히고설켜 그것이 풀어지거나 맺어지는 상태. 그래서 가공되지 않은 상태.

끈 — 원인과 결과를 잇는 줄. 원인과 결과라는 매듭을 잇는 고리. 그러면서도 변화하는 것. 윤회. 인연. 업보. 인드라망.

그는 지금까지 스스로自 불러 모았던 끈緣을 모조리 태우고然 싶었다. 모조리 사르고 싶었다. 더 이상 고리를 만들고 싶지 않았다. 어떠한 이념이나 가치관으로도 기울지 않는 '나'를 만들고 싶었다. 민족이나 사회적 관습에도 매이지 않는 '나'로 서고 싶었다. 하지만 숨 쉬는 것만으로도 이 세계와 연을 맺는 것이고, 연은 고리였다. 사슬이었다.

어머니가 방문을 열고 들어섰다. 서안 아래에 고구마 그릇을 내려놨다. 어질러진 종이들과 문구들을 둘러보더니 얼굴을 찡그리며 돌아나갔다. 그는 붓을 팽개쳤다. 붓은 방바닥에 곤두박질치면서 사방으로 먹물을 튀겼다. 방바닥은 물론이고 벽이고 사방탁자고 서가고 방석이고 서안이고, 먹물이 튀어 박혔다. 그는 엉겁결에 걸레로 닦았다. 닦다가 걸레마저 던져버렸다.

이 세계에서 스스로 지어낼 수 있는 것은 아무것도 없다. 이 세계에서 이 연기緣起에서 벗어날 수 있는 것은 아무것도 없다. 설사 죽는다 해도 벗어날 수 없다. 죽어도 끝이 아니므로. 여기로 가든 저기로 가든 거기로 가든, 나는 결국 아무 곳에도 가지 않은 것과 같다. 그야말로 돌고 도는 고리, 사슬이다. 결국 스스로自라는 것은 있을 수가 없다.

어쩌란 말이냐. 그는 충혈된 눈으로 방 안을 휘둘러봤다. 눈을 감았다. 감은 눈앞으로 '아버지의 노래'가 달려들었다. 높고 낮으며 깊고 넓은 선율들이 차례로 와 간질였다. 눈을 떴지만, 눈을 뜨자 선율들은 방 안을 뒤덮고 있는 먹물이 되어 거뭇거뭇 소용돌이를 일으켰다. 그는 다시 눈을 감았다. 방바닥에 드러누웠다. 먹물은 그냥 됐다. 그대로 마르거나, 더러는 벗겨져 없어질 것이다. 실은 없어진 것이 아니라 다른 데로 옮겨갈 뿐이다. 눈에 보이지 않는다고 해서 사라진 것은 아니니까. 걸레에 묻어 물로, 도랑으로, 개천으로, 시냇물로, 강물로, 바다로 가면서 더러는 증발해 구름이 되고 더러는 햇빛에 말라 빛의 알갱이 속으로 흡수될 테니까. 빛의 알갱이들은 또 누군가의 호흡 속으로 빨려 들어가겠지.

이 세계에 존재하는 어떤 것도 결코 사라질 수 없다. 모두 연緣이라는 고리 속에 얽혀들어 있을 뿐. 그 연緣은 다른 누가 주는 것이 아니다. 내 스스로 짓는 것이다. 어디서 왔는지도 모를 이 '나'라는 것이 이 세계와 관계하면서 보고 듣고 냄새 맡고 말하고 느끼고 생각한다. 심지어 내가 살아있음을 증명하는 숨쉬기조차도 나의 밖에 존재하는 공기를 들이마시고 내 안의 공기를 밖으로 내보내는 일 아닌가. 결국 '나'라는 것은 이 세계와 관계하면서 만들어내는 오욕칠정, 이 들끓는 움직임일 뿐이다. 고로 '나'가 살아있다고 증명할 수 있는 것은 오로지 오욕칠정이라는 움직임이 밖으로 드러나 활개 칠 때뿐이다.

제 안에 새로운 생명이…… 갑자기 은하의 말이 떠올랐다. 그는 발딱 일어나 앉았다. 너무도 생생하게 들이닥치는 그날의 장면에 그는 자기도 모르게 손을 내저었다.

방문이 열리자마자 그는 얇고 어둑신하게 선 그녀를 부둥켜안았다. 방바닥에는 자기가 보낸 편지들이 개봉도 되지도 않은 채 널려있었다. 그는 그것들을 이겨 밟으며 안으로 들어갔다. 그녀를 침대에 던지듯 눕히고 옷을 벗겼다. 그녀가 밀쳤다. 일어나려 버둥거렸다. 그는 한쪽 손으로 그녀의 가슴팍을 눌러 침대에 밀착시키고 다른 손으로는 자기 옷을 벗어던졌다. 발가락으로 찢어내듯 그녀의 팬티를 내리고 그녀 위에 알몸으로 엎어졌다.

무조건, 쑤시고 들어갔다. 싸늘했다. 싸늘한 그녀의 안에다 자기의 모든 감정을 실어 비파를 타기 시작했다. 그녀가 버르적거렸다. 아냐. 이건 아냐, 저항했다. 난 저쪽 샘물 끄트머리에 너를 위한 탑을 쌓겠어. 그리고 그 위에 산속 모든 꽃들을 올려놓을 거야. 이봐, 은하. 넌 나랑 가야 해. 그는 허둥지둥 비파를 탔다. 흐느적거리는 그녀의 팔을 붙들고 줄을 뜯었다. 숨이 차 헐떡이면서 줄을 퉁겼다. 음표들이 꿈틀거렸다. 어지럽게 튀었다. 그는 마침내 '아버지의 노래'를, 한 바탕 모두를, 수천 개의 입소리들을 그녀의 배 속에다 모조리 토했다. 발악하듯 쏟아냈다. "사랑해, 은하. 얼마나 걱정했는지 알아." 그는 연거푸 깊은 숨을 쉬며 상체를 일으켰다. 바로 그 순간, 눈을 감은 채 팔 하나를 아래로 늘어뜨리고 다른 팔은 머리

너머로 던지듯 올리고 있는 그녀와 관자놀이를 지나 머리칼을 적시며 시트 위로 떨어지는 그녀의 눈물을 봤다. 절벽을 맞닥뜨린 사람처럼, 절망적인 표정으로, 다 포기하고 체념한 듯 축 늘어진 그녀의 사지를 그는 봐버렸다. 내려오면서 주현을 찾아갔던가. 술을 마셨던가. 울었던가. 토했던가. 소리쳤던가. "이상해. 이상해졌어. 이상해졌다고." 그래, 절규했다.

아차 싶었다. 그녀가 말하려던 걸 제지하지 말고 더 들어봤어야 했다. 혹시 아이를 낳았을까. 그렇지 않고서야 이십 년이나 지난 일을 가지고 일부러 찾아와서 말할 이유가 없지 않은가. 그는 서둘러 전화를 걸었다. 받지 않았다. 몇 번을 해도 신호만 갈뿐 그녀는 받지 않았다.

그는 주현에게 전화를 했다.

"무슨 소리야, 결혼도 안 한 사람이 애를 낳아?"

주현이 목소리를 높여 되물었다. 그래도 그는 미심쩍었다.

"요새는 싱글 맘도 많잖아. 내 말은……."

"어이, 몽상가. 멋대로 상상하는 건 좋은데 말이야, 내가 아는 한 우리 처제가 결혼을 전제로 만나온 사람은 없었어. 더구나 애를 낳다니, 그런 상상은 위험하지."

그녀가 찾아와서 옛날 일을 들추더라고 말하지 못했다. 그녀가 자기 아이를 임신했었다고 하더란 말도 못했다. 하긴 그녀에게 아이가 있었다면 주현이 모를 리 없었다. 그는 눈을 감았다. 조용히 눈물방울이 떨어졌다. 종이 위로 번졌다. 글자들을 흐렸다. 이 세계의 밖은 존재할까. 연緣으로 얽히지 않는 세계는 정말 없을까. 그는 책상다리를 하고 앉은 채로 넘어지듯 뒤로 누웠다.

5

아직 어둑한 길을 걸었다. 낫을 들고 걸었다. 모자는 쓰지 않았고 장갑도 끼지 않았다. 맨발에 감겨오는 이슬은 차고 시렸다. 새벽별 몇 개가 더러 가물거렸다. 선재는 별들을 외면하고 논길로 접어들었다. 맨발로 딛고 선 눈 위에서, 아무도 밟지 않아 태초나 같았던 눈 위에서 올려다본 새벽별들. 아름다웠다고 지금에 와서도 말할 수 있는 그 처연하고 막무가내로 빛나던 별들이 떠올라 발길을 멈추기는 했지만 이제 별을 올려다볼 자신이 없었다.

부여로 올라오라고 종기는 거의 매일 전화를 해왔다. 그는 그때마다 나중에, 라고 미루었다. 날짜를 정하라고 다그치듯 묻자 그는 나락을 베는 대로 가든지. 아무튼 좀 더 이따, 라고 얼버무리고 말았다. 말이 씨가 되었는지, 그는 지금 나락을 베기 위해 논길을 걷고 있었다.

얼마 전까지만 해도 부드러우면서도 눅진하게 감겨오던 풀이 벌써 선득하고 까칠까칠했다. 논바닥으로 들어가자 차고 시리고, 물큰하면서도 질척한 흙이 발바닥을 간지럽히며 발가락 새로 올라왔다. 그는 눈을 들어 논배미를 한 바퀴 돌아본 뒤 허리를 수그렸다.

귀퉁이로 가 섰다. 나락 한 춤을 왼손으로 잡고 오른손으로 낫을 들어 베었다. 다시 한 춤을 잡고 베었다. 춤은 다발이 되고 다발은 단이 되어 쌓였다. 한 단 두 단, 나락 단이 늘어갈수록 발이 불어갔다. 퉁퉁 불어가면서 밑동가리에 찔리고 긁히고 쓸려 상처가 났다. 모자를 쓰지 않은 머리는 해가 나면서부터 뜨끈거리고 얼굴이 달아올랐다. 눈마저 부셨다. 낫을 든 손과 나락 포기를 잡은 손에도 언제부턴가 굳은살이 박이고 더러 물집이 잡혔다. 나락 이삭에 긁힌 팔이며 무릎이며 정강이도 상처가 생기면서 쓰려왔다. 그는 걸음을 옮길 때마다 뒤뚱거렸다.

먼발치 논에서 콤바인이 움직이고 있었다. 그가 새벽부터 지금까지 두어 마지기 가까이 되는 논을 오분의 일이나 베어나가고 있을 때 콤바인은 그보다 늦게 와서 시작했으면서도 벌써 여섯 마지기 논배미 하나를 다 베고 아래 논으로 이동해 들어갔다.

나락을 손으로 베어야겠다고 말했을 때 어머니는 한사코

손사래를 쳤다. 콤바인 주인도 마찬가지였다. "왜, 한번 비어 볼텨? 글씨 꼭두새벽부터 별이 뜰 때까지 고생해봐야 겨우 한 마지기나 끝낼랑가. 자네 논을 전부 낫으로 벨 것 같으면, 어디 보자…… 겨울이 오도록 타작이나 헐 수 있을랑가 모르지. 그러고저러고, 낫질 품삯은 톡톡히 받을 것이여이. 아무나 허는 것이간디." 하면서 쓸데없는 고집 부리지 말고 콤바인 들어갈 자리와 개자리나 베어두라고 당부했다. 품삯은 톡톡히 받을 것이여. 그는 그 말에 기대었다. 하지만 오전 새참시간이 지나고 점심때가 되어도 정신은 말짱했다. 점심을 먹고 다시 논에 들어갔다. 가끔 허리를 세워 베어나간 자리와 베어야 할 자리를 둘러봤다. 여기저기 긁히고 쓸린 팔과 굳은살이 박이고 물집이 터진 손바닥을 내려다봤다. 걸음을 옮길 때마다 흙과 뒤엉키면서 뒤뚱거리는, 퉁퉁 불어터지고 갈라지고 더러 피가 나 흐르는 발을 봤다. 아직 그 정도쯤은 거뜬했다.

가끔 고꾸라졌다. 그때마다 그는 나락을 잡고 일어섰다. 나락 포기를 잡은 손에 힘을 주고 허리를 세웠다. 낫을 든 손에도 힘을 주었다. 힘을 주자 손길이 분주해졌다. 손길이 분주해지자 손과 발이 종종 어긋났다. 어긋날 때마다 그는 기우뚱거렸다. 기우뚱거리면서 본능적으로 나락을 잡았고, 뽑힌 나락으로 얼굴을 얻어맞았다. 얼굴은 땀과 까끄라기와 흙으로 범벅이 되어 쓰라렸다. 눈에서 눈물이 흐르고, 흘린 눈물은 기력을 소모했다. 그러나 멀었다. 베어낸 나락은 몇 춤 안되고 소모해야 할 기력도 아직 멀었다. 그는 다시금 허리를 굽혔다.

다음 날도 그 다음 날도 그는 낫을 들고 논으로 갔다. 다음 날도 또 그 다음 날도, 고꾸라질지언정 쓰러지지는 않았다. 육신이 고꾸라지면 고꾸라질수록 정신은 오히려 또렷해졌다. 이 기이한 현상이 기이해 그는 낫을 든 채 어느새 시뻘겋게 물들어가는 서산을 봤다. 봤다고 생각했다. 하지만 그가 본 것은 코에서 쏟아지는 시뻘건 피였다. 가슴속에서 흥건하게 흘러나와 온 세상을 물들이는 피. 그는 어쩌면 자기가 죽음을 기다리고 있는지도 모르겠다고 생각했다. 이렇게 숨을 쉬고 있는 걸 보면 살고 싶어 하는지도 모르겠다고 바꿔 생각했다. 어차피 세상은 끝없는 움직임 속에서 어느 한순간도 정지함이 없이 돌고 돌고 또 돌고…… 죽어도 돌아야 하는 것이라면.

콤바인에 불이 켜졌다. 그는 자기의 눈에 불을 켰다. 휘청거렸다. 휘청거리면서 나락 포기를 잡았다. 고꾸라지면서 낫을 들었다. 몸동작과 허우적거림의 차이를 구별할 수 없게 되었다. 처음에는 손놀림으로 시작했을지 몰라도 지금 그는 분명 허우적거리고 있었다. 허우적거리는 발에는 감각이 없고 손도 마찬가지였다. 마음속에는 마음 밖에 없었다. 오욕칠정이라고 점잖게 말하는 마음의 쌈박질.

이제 그는 자기가 어디에 있는지 알 수 없어졌다. 무엇을 하고 있는지도 알 수 없어졌다. 어디에 있는지 무엇을 하고 있는지 알 길이 없어지자, 자기는 도대체 무엇인가 궁금해졌다. 궁금해지자 갑작스럽고 무시무시한 고요가 덮쳐들었다. 아무도 모르게 감춰둔 비밀이 하나씩 벗겨지듯, 가슴은 점차 엷어져갔다. 하얗게 벗겨지는 가슴은 결국 아무 색깔도 띠지 않았다.

그는 누군가에게 업혀왔다. 이불 속으로 끌려 들어갔다. 뚱뚱 부은 몸뚱이에 이불을 말고 누워 천장을 올려다보면 자기와 천장 사이가 자꾸만 멀어지는 것 같았다. 두려웠다. 어두웠다. 어둠 속에서 누군가가 말했다.

"아직도 꿈꾸고 있냐. 어이 몽상가, 자학도 지나치면 병이 되는 거야. 얼른 일어나야지."

그 말에 그는 무작정 웅얼거렸다.

"말짱해. 말짱하다고."

턱까지 이불을 끌어올렸다. 자기의 말이 자기의 심금을 울렸다. 그는 가슴을 오그렸다. 한번 울린 심금은 가슴팍을 난장으로 만들어버렸다.

연緣이 닿지 않는 곳은 어디인가. 이 세상도 저 세상도 아닌 곳. 세상이 없는 곳은 어디인가. 마음에 금이 가지 않는 곳, 그런 곳은 없을까. 연을 만들지 않아도 되는 곳, 그런 곳은 없을까. 그래, 몸을 가지고 있는 이상은 불가능하다. 그러나 영혼만 있다고 해서 연이 만들어지지 않을까. 그것은 알 수 없다. 내가 몸 없이 영혼만으로 존재한 적이 없었으므로, 아니 영혼만으로 있어본 적이 있었는지 없었는지 알지 못하므로. 영혼이 있기나 한지, 만일에 정말로 영혼이 있다면 그것이 연을 만드는지 만들지 않는지 어떻게 안단 말인가.

그는 뒤채였다. 얼굴은 여태도 울긋불긋하고 뚱뚱 부은 채였다. 손은 온통 상처투성이고 물집이 잡혔던 곳은 터져 진물이 흐르다가 꾸덕꾸덕 말라갔다. 손톱 밑에는 흙때가 끼고 손톱은 갈라지고 닳았다. 찢기고 터진 발등과 발바닥은 뒤챌 때마다 이불에 쓸려 따갑고 찢긴 곳이 벌어지며 다시 피가 났다. 불어터진 발가락은 짓이겨지고 양쪽 발톱들은 시커멓게 죽은 채였다. 몸뚱이도 부어올라 누르면 눌린 채로 마냥 그대로였다. 몸이 천근만근 무겁다면 정신은 두 배 세 배 더 무거웠다. 한없이 나락으로 곤두박질치고 있는 정신을 그는 도대체 들어올릴 수가 없었다.

'아직도 제 무게를 이기지 못하는 등신. 쪼다 같은 놈.'

소리로 되어 나오지 못하는 말들이 만들어지고 사라졌다. 분노가, 알 수 없는 분노가 솟구쳤다. 그는 몸을 일으키려 뒤척였다. 땀이 났다. 추웠고, 떨었다. 어쩌다 눈을 뜨면 온통 어둠뿐이고 어떤 때는 온통 눈부셨다. 시야가 자꾸 부예져서, 빙글빙글 돌아서, 너무도 불투명하고 어지러워서, 세상이 온통 틀어져 보여서, 도대체 똑바로 서있는 게 아무것도 없어서 피곤했다. 미식거리고 건구역질이 났다. 솟구치는 분노가 다시 휘감아왔다. 분노는 차가웠다. 예전에는 뜨거웠지. 그는 속말을 뱉지 못하고 이만 부딪쳤다. 어느새 땀이 났다. 그는 이불을 걷었다. 떨었다. 덜덜 떨다 도로 이불을 뒤집어썼다.

곧 십일월이구나, 생각했다. 하지만 십일월이 되어도 이제는 온전히 자기 자신으로 남을 수 없게 돼버렸다. 자기 안을 들여다볼 수 없게 되었다. 대부분의 흙길은 아스팔트나 시멘트도로로 변한 지 오래고, 흙길이 사라지고 없으니 텅 빈 들판 길을 걸으면서 생각하는 법도 덩달아 잊어버렸다. 주택가고 논이고 밭이고, 비닐하우스나 조립식패널로 만든 가건물들로 뒤덮였다. 십일월에도 그 속에서 채소가, 소나 돼지나 닭이 자라고 사람은 거기서 자란 것들을 먹으면서 살고 있다. 다시 말해 십일월이 와도 흙은 쉬지 못한다. 흙이 쉬지 못하는 한, 흙에서 살아가는 어떤 생명도 온전히 쉴 수 없다. 침잠할 수 없다. 자기 안으로 숙연하게 침잠하지 못하는데 어떻게 자기 자신으로 남을 수 있겠는가. 그런 자에게 평화가 오겠는가. 마치 세상을 탓하듯 그는 이불을 함부로 구겨 잡고 일어났다. 다시 털썩, 방바닥에 몸을 부렸다.

6

선재는 부여로 갔다. 원룸의 짐을 정리했다. 벼루와 먹, 붓과 종이는 종기가 자기 늦둥이 아들을 주면 좋을 것 같다고 해서 건네주고, 이불과 보온밥솥 같은 주방용품들은 재활용품으로 버렸다. 옷도 대부분 작업복이었다. 그는 입을 만한 것 몇 개만 골라 한쪽에 두고 나머지는 모두 쓰레기봉투에 쑤셔 넣었다. 새로 산 것들도 몇 권 있지만 집에서 가져갔던 책들만 챙겼다. 정리하고 나자 달랑 가방 두 개와 어깨에 멘 비파뿐이었다. 그간의 삶이 가방 두 개 속에 다 들어가는구나, 생각하니 헛웃음이 났다.

"무료하거든 올라오쇼. 언제든 반가울 거요."

승용차 트렁크에 가방을 넣어주며 종기가 말했다. 그의 얼굴로 이른 봄의 아침햇살이 해사하게 비쳤다. 그는 그에게 악수를 청했다. 손을 잡은 순간 워어…… 엉, 어디선가 소 울음소리가 들려왔다. 소리를 따라 무작정 달려가던 산길이 떠올랐다. 숲 여기저기에 널려있던 상처 같던 톱밥과, 톱밥 같던 별들과 새벽 산을 에워싸던 안개, 그리고 나무들 사이로 비치던 햇살이 오래도록 지워지지 않았다. 악수로도 모자랐는지 종기가 기어이 포옹을 했다. 그는 작고 왜소한 그를 기꺼이 끌어안았다. 이제 보니 종기의 머리에도 흰 머리칼이 제법 많았다. 그는 포옹을 풀고 다시 종기의 손을 잡았다. 잡고 흔들었다.

　고창으로 내려오는 길에 그는 중고자동차매매센터에 들러 몇 년 동안 탄 차를 처분했다. 서운할 줄 알았는데 뜻밖에도 홀가분했다. 그는 시내버스를 타고 집으로 왔다. 어머니는 집에 없었다. 노인회관으로 가볼까 하다 사랑방으로 들어갔다. 비파를 벽에 세우고 가방에서 물건들을 꺼내어 방바닥에 늘어놨다. 우선 아버지의 노트와 두루마리 화선지와 '아버지의 노래' 육보를 책꽂이에 두고 책들도 꽂았다. 그것들을 정리하고 나니 나머지는 모두 버려야 할 것들로 보였다. 그는 그것들과 '개선문'을 한꺼번에 쓸어안고 일어났다.

　난 이파리들 사이로 꽃대가 올라오고 있었다. 서너 개나 되었다. 머지않아 푸르노릇한 꽃들이 피어날 거라 생각하니 콧날이 시큰해졌다. 그는 은하가 자기 이름을 부르는 소리를 한 번도 들어본 적이 없었다. 말할 때도 극존칭을 쓰다가 존칭을 쓰다가 했다. 그가 "은하야. 이선재, 하고 불러봐." 하면 수줍게 웃기만 했다. "그럼 오빠 해봐." 다시 청하면 "오빠는 아닌 것 같아요." 했다. 그때도 눈으로 부르듯 보면서 "저기, 생…… 신 선물이에요." 난분이 든 종이가방을 건네주었다. 그는 그것을 들고, 전동차를 타고 고속버스를 타고 시내버스를 타고 집으로 내려왔다.

　그는 사랑방에서 들고 나온 것들을 건넌방 아궁이에 쓸어

넣고 불을 붙였다. 개선문도 던졌다. 난쏘공이나 어린왕자도 있었는데 왜 하필 '개선문'을 주었을까, 갑자기 궁금했다. 나를 라비크로 생각했을까. 외롭고 불안에 떠는 조앙을, 센강에 투신하려던 그녀를 은하로 여기고 보호해주고 싶었을까. 반대로 나를 조앙 마두라 생각했는지도 모르겠다. 은하가 라비크처럼, 조앙 같은 나를 사랑하고 따뜻하게 감싸 안아줄 것을 기대했는지도.

　더 태울 것이 있나 살피려고 일어서는데 어머니가 안마당으로 들어섰다. 뒷짐을 지고 걸어오다 마당 가운데 섰다. 아무 말도 안 했지만 이미 모든 것을 알고 있는 듯한 어머니 얼굴로 얼핏 그늘이 지나갔다. 그는 흠, 헛기침을 하고는 다시 사랑방으로 향했다.

　어떤 전환점에 와있다고 생각했다. 환기가 필요했다. 그는 멀리 서서 바라보고 싶었다. 아버지도 어머니도, 아버지의 노래도, 은하도 조금 더 높은 곳에서 보고 싶었다. 바로 보고 싶었다. 그리 해야만 온전해질 것 같았다. 제대로 걸을 수 있을 것 같았다. 자기가 도대체 누구인지 조금이나마 알 수 있을 것 같았다.

설연화

방금 전까진 모래바람이 불었는데 별안간 우박이 떨어졌다. 도토리만 한 우박덩이는 이내 비와 섞여들다 눈으로 쏟아지며 세상을 휘덮었다. 모든 것이 정지한 듯한 세상에서 오직 흰 눈만이 꿈틀거렸다. 선재는 점퍼주머니에 두 손을 질러 넣었다. 아침 눈바람을 피해 몸뚱이를 구부렸다. 둥구적둥구적 걸음을 옮겼다.

어느 순간 호수로 햇발이 비쳐들었다. 물 위를 오가던 새들이 일제히 공중으로 날아올라 햇발이 떨어지는 곳으로 내려가 앉았다. 고니들은 뒤뚱거리다 이내 솟구쳤다. 유유하게 날아오르다 다시 물 위로 떨어지듯 내려앉으며 먹이를 낚아챘다. 그는 걸었다. 마나사로바의 새벽을, 마나사로바의 아침을, 마나사로바의 한낮을. 늪에 빠져 허우적거리다 언덕길을,

따르촉들이 펄럭이는 곤빠 절벽 아래를, 자갈길을, 부드럽고 깨끗한 모래 길을 걸었다. 걷다가 그는 돌탑과 오색 깃발 앞에서 멈췄다.

제티, 마하트마 간디의 유해를 뿌렸다고 하는 체링마당. 저녁놀이 구름과 호수를 물들이고 있는 곳. 그는 이 호수에서 네 개의 강이 발원한다는 사실을 상기했다. 인더스, 갠지스, 수투레지, 얄룽장뽀 강의 발원지. 그리고 산스크리트어로 마나스manas는 마음을 상징하며 사로바sarova는 호수를 나타낸다고 했다. 기어이 와야만 했던 까닭은 그러니까 '마음의 강'을 만나기 위해서였을까. 심호心湖의 모태母態를 만나기 위해서였나. 혹시 간디도 그러한 생각으로 자신의 유해를 이곳에 뿌려달라고 유언했을까. 그는 호수에 들어가 손으로 물을 떠 자기의 머리에 뿌리며 기도하는 사람들을 봤다. 경건하고 엄숙해 보이는 그들 뒤로 무지개가 떴다. 오색의 무지개는 끝없는 설산과 호수를 잇는 청정하고 무구한 다리 같았다.

호수 너머로는 들판이, 들판 너머로는 산봉우리들이 겹겹의 주름을 만들며 끝없이 펼쳐졌다. 아득히 먼 산봉우리로 햇발이 칼처럼 꽂히고 꽂힌 칼의 잔영이 아래 봉우리들로 내려 뻗었다. 바위산과 모래산과 풀 뿐인 산등성이가 번들거려, 어느 것이 바위산인지 어느 것이 모래산인지 어느 것이 풀로 덮인 산등성이인지 구별이 가지 않았다. 그는 끄덕끄덕 걸었다.

새파랗게 자라난 억새풀 사이를, 눈이 희끗희끗한 산모퉁이를, 흙벽으로 된 사원 앞을 지나쳐갔다.

다르첸 숙소에는 순례자들로 붐볐다. 그는 허름한 방에 몸을 내려놨다. 불현듯 빗나간 삶은 없다는 생각이 스쳤다. 치러야 할 몫이 각자 따로 있는지는 모른다. 이는 운명과는 다른 맥락으로 이해해야 한다. 수레바퀴를 보면 쉽게 이해할 수 있을까. 바퀴 하나하나의 살이 가운데 지점 축을 향해 있듯이, 각자가 겪어온 하나하나의 사건들도 삶이라는 중심축을 향해 있을 것이다. 그는 침낭을 폈다. 그 속으로 기꺼이 들어갔다. 각자의 삶은 또 수천수만 유정 무정들이 꿈틀거리며 뿜어내는 삶과 어우러질 것이다. 하나의 삶과 수천수만의 삶이 만났을 때 만들어내는 풍경. 웅장하고 숭고하면서도 장엄한, 말로 표현할 수 없을 정도로 위대한 풍경. 그는 천장을 올려다봤다. 위대한 풍경을 그리며 눈을 감았다. 아름답고 광대한 우주에서 잠을 청했다. 새벽이 올 때까지. 누군가 지금 네 나이는 몇 살인가, 물을 때까지.

꿈이었나 보다. 꿈일지라도, 한번 생겨난 물음에도 생로병사라는 게 있는 모양인지 그것은 이제 겨우 생의 첫걸음을 뗐으므로 삶의 한창때를 향해 치닫기 시작했다. 하나 나이를 알려면 지금, 올해가 서기든 단기든 불기든, 몇 년인지를 먼저 알아야 했다. 생각이 나지 않았다. 그는 배낭을 메고 밖으로 나왔다.

앞서가는 사람들을 향해 입을 벌렸다. 올해가 서기 몇 년이
지요? 물었으나 자기가 듣기에도 소리는 너무 작았다.

"나이 같은 건 중요하지 않아요. 중요한 건 지금 여기 있다
는 것. 다른 곳이 아니라 다른 언제가 아니라 지금 여기 이곳
에 있다는 것. 이곳은 시간이 없어요. 사람이 쪼개놓은 시간
이라는 개념으로는 결코 알 수 없는 곳에 당신은 와 있으니
까. 지금 여기는 당신의 밖이 아니에요. 당신 안에 당신이 있
어요. 여기서는 누구나 그렇소."

멀미 기운을 느끼며 그는 주변을 둘러봤다. 일행은 벌써 움
직이는지 멈춰있는지도 모를 정도로 멀었고, 그들 말고는 아
무도 없었다. 아무도 없는데 소리가 들렸다.

"왜 밖으로 시선을 돌리오? 당신 주변에는 바위산과 바람
과 허공뿐이잖소."

그랬다. 주위는 온통 거대한 바위산들로 첩첩이 둘러싸여
있었다. 왼편으로는 관자재보살과 아미타불과 대세지보살이
라 부르는 봉우리들이 허공에 우쭐우쭐 솟아있고 오른쪽으
로는 구루 린뽀체 또르마가 날카롭게 내려다보고 있었다. 나
머지는 허공이었다. 그는 자갈밭에 쓰러지듯 앉았다. 메슥거
리고 신물이 넘어왔다. 고개를 수그렸다. 속에 것을 게워내려
고 구역질을 했지만 끈적끈적한 침만 흘렀다.

"게워내야 해요. 모조리, 속에 있는 것들이 완전히 나올 수 있도록 구역질을 해요. 지금 여기는 모든 것을 다 쏟아내는 곳이오. 쏟아내도 결코 오염이 되지 않아요. 이곳은 당신의 속에 것들을 먹고 자라는 풀들이 있어요. 바람이 있소. 구름과 허공도 있잖소. 쏟아요. 쏟아버리라니까?"

붉어진 눈을 가느다랗게 뜨고 그는 아득한 허공을 올려다봤다. 어디서 오는 소린지 누가 하는 소린지 알 수 없었다. 눈만 부셨다. 날카롭고 차디찬 빛이 온몸을 휘감듯 싸안았다. 그는 눈을 꾹 감았다. 호흡을 가다듬었다. 얼마간의 시간이 흘렀을까. 눈을 떴을 때, 아득히 먼 구름 속에서 카일라스가, 수정 같은 봉우리가 하늘로 솟구쳤다. 봉우리 하나가 이천 미터나 된다는 카일라스는 벌써부터 예리하고 냉철하면서도 장엄해보였다. 그 봉우리로 아침햇살이 비치기 시작했다. 아름답다는 말로는 모자랐다. 신비롭다는 말로도 부족했다. 그 어떠한 말로도 표현하기 어려웠다.

그는 얼굴을 훔치고 어깨에서 비파를 내렸다. 호수와 머나먼 카일라스 하얀 봉우리를 향해서, 비파를 무릎에 올리고 앉아 무작정 시간을 정지해들었다.

바람도 고요로웠다. 고요는 적막을 불러오고 적막은 누군가의 손이 되어 어깨를 감쌌다. 억센 듯 따뜻했다. 오랜만에 느껴보는 사람의 감촉에 그는 손 위에 자기의 손을 얹었다.

아주 느리고 어정쩡하게, 마치 자기 어깨를 잡은 손을 떼어내는 것처럼. 그 누군가는 그의 진정한 심정을 충분히 헤아릴 수 있다는 표정으로, 손에도 표정이 있을 테니, 그의 손을 다른 쪽 손으로 감쌌다. 그는 돌아봤다. 오직 한 사람. 수염에 덮인 얼굴로, 햇볕에 그을리고 바람에 거칠어진 몰골로 자기를 마주보는 오직 한 사람. 허공을 그대로 되비쳐내는 눈빛으로 마주보는 한 사람이, 거기 있었다.

매월당[12]의 눈 속에서는 열정과 이상이 꿈틀거렸다. 분노와 달관이 좌정해 있었다. 울분을 토로하듯 번득였다. 꿈과 좌절감이, 애착과 번뇌가 아직도 똬리를 틀고 있는 듯했다. 하지만 청한자의 눈 속 더 깊숙한 곳에서는 그런 사연 따위는 아랑곳하지 않는다는 결연함 같은 게 번뜩였다. 열경이 고개를 끄덕였다. 이미 다른 곳에서 살고 있는 사람. 유정과 무정으로나 갈릴, 그냥 수많은 '것' 중 하나일 뿐인 열경이, 그냥 수많은 '것' 중 하나인 그에게 연방 고개를 끄덕였다. 쾌활하게 끄덕였다.

그는 비파를 제대로 안고 자세도 바로잡았다. 동봉이 맞은 편에 앉았다. 그는 왼손가락으로 지판을 누르고 오른손가락으로 줄을 퉁겼다. 호수가 둥, 울렸다. 한 번 또 한 번 다시 한

---

12) '매월당', '청한자', '열경', '동봉', '벽산청은', '청간', '췌세옹', '설잠', '오세'는 김시습의 호號들이다.

번. 손가락을 움직일 때마다 소리가 사방허공으로 솟구치고 퍼지고 날았다. 호수 위를 빙빙 돌다 온몸을 던져 곤두박질 치는 새처럼, 먹잇감을 낚아채 비상하는 고니들처럼, 소리는, 자신의 온몸으로 마나사로바와 초원과 모래산과 바위산과 카일라스로 날아가 저마다의 소리를 데리고 왔다. 새로운 소리를 자아냈다. 그의 눈에서 환희가 번져났다. 환희는 마주앉은 벽산청은에게로, 풀들에게로 흙에게로 호수로 허공으로, 차츰차츰 옮겨갔다. 청간의 표정도 비파 소리에 따라 달라졌다. 허공에도 끝이 있을까. 그는 문득 생각했다. 우리는 지금 허공 끝에 와있을까. 한데 끝은 어디를 말할까. 어떤 것과의 경계일까. 소리가 흔들렸다. 마주앉은 쉐세옹의 눈빛도 흔들렸다. 당연했다. 두 사람은 이미 소리로 서로 연결되어 있었으므로.

마침내 설잠이 일어났다. 자신의 소리를 만들어 말했다.

"이제 그만, 흔들림을 멈추시오. 더 가시오. 갈 수 있을 만큼 더, 아주 오랫동안."

조금 전의 그 목소리였다. 여기는 시간이 없다고, 왜 밖으로 시선을 돌리느냐고, 모두 게워내라고 다정하고 다감하면서도 단호하게 말하던 목소리. 그 오세가 바랑을 짊어졌다. 성큼 걸음을 뗐다.

"다시 만날지 모르겠소. 나도 더, 아주 오랫동안 가야 할 터이니."

　말하며 호수에서 멀어져 갔다. 그는 다시 비파를 향해 고개를 돌렸다. 비록 목소리는 나오지 않았으나 노래를 불렀다. 손가락도 노래를 따라 움직였다. 김시습은 이미 소실점으로 남았다. 움직이지 않는 것 같은 소실점, 까마득한 또 하나의 길로.

　그는 노래를 멈추었다. 비파를 가방 속에 넣고 옷매무새를 정돈했다. 지금까지는 어떤 목적지 혹은 목적이나 목표를 향해 걸어왔을지라도 이제부터는 그런 것 따위는 없다. 그런 것은 아무런 의미도 없다. 일어났다. 걸었다. 길이 아닌 곳으로, 키 작은 풀들이 비죽비죽 난 초원으로, 길을 만든 흔적이 없는 자갈들 위로. 앞으로는 길 같은 것은 만들지 않을 작정으로 그는 걸었다. 단 한 번 가는 길, 그 길을 원했다. 하긴 수백 수천 개의 길이 있다 해도 수백 수천 개의 길은 저마다 고유하다. 다른 이는 다른 이의 길이 있고 또 다른 이도 그만의 길이 있을 뿐이다. 앞서간 사람의 길을 고스란히 따라간다 해도, 결코 나는 앞사람을 그대로 따라가지 못한다. 그와 나는 다를 뿐더러 그와 내가 만들어내는 시절 인연 또한 다르므로. 아무려나 그는 걸었다. 계속해서 길에 길을 더하며, 저 벌판 같은 자유를 향해 새롭게 길을 만들며 걷고 걸었다.

　불교나 힌두교와 자이나교 신자들은 카일라스를 만나기

위해 시계방향으로 오르고 뵌뽀교도들은 시계의 반대 방향으로 돈다고 했다. 그는 일행을 따라 시계방향으로, 경사가 완만한 언덕길을 걸어 올랐다. 넓은 계곡과 탑이 보이고 오른쪽으로는 따르포체가 희부연 모습으로 서있고 수많은 오색 깃발들이 바람과 안개에 휩싸여 을씨년스럽게 펄럭거렸다.

비탈길은 점점 가팔라졌다. 숨이 차올랐다. 한 발짝 옮겨놓는데도 몇 초가 흐르는 것 같고, 몸은 연방 밑으로만 처졌다. 그는 한 걸음 내걷고 섰다가 숨을 쉬고 한 발짝을 옮기고 나서 또 심호흡을 했다. 조금 수월해지는 것 같으면 두어 발짝을 뗐다. 두통에 머리가 빠개질 것 같았다. 숨이 가빴다. 그는 나른하고 무기력한 정신을 채찍질하면서, 간혹 어깨를 들썩이며 고개를 아래로 꺾어 내리곤 했다. 길은 그리 험하지 않았다. 고산병만 아니라면 힘들어할 아무런 이유도 없어보였다.

그는 기암괴석과 어디를 봐도 휘몰아치는 바람뿐인 그곳으로 허청허청, 가다 서다 반복했다. 바람, 먼저 간 영혼들의 숨소리. 그는 룽따, 바람의 말이 그려진, 따르촉들이 펄럭이는 모습을, 부셔서 눈을 가느스름하게 뜨고, 봤다. 황백청홍록 그 속에 그려진 날개 달린 말, 말안장에 놓인 영혼이라는 불꽃. 그들이 하늘을 향해 찬란하게 펄럭이는 모습을 보고 또 봤다.

고산의 오월 저녁은 한겨울과 다르지 않았다. 그는 춥고 노곤해진 몸을 이끌고 다라푹 곤빠에 도착했다. 일찌감치 침낭

속으로 들어가 누웠다. 잠이 오지 않았다. 숨이 차오르고, 몸 속까지 파고드는 냉기에 골치마저 아팠다. 그는 일어나 밖으로 나왔다. 달도 없는 밤인데 환했다. 가히 넓이를 짐작할 수 없을 정도로 벅찬 밝음이 고산을 휘감았다. 카일라스에서 뿜어내는 빛인지도 모르겠다 싶었다. 그게 과장된 표현이라면 카일라스와 별이, 이 지구와 우주가 함께 뿜어내는 기운이라고 말한다면 어떨지. 별들은 반짝이는 게 아니었다. 별들은 또렷한 게 아니었다. 별들은 별 이외에 아무것도 아니었다. 영겁의 시간을 건너와 카일라스와 교감하고 있는 별은 별 말고는 그 어느 것도 아니었다. 그는 지금 여기서 수억 년 전의 자신을 마주보는 듯했다. 온전한 한 생명으로 서서 온전한 한 생명으로서의 우주와 별과 카일라스를 매개로, 이전과는 달라지고 있는 지점에 서서.

그는 허공을 난도질하는 따르촉들을 응시했다. 자기도 모르게 황백청홍록을 구별하려 애썼다. 룽따를 찾으려 눈을 부릅떴다. 말안장 가운데 놓인 불꽃을 찾은 순간, 무엇인가 이편을 쏘아보는 것 같았다. 눈을 치뜨고 날카로운 눈초리로 이쪽을 보는 무엇. 그것은 따르촉들 속에 섞여 있어 좀처럼 구별이 가지 않았다.

초점을 맞추느라 눈을 가늘게 떴다. 무엇과 눈이 마주쳤다. 순간 그는 입을 벌렸다. 자기도 모르게 한 발짝 나갔다. 멈췄다. 꿈을 꾸고 있는 건 아닌지 혼란스러웠다. 그는 더는 가지 못하고 덩둘히 쳐다봤다. 다시 엉거주춤 나가다 그만 멈추고 말았다. 아버지라니. 오래전부터 이 세상 어디에도 계시지 않는 아버지가 지금 여기 이곳에, 수천 킬로미터나 떨어진 곳에 서있다니.

아버지가 찡그리면서 우울하고 서글픈 표정으로 체념 섞인 눈빛으로, 무엇인가를 말할 듯이 입술을 벌렸다. 그는 그제야 어기적어기적 다가갔다. 가다 도로 섰다. 지금까지, 어디론가 끌려가 고통을 당하고도 모자라 다리병신까지 돼버린 아버지의 삶을 안타까워하지 않았다. 남편으로 인해 벙어리가 되고 그렇게 어긋나버린 어머니의 삶을 불쌍해한 적도 없었다. 오직 아버지 어머니를 그 지경으로 만들어놓고도 부족해 아버지가 임종하는 순간까지도 시끄럽다며 비파를 빼앗아 가버린 마을 사람들만을 원망하고 비난했다. 이 모든 고통을 유발한 세상을 향해 주먹질을 해댔다. 다른 이들이 원했어도 들려주지 않았던 '아버지의 노래'를 정작 당신이 운명할 때는 타라고 했던 아버지의 손짓만을 원망했다. 엉망진창이 돼버린 현실, 송두리째 뿌리 뽑혀버린 자기의 현실에 대해서만 분노했다.

울분은 아직도 살아있었다. 펄떡펄떡 살아서 송곳처럼, 사금파리처럼 가슴속을 찔렀다. 난자당하는 가슴이 비로소 보였다. 그는 아직도 내재하고 있는 울분을 마주대하고, 봤다. 이제는 떠나고 없을 것이라고 여겼던 분노가 이리도 살아서 펄떡거리는 것을 마주대하고, 봤다. 이것이었구나. 이것이 나로 하여금 방황케 했구나. 결국 그런 것들을 감당하지 못해 떠나왔구나. 비로소 자신이 떠나온 보다 직접적이고 구체적인 까닭을 마주대하자 회한이 밀려왔다. 그는 무너지듯 주저앉았다. 무릎을 꿇었다. 고개를 떨구었다.

길고 곧은 손이 어깨에 닿았다. 아버지가 등을 토닥일 때마다 온기가 전해왔다. 그는 자기 발밑에서 팔랑거리는 아버지의 바지자락을 봤다. 바지자락 속에서 굳건하게 선 두 다리를 봤다. 고개를 들었다. 아버지가 허리를 구부려 그의 손을 잡았다. 일으켜 세웠다. 엉거주춤 일어서는 그를 살포시 그러안았다. 어렸을 때 말고는 아버지 품에 안겨본 적이 없는 그는 불현 어색해져서 자기를 다 밀착하지 못하고 엉덩이를 뺐다. 아버지가 다가섰다. 두 다리에 힘을 주고 서서 그를 오롯이 끌어안았다. 두 팔로 등을 감싸고 연방 토닥였다. 와락 눈물이 쏟아졌다. 그는 눈물을 훔칠 생각도 못하고 아버지의 품에 얼굴을 묻었다.

비파 냄새가 났다. 오랫동안 잊고 있었던 아버지 냄새. 그는 화들짝 놀라 포옹을 풀었다. 뒤로 한 발짝 물러섰다. 아버지가 웃었다. 빙긋이, 처음 비파를 가르쳐줄 때처럼 대견스러위하는 얼굴로 바라보며 손을 들어 그의 눈물을 훔쳐냈다. 그는 큼큼거리며 아버지를 바라보았다. 무슨 말인가를 할 듯한 표정으로 쳐다보던 아버지가 다시 그를 그러당겼다. 오래오래 보듬었다.

돌연 아버지가 돌아섰다. 오롯이(조용하고 쓸쓸하게) 걸어갔다. 카일라스를 향해, 별빛이 찬란한 밤 벌판으로. 그도 걸음을 뗐다. 무턱대고 따라갔다. 따라가며 아버지, 불렀다. 아버지, 또 불렀다. 윤슬이 새하얗게 퍼지는 라 추Lha Chu와 함께 걷던 아버지가 우뚝 섰다. 돌아섰다. 눈을 홉뜨며 손사래를 쳤다. 강력히 거부하는 몸짓으로 휘이휘이, 손사래를 쳤다.

처음에는 소리 없이 눈물만 나왔다. 속삭이는 것처럼 신음이 새나올 때도 그냥 신음만 냈다. 신음이 흐느낌으로, 울음으로 터져 나올 때에야 그는, 그날 아버지 손짓이 저랬다는 것을 깨달았다. 비파를 가지고 마루로 나왔을 때 치우라고, 저렇게 손을 흔들었다. '아버지의 노래'를 타자마자 저렇게 손사래를 치셨다. 기운 없이 휘적휘적, 눈을 바로 뜨지도 못하고 치우라고, 그래 치우라고 저렇게 흔들었다. 그는 그것을 계속하라는 뜻으로 받아들이고 밤 내, 어머니의 만류도 무시하고 아버지의 노래를 탔다. 마을 사람들이 와 비파를 빼앗을 때까지 계속, 타고 또 탔던 것이다!

그는 어린아이처럼 울었다. 손등으로 눈물을 훔치고 콧물을 훔치고 침을 훔쳤다. 자지러지지도 못하고, 숨도 제대로 못 쉬고, 고개를 처박은 채, 가쁘게, 어깨를 들썩거렸다.

"가거라. 이제 그만 돌아가."

아버지가 말했다. 돌아섰다. 걸었다. 옷자락을 팔랑거리며 점점 멀어져갔다. 그는 얼결에 울음을 그쳤다. 눈을 가늘게 뜨고 떠나가는 아버지를 건너다봤다. 두 다리로 성큼성큼 걸어가는 아버지를. 비파를 탈 때처럼, 붓글씨를 쓰거나 난을 칠 때처럼 세상에서 가장 편안해 보이는 모습으로 걸어가는 아버지를. 그 많던 아픔과 슬픔들을 다 걷어내고 지극히 평화롭게 걸어가는 아버지를. 어느새 한 점으로 남은 아버지를. 그는 아버지 앞으로 펼쳐진 드넓은 벌판을 봤다. 길고 구불구불한 라 추Lha Chu를 봤다. 벌판 끝에는 바위산들이 늘어서 있고 그 너머에서부터 푸른 바람이 불어왔다. 푸르디푸른 바람을 타고 비파 냄새가 실려 왔다.

그도 걸었다. 십 미터만 더. 오 미터만. 아니 한 발짝만 더…… 한 발짝 떼고 서서 심호흡을 두세 번 하고, 한두 발짝 옮기고 서서 대여섯 번씩 숨을 쉬었다. 쉬면서 오체투지로 지나가는 순례자들을 넋을 잃고 바라다봤다. 다시 한 발짝을 걸었다. 두 발짝, 세 발짝…… 될마 고개에 당도할 때쯤에는 거의 곤죽이 되어버렸다. 그는 너덜지대에 널린, 산 자와 죽은 자들의 머리칼들과 옷가지와 따르촉들과 쓰레기들 옆에 쓰러지듯 널브러졌다.

쉬바샬에서 부는 바람은 명계冥界에서 나온 듯 오싹하고 두려웠다. 비와 바람이 휩쓸어오더니 어느새 눈바람으로 쏟아졌다. 그는 덜덜 떨며 비파를 내려놓았다. 갑자기 허랑해진 어깨가 풀썩 꺾였다. 저절로 두 손이 모아졌다.

날갯짓 소리가 들렸다. 커다란 독수리 한 마리가 날아왔다. 비파를 덮쳤다. 주변을 휘둘러봤다. 이쪽을 응시했다. 눈을 후벼팔 듯이 쳐다봤다. 두 발로 느닷없이 울림통을 잡았다. 부리를 지판으로 내려박았다. 발톱으로 가운뎃줄을 감고 부리로 쪼더니 고개를 휘저어 끊어냈다. 맨 윗줄도 맨 아랫줄도 순식간에 끊어냈다. 주아를 물었다. 찍었다. 몇 번 찍지도 않아 세 개가 모두 부러져버렸다. 독수리는 이제 풀밭으로 내려섰다. 지판을 쪼았다. 이쪽저쪽 번갈아가며 쪼아댔다. 얼마 지나지 않아 지판은 없어지고 웬 나뭇조각들만 이제 풀밭으로 떨어지며 나뒹굴었다. 독수리가 울림통을 두 발로 붙들었다. 부리를 박았다. 퉁 텅 탕, 울림통을 쫄 때마다 커다랗고 날카롭고 음산한 소리가 회오리쳤다. 회오리치며 사방으로 날았다. 그는 자기도 모르게 일어났다. 기미를 알아챈 독수리가 훌쩍 솟구쳤다.

비파는 사라지고 그 자리에는 한 송이 꽃이 피어났다. 몹시 추운 곳, 일 년 내내 눈이 녹지 않는 곳에서만 핀다는 꽃. 싹이 나서 꽃이 피기까지 칠팔 년이나 걸린다는 꽃. 무명빛 꽃잎 속에 다갈색 씨앗을 가득 담고 있는, 신비로우면서도 경건한 설연화가 길고 두툼한 녹색 이파리 위에서 하얗게 빛났다. 세상이 다 들어있는 듯했다. 크고 넉넉했다. 둥글고 따뜻해보였다. 울음이 났다. 그는 눈물을 옷소매로 찍어내며 주저앉았다. 허리를 수그렸다. 두 손으로 설연화를 감쌌다. 텅 비어버린 가슴속으로 꽃을 보듬어 들였다.

이제껏 살아왔던 시간들이 빛을 띠기 시작했다. 분노와 울분, 사랑과 비탄, 환희와 절망, 상처와 고뇌와 고통과 두려움과 공포들이 한꺼번에 소용돌이쳤다. 그는 알았다. 이것들을 빼고 나면 아무것도 없다는 것을. 이것들 없이는 나라고 할 만한 것이 없다[13]는 사실을. 광대한 우주 속에서 단지 아주 희미한 점으로나 존재한다는 것을. 하지만 그 점은 이 세상의 모든 것들과 이어져 선을 만들고 선은 끝 모를 세상을 연결하는 끈이라는 사실을. 고로 나는 곧 세상이라는 것을, 그는 온몸으로 새롭게 인식했다.

시간은 느슨하게 흐르고 순례자들의 움직임도 느렸다. 그도 굼뜨게 걸었다. 너무도 더넘스러워 주저앉았다. 숨을 고르느라 힘겹게 숨을 쉬었다. 느려터지게 다시 섰다. 오른쪽으로

---

13) 이창기의 시 제목 〈나라고 할 만한 것이 없다〉를 빌려 씀.

보이는, 검붉은 산봉우리를 올려다봤다. 산봉우리 너머로 눈부신 하늘이 눈을 찔렀다. 눈을 찌른 건 그러나 하늘이 아니었다. 온통 새하얀 봉우리였다. 하늘로 오를 듯, 고개를 꺾지 않으면 보이지 않을 정도로 거대한 봉우리가 바로 앞에 있었다. 아무런 말도 떠오르지 않았다. 어떤 언어로도 어떤 음악으로도 어떤 그림으로도, 결코 표현할 수 없을 것 같았다.

그간의 삶이 한꺼번에 쏟아질 듯 다가왔다. 그 무엇도 지금 이 순간보다 중요하지 않았다. 아버지도 어머니도 '아버지의 노래'도 은하도, 그 고리들 속에서 몸부림치는 자신도 지금 카일라스 설봉 아래에서는 너무도 하찮고 미미했다. 존재감마저 희미했다. 빛나는 카일라스. 온전한 흰빛으로, 수정처럼 빛나는 눈부처. 이 세계의 모든 빛깔을 흡수해, 범접할 수 없는 성스러운 모습으로 다시 세상으로 빛을 되뿌리는 우주의 중심. 그는 허공에 우뚝 솟은 봉우리를, 고개를 구십 도로 젖히고 올려다봤다.

삼만 구천이백사십 가닥의 소리와

1

무진이 검거무레한 자루와 봉지를 건넸다. 비파라고 했다. 선재는 눈을 감아버렸다. 가슴이 답답해졌다. 비록 새로 산 것이긴 해도 십 년도 넘게 함께해온 비파를 쉬바샬에 내려놓을 때는 지금과 같은 일이 일어날 거라 예상했기 때문이 아니었다. 비파를 내려놓으면서 '아버지의 노래'도 내려놓았고, 비로소 가슴이 개활해졌다. 한데 다시 비파라니. 내가 타던, 선친이 타던, 조부가 타던, 증조부와 고조부와 많은 할아버지들이 타시던 비파라니. 물론 다시 만나 기뻤다. 반가웠다. 감격스럽기 짝이 없었다. 그러니까 지금 이 심정은 그것과는 다른 층위의 문제였다.

눈을 떴다. 조심스럽게 자루를 끄르고 비파를 꺼내어 무릎 위에 놓았다. 그는 눈과 손바닥으로 비파의 울림통과 지판과 목과 줄감개와 현을 쓰다듬었다. 아무 말도 생각나지 않았다. 어떤 말도 하고 싶지 않았다.

말은 소리보다 훨씬 나중에야 생겨났으리라. 소리는 소리 자체로 자신을 표현할 수 있지만 말은 소리가 있어야만 비로소 제 존재를 드러내는 게 가능할 뿐이다. 지금 이 순간 말이라고 하는 것은 비파를 쓰다듬는 이 손길보다 못하다.

오래전 아버지가 만들어내던 소리들이 들려왔다. 아버지는 오래오래 달빛을 올려다보다 문득 한 줄을 탔다. 스쳐가는 바람결에 몸을 맡기다 또 한 줄을 탔다. 논바닥에 두엄을 뿌리거나 논으로 경운기를 몰고 가는 손에서 탄생하던 소리들. 소리가 남기고 간 흔적을 좇듯 아버지의 손은 울림통 앞에서 하염없이 머무른 채 움직일 줄을 몰랐다.

군데군데 칠이 벗겨진 울림통은 얼룩덜룩했다. 기다란 목도 거무튀튀했다. 주아도, 울림통 안의 소리마저도 옛날 그대로일 것처럼 느껴졌다. 지판 위에 놓인 줄만이 환했다. 새침할 정도로 산뜻했다. 그는 연거푸 비파를 쓰다듬었다.

만지면 큰일이라도 날까, 어머니는 감히 비파에는 손도 못 대고 구부정하게 서서 무진을 보다가 비파를 보다가, 믿기지 않은지 입을 크게 벌렸다 다물었다. 어머니의 두 눈에서 기어이 눈물방울이 떨어졌다. 입술이 비틀어졌다. 그도 어머니와 다르지 않았다. 어느새 손끝으로 전해지는 수많은 아버지의 노래들이 가슴속에서 꿈틀거리기 시작했다.

"여기 이렇게 가까운 곳에 있는 줄도 모르고…… 내내 밖에서만 찾았다니."

혼잣소리처럼 말하며 그는 줄걸개와 지판과 주아를 손가락으로 하나하나 더듬어 올라갔다.

"아저씨 찾느라 고생께나 했어요. 이렇게 빨리 돌아오실 줄 알았다면 점잖게 앉아서 기다렸을 텐데."

무진의 말에 그는 고개만 끄덕끄덕했다.

"국악박물관에 있는 것, 국악원에 있는 것. 또 어디더라, 아무튼 모두 다르더라고요. 더군다나 거기 것은 모두 사현이었어요. 굵기도 그렇고 괘의 숫자나 위치도 다르던데. 참, 음정도 맞춰야 할 텐데요?"

"나도 기억을 더듬어야 해서. 차차……."

"국악원에서도 이 악기에 관심이 많아요. 아저씨가 돌아오시면 꼭 연락해달라고 몇 번이나 부탁했어요."

"한데, 어디서 찾았나?"

그는 몽롱해진 목소리로 물었다. 무진이 헛기침을 하고는, 아이들이 어른들에게 칭찬을 들으려고 준비하는 것 같은 표정을 지으며 찾게 된 내력을 길게 말했다.

"예전에 네 아버지가 그러시더라. 네가 나 땜에 마음고생을 많이 했다고…… 누렁이 때문이었겠지."

"아버진 이제 달리 말하실 걸요. 저보다 훨씬 반가워하셨거든요."

아버지의 문상을 거절했던 것과 손가락질은 단순히 미안해한다고 될 일은 아니다. 그로 인해 한 사람의 생애가, 한 집안이 아작 나고 말았는데 그것이 어디 한낱 미안하다는 마음만으로 해결될 일인가. 그는 전에 그리 생각했다. 지금도 그런 기분으로 잠깐 울컥해졌다. 결국 '아버지의 노래'였다. 자기가 아버지의 손짓을 오해해서 생긴 일이었다. 그는 가슴을 짓눌렀다. 마을 사람들이 갖고 있을 아버지에 대한 오해는 또 어떻게 풀어야 할지.

무진의 얼굴에 호기심이 드러나는 걸 못 본 체하며 그는 비파를 사랑방 벽에 세워두고 마루로 나와 앉았다.

"아저씨, 혹시 백제금동대향로 보셨어요? 거기에도 이 악기와 똑같은 게 새겨져 있어요. 설명문에는 완함이라고 돼있던데, 처음 봤을 때 너무도 낯이 익어서 영문을 몰랐죠. 한데 비파와 이렇게나 닮았더라고요. 학위논문으로 고대악기교류에 관한 걸 쓰고 싶어서 공부하고 있는데요, 아직 못 보셨다면 가보실래요?"

입꼬리를 약간 올리는 것으로 그는 대답을 대신했다. 완함 연주자의 입이 그랬지, 싶었다.

"전 향로를 보면 이상하게 산해경의 한 부분이 떠올라요. 유호불여지국 열성 서식有胡不與之國 烈姓 黍食. 대황북경에 나오는데요. 호불여지국은 정인보와 최남선 등이 부여국夫餘國으로 파악하고 있[14]는 곳이라고 해요."

불현듯 은하의 말이 떠올랐다. 부여는 동명이 세운 나라래요. 고리국에서 도망쳐온 동명이 개고생을 해가며 송화강을 넘어와 세웠다고 해요…… 하던. 그는 그녀가 고등학생이었을 때 종종 우리 역사의 기원에 대해 말하곤 했다. 무진이 방금 말한 구절들을 인용해가면서 열변을 토했다. 뚱해 있는 그녀를 무시한 채 무조건 외우라고 강요했었다.

어머니가 참외 한쪽을 포크로 찍어 무진에게 건넨다. 무진이 한 입 베어 물며 엄지를 치켜세우자 어머니는 뜻도 모를 말을 불쑥 뱉으면서 볼을 씰룩거렸다. 또 하나를 들어 그에게 내밀었다. 어금니까지 드러내면서 웃었다.

"가끔 누렁이…… 생각나지?"

그는 참외를 받아들며 물었다. 사실 아까부터 묻고 싶은 말이었다. 일의 자초지종을 떠나서 한 생명을 죽게 만들었다. 자기가 벌목했던 나무들과 함께 내내 가슴을 짓눌러오는 일

---

14) 정재서 역주, 『산해경』, 민음사, 1999, p.318에서 인용

이었다. 누렁이는 무진의 가방을 목에 걸고 함께 학교에 다니던 단짝이었다는 사실을 그도 잘 알고 있었다.

"물론이죠. 이름도 못 지어주고 보냈는데요. 녀석은 봄과 잘 어울렸는데. 오유진이 뭐라고 해도 봄이라고 부를 걸 그랬어요. 아무튼요, 열 살 이전 세상과 이후 세상은 완전히 달라져버렸어요. 누렁이를 보내는데 시간이 좀 걸리긴 했지만 어느 것도 백 퍼센트는 있을 수 없다는 걸 녀석을 통해서 알게 됐다면 거짓말일까요. 야, 그러고 보니까 벌써 이십 년 아니 이십일 년이나 됐구나? 세월 참 빠르네. 아 참, 아저씨. 비파랑 누렁이랑 퉁 쳐요. 그러면 되잖아요. 지금 녀석이 봄이거든요."

대답할 말이 떠오르지 않았다. 무진의 거칠 것 없는 젊음이 부럽기도 했다. 그는 어렸을 때도 늙었고 젊었을 때도 늙었고, 지천명인 지금도 늙었다. 젊음이라는 단어가 주는 발랄하고 푸른 열정이 그에게는 전부터 없었다. 그런 것들을 지닐 만한 여력도 틈도 없었다. 허탈하거나 억울하지는 않았다. 다만 명주 줄 하나를 만들기 위해서 얼마나 많은 가닥들이 모여야 가능한지 그때는 몰랐다는 것. 다시 말해 '하나'에는 무수히 많은 다른 '하나'들이 꽉 들어차 있다는 것을 모른 채 살아왔다는 사실이 아팠다. 절망에는 절망만이 있는 줄 알았다. 울분에도 울분 하나만 있는 줄 알았다. 미련에도, 집착에도 오직 그것만이 있는 줄 알았다. 그 속에 수천수만 가닥의 감정들이 얽혀있을 줄은 짐작도 못한 채 살아왔다.

"제 임무는 이만 끝. 쉬세요."

손에 참외 조각을 들고 다른 한 손을 이마 끝에 붙이면서 무진이 일어섰다. 그는 으스대듯 마당을 가로질러 나가는 녀석의 뒤통수를 멀뚱멀뚱 쳐다봤다.

2

논에 물꼬를 보고 와 비옷을 벗는데 무진이 우산도 쓰지 않은 채 지댓돌로 뛰어들었다. 다락방에서 내내 지켜보고 있었다고 했다. 지난번에 비파를 돌려준 뒤로 녀석이 부쩍 살갑게 다가왔다. 새카맣게 어린놈이 갑자기 안겨드니 안 어울리는 옷을 걸친 것처럼 어색하고 불편했다. 선재는 멋쩍어져 공연히 이 방문 저 방문을 열어봤다. 어머니가 안 보였다. 논에 나갈 때 같이 나갔는데 마을회관에서 아직 귀가 전인가 보았다.

그는 방에서 선풍기를 내와 틀었다. 무진 옆에 앉았다.

마루에 앉아 비를 바라보는 것도 괜찮은 일이었다. 가만히 보고 있으면 비에도 고유한 모습이 있다는 걸 알 수 있었다. 내내 똑같이 떨어지는 것 같아도 똑같은 모습으로 떨어지는 빗방울은 하나도 없었다. 굵기도 제각각이었다. 어떤 비는 직선으로 떨어지고 어떤 비는 바람이 불지 않는데도 휘어지며 떨어졌다. 마당의 흙 위로 떨어지는 비는 떨어지자마자 흙과 뒤엉켜 흙탕물을 만들고 나무나 풀 위로 떨어지는 비는 나무줄기나 풀 위에서 제 고유한 물로 방울을 만들었다. 방울을 만들어서는 나중에 떨어지는 비와 함께 뒤섞여들었다. 뒤섞여들면서 그제야 제 무게를 이기지 못하고 바닥으로 떨어져 흩어졌다. 소리도 그랬다. 흙과 비 사이에서 나는 소리, 나뭇잎과 비 사이에서 나는 소리는 모두 사이에서 나지만 결이 다 달랐다. 비가 흙과 만나서 내는 소리는 둔탁하면서도 깊고 나뭇잎을 만나서 내는 소리는 경쾌하면서도 맑았다. 그는 기와지붕을 만나는 비와 살구나무 잎사귀를 만나는 비의 소리에 집중했다.

"무슨 놈의 비가, 기왓장 부서졌나 올라가보게."

이장이 비옷에 우산까지 받쳐 들고 오면서 불퉁거리듯 말했다.

"무슨 급한 일 있어요, 빗속을 뚫고 오시게?"

"아, 우천명절雨天名節 아닌가."

그의 물음에 이장은 마루로 올라앉으며 느긋하게 말했다.

"비료 가져가라고 새벽마다 방송으로 불러제껴도 이놈의 늙은이들이 꿈쩍도 안 해. 이래서야 어디 이장질 해먹겠어."

무진이 인사를 하자 이장은 고개만 까딱하고는 이내 말을 이었다.

"자네는 어쩔라는가. 회관 앞에 쌓아뒀웅게 낭중에 경운기로 실어오든가. 다른 집들은 봐서 아예 논에다 갖다 놔줘야겄어. 동주네 경철네 미숙이네 헐 것 없이 모두 낫살이나 먹은 늙은이들뿐이니, 제 몸 하나 지탱하기도 되잖여."

"저희는 없어요?"

참견하듯 무진이 물었다. 이장이 그런 무진을 힐끔 쳐다봤다. 개가 방귀 뀌려니, 관심도 안 갖는 눈치였다. 아니면 농담일 텐데 진담으로 받아들였나. 그는 이장과 무진을 곁눈질했다.

"채반이 용수될 때까지만 기다려봐. 혹시 알어, 하늘에서 뚝 떨어질지."

이장의 말에 무진이 뚱한 표정을 지으며 두 사람을 번갈아 봤다. 그는 소리 없이 웃었다.

"나 참, 세월 앞에 장사 없다더니. 서월 아짐도 가실 때가 다되는 모냥이여. 며칠째 기동도 못허고 밥도 제대로 못 먹는다는구만. 애들도 모두 와있던데, 요양원으로 모실 눈치더라고. 어쩌겄어, 다들 저 먹고 살기 바쁘니께. 그나저나 상여 멜 사람덜이 없어 큰일이구만."

"상여가 지금도 있어요? 왜 오래전에 불 태워버리자고 의견을 모으지 않았던가."

그는 자기도 모르게, 그때까지 잊고 있었던 일들이 급작스레 떠올라 물었다. 소리 하나 타기가 뭐 그리도 에롭다고 작파혀, 하던 서월 할머니의 목소리가 뒤통수를 긁었던 것이다.

"아, 서월 아짐이 한사코 당신은 타고 가야겠다고 떼를 써대는 바람에, 기왕 있는 거닝게 놔두자고 했었지. 그러고 봉게 아짐 덕분에 상여도 여직 살아오긴 했구만. 헌데 상여만 있으면 뭣 헐 것이여, 멜 사람덜이 없는데. 할망구들한테 메라고 헐 수도 없고 난감하게 되았어."

이장의 대답이 끝나자마자 빗소리가 더 요란해졌다.

무진이 일어났다. 주방으로 가더니 냉장고 문을 열었다 닫았다. 그는 사랑방으로 눈길을 돌렸다. 비파가 궁금했다. 날이 습하면 줄이 늘어지는데. 줄이 늘어지면 소리가 틀어질 텐데. 통 안에 방습제라도 넣어둘 걸 그랬나, 걱정하다 이내 고개를 저었다. 지금 줄은 명주실이 아니라 폴리인 것 같았다. 날씨에 그리 지장 받지는 않겠다 싶었다.

아직 한 번도 타보지 않은 비파에 미안한 마음이 없는 것은 아니지만 망설였다. 타지 않으려고 하는 것은 바른가, 처음으로 의문이 들었다. 카일라스 골짜기에 비파를 내려놓을 때 '아버지의 노래'도 놓고 왔다. 아버지의 노래를 타지 않는 비파는 아무런 소용이 없다. 어떻게 할 것인가, 그는 다시 고민에 빠졌다.

"엊그저껜가 서월 아짐이 또 읊조리덩만. 그 뭣이냐, 바라지가락 말여. 맥아리도 없는 양반이 총기는 있어가지고…… 아직도 기억허고 있드라닝게."

이제 그 얘기는 그만합시다. 하마터면 다그칠 뻔했다. 그는 마른침을 삼켰다.

"지금 와서 요런 말이 이치에 안 닿는 줄은 알지만…… 그때는 눈이 있어도 똑바로 뜰 수가 없었제. 귀가 있어도 제대로 들을 수 없었고, 입이 있다고 어디 제대로 말이나 헐 수 있었능가. 자네도 알다시피 병든 시절이었응게…… 나는 말여. 가끔 자네 선친을 생각허면 애달프네. 자네 오매한테도 미안허고…… 몸 둘 바를 모르겄어."

이장도 그때 그 자리에 있었다고 했다. 누가 아버지를 지목했느냐고 그가 묻자 거기 있던 사람들 모두라고 대답했다. 모두 가해자고, 다 피해자라고. 아버지만 감시당한 게 아니라 거기 있던 사람들도 마찬가지였다면서, 병든 시절이었다고 다시 말했다. 병든 시절이었다고? 모두 가해자고, 모두 피해자였다고? 그는 다시 침을 삼켰다. 가슴속에서 치받고 올라오는 것을 질끈질끈 씹었다.

이제 녹일 때도 되었다고 한 아버지 말이 불쑥 생각났다. 내가 먼저 다가가야지, 하던 말도 떠올랐다. 아버지의 손짓을 오래오래 회상했다. 조용하고 쓸쓸하게 걸어가다 문득 돌아서서 단호하게 흔들던 손. 그는 아주 천천히 고개를 끄덕였다. 아버지 뜻을 다 수긍하는 것은 아니었다. 수긍하지 않는다고 해서 달라질 것도 없었다. 아버지가 돌아오겠는가. 어머니가 다시 말을 할 수 있겠는가. 누렁이가 살아나겠는가. 은하가…… 분노 같은 건 일지 않았다. 이제 절망할 무엇도 남아있지 않았다. 따라서 좌절할 만한 것도 없지 싶었다.

가끔 천둥소리가 들렸다. 번개도 번득거렸다. 그는 사막에 떨어지던 빗줄기를 떠올렸다. 오로지 모래 알갱이들만 만나던 비를. 모래와 비는 무슨 말을 주고받았을까. 지금 저 살구나무와 만나는 비는 나무에게 어떤 말을 들려주고 있을까. 자기가 구름이었을 때 만났던 것들에 대해 들려줄까. 사막의 비도 모래에게 자기가 만나고 온 것들에 대해 들려주었으리라. 지상에 발을 디디기 전에 만났던 부유하는 것들에 대해, 높이 오르면서 느꼈을 어지럼증과 호흡과 설렘에 대해.

사막에서 느꼈던 기분을 여기 집에서 다시 느꼈다. 같기도 다르기도 한 기분은 묘했다. 더 비우기 전에는, 모조리 비우기 전에는 어떤 것으로도 채울 수 없다는 것을 그때 알았던가. 그때와 다르다면 지금은 좀 더 구체적인 것들이 앞을 가로막으면서 채우려 들었다. 가령 다시는 떠나지 않기로 마음먹은 것은 잘한 일인가. 농사는 제대로 지을 수 있을까. 아무런 감정 없이 마을 사람들이나 세상을 대해야 할 텐데. 그런저런 생각을 하다 보면 알 수 없는 열기가 가슴팍을 휘젓곤 했다.

가거라. 이제 그만 돌아가. 그는 설산까지 따라와 당부하던 아버지의 말을 기억했다. 본래 자리로 돌아가라는 말이었고, 본래 자리는 여기 집이라고 받아들였다. 그렇다면 흔들림을 멈추고 더 가라던 매월당의 말은 무엇을 뜻하는 것이었을까. 갈 수 있을 만큼 더, 아주 오랫동안 가라고 하던 그 말은. 그는 고개를 흔들었다. 환영이었다. 자기가 만들어낸 환영이 자기 속에 든 말들을 끄집어내어 발음했을 뿐이다. 그는 구름이 몰려가는 허공을 물끄러미 응시했다. 구름이 벗겨지면서 빗줄기도 가늘어졌다. 언뜻언뜻 싹이 돋듯 하늘 곳곳이 파래졌다.

"우리 학교 애들한테 얘기하면 되겠어요. 역사 공부하는 애들이니까 한 번쯤 메 보는 것도 좋을 것 같아요. 근데 아저씨, 집에 어떻게 막걸리 한 병이 없어요? 사올까 하고 나갔다가…… 에이, 비도 오고. 이걸로 대신하죠 뭐."

주방에서 나오며 무진이 말했다. 녹차 티백이 든 찻잔 세 개와 자두 몇 개가 놓인 쟁반을 든 채였다. 빗물에 젖었는지 어깻죽지고 종아리고 물기가 흥건했다.

"허허, 서월 아짐은 복도 많어. 아 뽀짝 앉어 봐. 학생이 몇 명이나 되는디?"

선은 이렇고 후는 이렇다고 따져볼 것도 없이 이장은 아예 그리하기로 작정한 사람처럼 말했다. 그를 보고 웃었다. 처음으로 무진을 반갑게 바라봤다. 무진이 건네는 녹차 잔을 들었다. 그는 그제야 이장의 딸과 무진이 동창이라고 했던 걸 기억해냈다. 이장의 딸은 재작년에 결혼하자마자 이혼했고 나중에야 임신했다는 걸 알았다고 했던가. 씽글 맘이라네, 씽글 맘 하면서 한숨을 쉬던 얼굴이 떠올랐다. 왜 무진에게 데면데면하게 대했는지 알 것 같았다.

"꽤 돼요. 모자라면 학부생도 가능할 거예요."

"호, 그려이. 약조헐 수 있지?"

무진의 대답에 이장이 떠들썩하게 되물었다.

"아무리 생각해도 서월 아짐은 복이 많은 양반이여. 영감만 일찍 보냈다 뿐이지, 살아생전 병원에도 가본 적 없고 말이여. 허 참, 자식들은 또 어떻고. 그렇게 평탄허게 살기도 쉽지 않을 거여. 암."

이장이 흡족해진 얼굴로 찻잔을 들었다. 막걸리처럼 후루루 마시고 일어났다. 인사하는 무진에게 고개를 끄덕거리며 마당으로 내려섰다. 우산에 빗방울들이 튀었다. 안개를 만들었다. 안개는 줄기차게 쏟아지는 빗속으로 오게오게 퍼졌다.

"다음 주에 바이칼에 가요. 그때 말하면 되겠다 싶어요. 우리 한민족의 뿌리를 찾아서가 이번 탐방의 주젠데요. 전 그 지역의 고대악기를 알아볼 생각이거든요."

무진이 말했다. 자두 하나를 들고는 마루 끝에 걸터앉은 채로 드러누웠다. 두 다리를 건들거렸다. 헐들헐들한 몸에서 바람이 일었다. 그는 말없이 찻잔을 들었다. 책상다리를 하고 앉아 무진과 계속해서 나동그라지는 빗줄기와 빗물에 후줄근해진 살구나무를 건너다보며 한 모금 마셨다.

3

무진이 안마당으로 들어섰다. 어머니에게 물병을 내밀었다.

"바이칼에서 가져왔어요."

어머니가 떼꾼한 눈으로 무진을 바라다봤다.

"물이라고요, 물."

무진이 마시는 시늉을 했다. 그제야 어머니가 웬 물을 주느냐는 표정으로 받아서는 뒤뚱뒤뚱 주방으로 들어갔다.

"어디 편찮으신가 봐요?"

"열이 올라서 아침에 읍내 병원에 다녀오셨거든. 가져오느라 무거웠을 텐데. 잘 다녀왔지?"

그는 새벽에 캐온 감자를 헛간 그늘진 곳에 펴두고 마루에 걸터앉았다. 비가 그치고 났어도 여전히 습하고 무더웠다. 무진이 연방 손으로 부채질을 하자 그는 일어나 방에서 선풍기를 내왔다.

무진이 손가락으로 턱을 받치고는 골똘한 표정을 지어보였다. 고개를 이리저리 돌리면서 뭔가를 생각하는 것 같더니 턱을 받쳤던 손가락을 내렸다. 엄지와 중지를 부딪치며 딱 소리를 냈다.

"야, 러시아 정말 크더라. 블라디보스톡에서 이르크추크까지 장장 삼 일 동안 열차 안에 있었는데요. 시차가 계속 바뀌는 거예요. 기후도 바뀌고. 바이칼은 호수가 아니라 바다더라고요. 별들이 막 호수로 돌진해 들어가는데, 아저씨가 보셨다면 뭐라고 표현하셨을라나."

몸은 돌아왔어도 마음은 아직 그곳에 머물고 있는 듯 무진이 상기된 목소리로 말했다. 휴대전화기를 꺼내서는 사진을 열어 내밀었다. 그는 무진이 손가락으로 넘겨가며 보여주는 사진들을 들여다봤다.

"사하족이라는 종족이 살고 있다는데요, 그 사람들한테 이런 악기가 있었어요. 보세요, 비파와 완전 똑같죠."

완전히 똑같지는 않더라도 비파와 여러모로 비슷해보였다. 자기와 닮은 사람을 생각지도 못한 곳에서 마주친 것 같았다. 하도 신기해 그는 사진 속 악기를 유심히 내려다봤다.

"비파가 쿠처에서 아시아를 거쳐 고구려와 백제까지 전파가 된 걸로 알고 있었는데요. 바이칼 지역에도 있다는 게 놀라운 일이잖아요. 삼현악기는 대개 중국의 동남쪽에 있던 오월嗚越백제의 옛 땅에 많이 퍼져 있다[15]고 하거든요. 비파가 어떤 경로로 그 먼 바이칼지역까지 갔는지 궁금해요. 혹시 거기서 자생했을까요. 참, 부리야트 민속박물관에서 맘모스 뼈로 만든 비너스 상도 봤어요. 여기 이거예요."

그는 무진이 내미는 다른 사진을 봤다. 비너스 상은 매머드 뼈로 만들어졌다 뿐이지, 언젠가 봤던 신라토우와 닮아보였다.

"프랑스에서 발견된 것과도 비슷하다고 그래요. 그렇다면 이만 오천 년 전에 만들어진 것일 수도 있잖아요. 암튼 사하족 민속악기가 쿠처에서 전해졌다면 초원 실크로드를 따라서 갔겠죠. 고구려와 백제 비파도 그쪽에서 전해졌을 테고요. 음, 백제음악을 대개 청상악이라 한다는데, 청상악은 남조의 음악을 대표하는 것이라고 하거든요. 동진, 그러니까 서기 삼백 년대에서 사백 년대일 텐데요. 그 동진과 이를 계승한 남조의 국가들이 남방의 '오성嗚聲'과 '서곡西曲'이라는 것의 바탕 위에 한족의 속악을 보탠 것이라고 해요. 오성은 절강성 등에서 유행하던 민가고 서곡은 호북성 형초지역에서 유행하던 민가[16]래요. 에이 뭐, 그다음은 골치가 아파지니까 그만두고. 제가 생각하기에는 고구려 음악이 그대로 백제에 전해지지 않았을까 싶어요. 이 악기를 보고 나서 더 그런 생각이

---

15) 이종구, 『아무도 말하지 않은 백제 그리고 음악』, 주류성, 2015, p.197에서 인용
16) 서정록, 『백제금동대향로』, 학고재, 2001, p.104에서 인용

들었거든요. 한데 고구려 완함은 거의가 사현이고 어쩌다 오현이 있어요. 아저씨가 갖고 계시는 비파와 이 악기는 삼현이구요. 도대체 어떻게 된 걸까요. 이 악기 이름만 알면 어원을 찾아서 더 자세하게 알아낼 수도 있을 텐데. 이메일 주소를 남기고 왔으니까 조만간 연락이 오겠죠. 오면 좋겠어요."

무진이 사진을 닫으려 하자 그는 무진의 손을 밀어냈다.

"이것도 삼현이란 말이지."

혼잣말처럼 두런거렸다.

"저도 놀랐다니까요. 백제금동대향로에 있는 완함도 삼현이잖아요. 학자들이야 원래 사현이었을 거라고 말하지만요. 아까도 말했지만 아저씨 비파도 삼현이고요."

"허허, 뭐가 어떻게 된 건지 모르겠구만."

"이걸 보면 더 기가 막히실 걸요."

무진이 부리야트 민속박물관에서 봤다며 샤먼 굿 동영상을 열었다.

"부리야트가 '부여'사람들을 의미한다는 말이 있어요.[17] 혹시 들어보셨어요?"

그는 발음상 비슷하긴 하네, 말하면서 무진을 쳐다봤다. 무진이 마주보다 화면이 꺼지자 다시 켰다.

---

17) 김정민, 『단군의 나라 카자흐스탄』, 글로벌콘텐츠, 2015, p.186에서 인용

"샤먼 하는 걸 잘 들어보세요. 우리나라 굿과 다를 게 없어요. 소리도 그렇고 표정이나 행동도 똑같아요. 보세요."

혀를 입천장에 대고 궁글리듯이 호리익호리익 하거나 부루욱부르크으 하는 소리를 들으면서 우리나라 무당이 초혼하는 소리를 떠올렸다고 무진이 말했다. 샤먼은 마치 메아리가 울리듯이 소리를 굴렸다. 번득이는 눈빛을 들어 사방을 두리번거리며 북을 치는 모습은 그가 보기에도 익숙했다.

"그럴 수도 있겠어. 근원에서 나오는 소리, 시원을 향한 소리. 두루뭉술하게 말하자면 뭐 그런 것일 테니까. 일테면 우리가 알고 있는 것처럼 어떤 특정한 장소에서 발원이 된 게 아니라 사람의 본마음 깊은 곳, 가슴속 깊은 곳, 영혼의 깊은 곳에서 울려나오는 소리. 그곳이 어디든, 그러니까 바이칼이든 쿠처든 고구려든 백제든 지금 여기든, 그 소리는 같지 않을까."

그는 말을 멈추었다. 생각에 잠겼다가 다시 이었다.

"무진이 네가 한민족의 뿌리를 찾아서 바이칼에 간다고 했을 때 나도 생각해봤지. 민족이라는 것은 뭘 뜻할까. 민족의 근원은 어디서 어디까지로 봐야 하나. 우리 민족의 뿌리는 어디일까, 하는 것들을 말이야. 이것을 꼭 유전인자로만 파악할 문제인가. 아니면 문화인류학적으로 접근을 해야 할 것인가. 그건 그렇고, 이제는 민족이니 국가니 하는 이념들에서 좀 떨어져야 하지 않겠냐. 벗어나서 봐야 할 때 아냐. 그것은 모두 내 것 즉 소유욕에서 출발하는 것 아닐까 싶은데. 무엇보다 민족이란 단어는 비교적 근대에 생겨난 말[18]이라고도 하고…… 향로나 고인돌이 과연 민족을 말하고 있을까. 혹시 나의 기원에 대해 말하고 있는 것은 아닐까. 내 근원을 찾고자, 어쩌면 돌아가고자 하는 욕망이 아닐까. 아저씬 가끔 그런 생각을 하거든."

"아저씨 말씀도 물론 맞는다고 생각해요. 한데요, 가기 전에 자료들을 찾아보고, 또 바이칼 주변을 다니면서 보니까 우리와 똑같은 사람들이 너무도 많더라구요. 예전에 우리가 했던 것처럼 바가지로 퍼서 쓰는 우물도 있구요. 아, 저 감자 옆에 빗자루요, 거기 빗자루도 저거랑 똑같이 생겼어요. 민족의 기원을 찾는 것은 의학적으로도 매우 중요한 문제라고 하구요. 어쨌든 잠정적으로 내린 결론은, 혼란스러움. 솔직히 그래요. 똥과 오줌처럼 애초부터 명확하게 갈라져 있다면 얼마나 좋을까요."

무진이 탄식하듯 말했다. 막막함과 기대감이 조합해낸 그의 얼굴은 중천에서 빛나는 해만큼이나 열기로 가득 찼다.

"모든 학문은 결국 인간 자신의 문제라고 해야 할까, 존재

---

18) 이어령, 『젊음의 탄생』 p.261 "민족이라는 말 자체가 러·일전쟁 당시 국민·신민이라는 말과 함께 일본인들이 만들어낸 신조어"라는 구절을 참고함. 생각의 나무, 2008

자체에 대한 문제라고 해야 할까. 아무튼 인간의 정체성을 다루는 거잖아요. 학문뿐만이 아니라 종교나 철학이나 예술이나 다 그렇겠죠. 그것에 노골적으로 접근한 게 해부학과 원자핵물리학일 테고요. 한데 제 생각에는 이젠 뭔가 통합적인 게 필요하지 않을까 싶어요."

"내 생각에도 모든 학문은 결국 '나'의 본질에 관한 것이라고 봐. 네 말처럼 정체성을 다루는 거지. 한데 무진아, 이 '나'(그는 손으로 자기 가슴을 가리켰다)는 너무도 멀어. 멀고 깊어서 아득해. 그러면서도 이 '나'라는 것은 어느 한순간도 가만히 있지 않아요. 시시때때로, 순간순간 변하지. 그런데 어때, 학문은 좀 다르지 않냐. 축적하는 거잖아. 정체까지는 아니더라도 배타성을 띨 수밖에 없을 것 같거든. 이건 깊이 생각해 볼 문제 아닐까."

그는 거기서 그만 멈추고 물을 마셨다. 자기가 생각해도 갑자기 말을 너무 많이 하는 것 같았다. 말을 많이 하고 나면 늘 허전해지는데 지금 그랬다.

무진이 싱긋 웃더니 장난스럽게 말했다.

"맞아요. 저도 아저씨 생각에 한 표. 아, 갑자기 생각났는데요. 우리 누나가 얼마 전에 그래요. 역사는 피로 이루어져 있다고. 그 피는 수동적인 피와 자발적인 피로 나뉘는데. 수동적 피야 전쟁이나 학살에서 비롯한 피일 테고요. 자발적 피는 어떤 건지 혹시 아실라나?"

느닷없는 질문에 그는 어리떨떨한 표정으로 무진을 봤다. 아무리 생각해봐도 감조차 오지 않았다. 기다려도 답이 없을 것을 짐작한 듯 무진이 자진해서 말했다.

"여자들이 흘리는 피래요. 한 달에 한 번씩 흘리는 거. 그럴싸하죠."

그제야 그도 시쁘둥하게 웃고 말았다.

"아까 샤먼 눈동자 보셨죠. 무섭게 번들거리던데. 실제로 보면 훨씬 서늘해요."

무진이 다시 샤먼의 동영상을 열면서 말했다. 무진의 말대로 그 사람의 눈에서는 묘한 기운이 나왔다. 문득 아주 오래전 일이 떠올랐다. 그는 기억을 더듬듯 느리게 말을 시작했다.

"어렸을 때 내가 무슨 병엔가 걸려가지고, 나를 멍석 가운데 눕혀놓고 칠원동댁이라는 무당 할머니가 와서 굿을 해줬어. 어찌나 무섭고도 신기하던지 나는 눈을 동그랗게 뜨고 할머니를 올려다봤어. 할머니는 흰 갓을 쓰고 손에는 요령을 들고 흔드셨지. 다른 손으론 신장대를 잡고 펄쩍펄쩍 뛰면서 주문인지 경인지를 외웠는데, 금방이라도 튀어나올 듯 번득이던 눈빛이 지금도 선하구만. 그 할머니가 뛰면서 흔드시던 하늘과 살구나무와 지붕이, 그때는 세상의 전부였지."

칠원동 할머니의 얼굴이 떠오를 듯 말 듯 가물거렸다. 어린 그가 보기에도 할머니의 눈빛은 예사롭지 않았다. 번득이는가 싶다가도 한없이 물이 흐를 듯 젖어있기 일쑤였다. 할머니는 칠원동 할머니의 가족사를 이야기하면서 안타까워했는데 지금은 생각나는 게 아무것도 없었다.

"참, 상여 메는 거 약속 받았어요. 교수님들이 더 적극적으로 환영하던데요. 모두 스물두 명이에요, 여학생들까지."

"여학생?"

"서빙 해야죠."

무진이 양어깨를 으쓱하면서 대답했다.

어머니가 보행보조기를 밀면서 살구나무께로 갔다. 쭈그리고 앉아 익어 떨어진 살구를 주웠다. 노랗게 익은 살구를 보자 문득 은하와 고인돌이 떠올랐다. 그녀와 갔을 때 살구나무에 열매가 매달려 있었는지 이파리가 매달려 있었는지 기억하려 애썼다. 열매도 잎사귀도 다 떨어진 나목이었지 싶었다.

"아까 그 악기 사진 좀……."

마침 어머니가 손을 흔들었다. 무진이 그에게 전화기를 내밀고 어머니 옆으로 갔다. 앉은걸음으로 다니며 어머니와 함께 살구를 골라주웠다. 하나를 손으로 닦은 뒤 어머니에게 내밀었다. 어머니가 볼을 씰룩거리며 침을 삼켰다. 그는 두 사람을 바라보다 전화기로 눈을 돌렸다. 갑자기 눈앞에 보이는 것들이 아련하고 어리어리해졌다.

4

벽장문을 열었다. '아버지의 노래' 육보를 꺼내었다. 쓸 것들도 내놨다. 육보는 하도 오래 돼놔서 헤실바실 찢어지고 흐려진 곳이 많았다. 전부터 새로 써둬야겠다 마음먹고는 있었지만 짬을 내기 쉽지 않아 미루고 있던 참이었다. 노래를 타지 않기로 결심한 탓에 사실 망설이기도 했다. 선재는 육보와 문구들을 서안 앞으로 가져왔다. 화선지를 A4용지 두 장만하게 자르고 그것들을 반으로 접었다. 몇십 장을 만들어두고 벼루에 물을 부었다. 먹이 갈리자 알싸하면서도 그윽한 향이 방 안으로 퍼졌다. 그는 냄새를 들이마시면서 오른손에 들었던 먹을 왼손으로 바꿔들었다.

바깥 기척에 고개를 들었다. 무진이 자기 조카라며 유희를 안고 방으로 들어섰다. 웬 기다란 가방을 방바닥에 놨다.

"자루가 너무 낡았잖아요. 악기점에 갔더니 마침 괜찮은 게 있어서요."

그가 미처 무어라 말하기도 전에 무진이 유희를 내려놨다. 녀석이 방바닥에 엎드린 채 호기심 가득한 눈으로 사방을 둘러봤다. 이편을 목표지점으로 정했는지 손바닥을 바닥에 대고 기기 시작했다. 그는 가방을 한쪽에 두고 붓과 벼루를 벽장에 넣었다. 다른 것들도 가방 쪽으로 밀어놓았다.

녀석이 제 앞에서 뒹구는 신문지쪼가리를 집어 입으로 가져갔다. 무진이 빼앗자 입을 씰룩거렸다. 윗목으로 갔다. 먹을 쓸었다. 움켜쥐려고 했다. 잡는가 싶더니 놓쳤다. 그 바람에 신문지로 떨어졌다. 녀석이 신기한 눈으로 신문지에 찍힌 까만 점을 내려다봤다. 손으로 쳤다. 손을 들어 골똘하게 보다가 까매진 손바닥을 입에 대고 쪽쪽 빨았다. 빨다가 엎어졌다. 녀석은 이제 신문지를 잡아당겼다. 무진이 그것들을 치우자 악을 쓰며 손을 뻗었다. 그는 그것들도 벽장으로 옮겨두었다.

녀석의 눈에 낙심하는 빛이 역력했다. 그 눈빛이 하도 예뻐 그는 녀석을 끌어안았다. 무릎에 앉혔다. 빠져나가려고 바동거렸다. 얼굴이 발개지도록 바르작거려 하는 수 없이 내려놓았다. 녀석이 다시 방바닥을 기었다. 난분이 놓인 데로 갔다. 서안 다리를 잡아당기는 바람에 휘우뚱했다. 그는 얼른 난분을 들었다.

"챙 다르르……."

서안이 밀려가 비파와 부딪친 모양이었다. 자루가 넘어지면서 소리들이 부서졌다. 고막을 울렸다. 그는 난분을 마루에 내놓고 돌아앉았다. 소리가 속귀로 전해졌다. 속귀로 가 신경을 건드리며 머리를 울렸다. 머리로 간 소리는 어느새 가슴으로, 심장으로 울려 퍼졌다. 소리는 이제 단전에서부터 다시 올라왔다. 굼실거리며 가슴으로 피어올랐다.

그는 무진이 녀석을 일으켜 안으며 비파 자루를 벽에 다시 세우는 모습을 바라보았다. 녀석이 자루 쪽으로 가려고 몸부림을 치는 모습을 물끄러미 바라다봤다. 무진이 몸을 틀면서 비파와 부딪치고 둘이 합해서 울리는 소리를 그는 조용히 들었다. 녀석이 허겁지겁 손을 저었다. 멈추고 자기의 손을 멀뚱멀뚱 내려다봤다. 울기 시작했다. 억울해 죽겠다는 듯 악을 써댔다.

"에이 참, 이 녀석이 왜 자꾸 말짓을 하지. 이럴 때는 꼭 오유진 같다니까요. 데려다주고 올게요."

무진이 미안한 표정을 지으며 녀석을 안고 일어섰다.

그는 자루를 잡아당겼다. 책상다리를 하고 앉았다. 매듭을 풀고 비파를 꺼내어 무릎 위에 올렸다. 눈을 감았다.

이제 다시 타도 좋겠다고 생각했다. 지금 자기 안에서 들려오고 있는 '아버지의 노래'는 이전의 노래와 달랐다. 울분과 절망과 분노로 뒤범벅 돼버렸던 아버지의 노래는 자기에게서 떠난 지 오래고 지금은 그것들에서 벗어난 소리, 울분과 절망과 분노를 품은 소리로 들려왔다. 그는 '아버지의 노래'가 자기 안에서 강물로 넘실거리는 것을, 바다로 흘러가는 것을 바로 보게 되었다. 유희 녀석이 용케도 그것을 가르쳐주었다.

"뜨으응!"

자기가 튕긴 소리에 놀라면서 그는 자세를 고쳐 앉았다. 소리는 오래 울리며 벅찬 감동으로 밀려들었다. 무진이 방에 도로 앉았다. 다시 한 개의 현을 튕겼다. 녀석이 무진의 품을 벗어나 이쪽으로 기어왔다. 그는 나머지 줄을 튕겼다. 갑자기 가슴 저 밑바닥에 쌓였던 무엇인가가 솔레솔레 싹 텄다. 싹 터 소리로 피어났다. 소리는 이십여 년의 세월 저편에서, 아니 그보다 더 아득한 어디쯤에서 흘러왔다.

녀석이 비파의 울림통을 덥석 잡았다. 아부어부, 소리를 하면서 손으로 두드렸다. 심각한 표정을 지었다. 울림통을 지나 지판으로 손을 뻗었지만 녀석은 아직 설 단계가 아닌지 엎어진 채로 고개를 빳빳하게 들고 눈동자를 이리저리 굴렸다. 그가 비파의 머리를 내려주자 녀석이 손으로 그것을 잡아서는 입으로 가져갔다. 그는 줄 하나를 튕겨봤다. 녀석이 멈칫했다. 소리가 난 곳이 어디인가 탐색하는 표정으로 울림통과 지판과 자기가 빨려고 했던 머리를 번갈아 둘러봤다. 그가 다시 줄을 튕기자 녀석도 팔을 뻗었다. 마구 휘저었다.

그는 한쪽 무릎에 녀석을 앉히고 다른 쪽에 비파를 올려놨다. 녀석이 무릎에서 내려오더니 방바닥을 빙그르르 돌아 비파 쪽으로 기어왔다. 고개를 치켜들었다. 그가 장난스럽게 비파의 목을 위로 올리자 녀석도 고개를 더 치켜들었다. 그 바람에 녀석이 중심을 못 잡고 기우뚱 넘어졌다. 그는 녀석을 안아 다시 무릎에 앉혔다. 녀석의 손을 잡고 함께 줄을 튕겼다. 몇 번 함께 타고는 저 혼자 하게 내버려뒀다.

녀석이 동그랗고 새까만 눈동자를 두리번거리며 줄을 튕기고 소리를 들었다. 한 손으로도 모자라 양손으로 울림통이며 줄을 두드리고 튕기느라 여념이 없었다. 오륙 개월 됐다는 녀석치고는 손놀림이 무척이나 힘찼다. 녀석이 목을 잡다가 놓고 지판을 더듬다가 말고 울림통으로 손을 가져갔다. 소리가 어디서 나오나 무척 궁금한가 보았다. 소리를 찾는 표정으로 녀석이 자그마한 손을 줄과 울림통 사이에 집어넣었다. 저었다. 줄걸개에 걸렸다. 빼내려고 용을 썼지만 좀처럼 빠져나오지 않는 모양이었다. 침을 흘리던 입을 더 크게 벌리면서 악을 썼다. 둘이서 쳐다보고만 있자 속상한 얼굴로 흐느꼈다. 무진이 웃으면서 걸개에서 손을 빼내주자 언제 울었냐는 듯 녀석이 다시 심각한 표정으로 줄을 뜯기 시작했다.

어렸을 때 그는 조부 옆에 앉거나 때로는 조부의 무릎 양쪽을 비파와 나눠 앉고서 조부가 비파 타는 모습을 물끄러미 바라보고는 했다. 타다가 멈추면 다시 타기를 재촉하고, 재촉하고 재촉해서 지쳐 소리를 놓치고는 했는데, 어린 그는 그때마다 용케도 조부가 놓친 음을 짚었다. 그러면 조부가 그의 머리를 한 번 쓰다듬고는 그가 짚어준 소리에서부터 다시 시작하시곤 했다.

조부와 선조들에게 비파가 '아버지의 노래'를 위한 것이었다면 선친에게 비파는 당신의 고통을 감내하기 위한 방편이었는지 모른다. 자기에게 비파는 아버지의 노래를 위한 것도 수행의 방편도 아니었다. 그렇다고 유희의 대상도 아닌 것 같았다. 비파는 그냥 비파였다. 이제야 겨우 자기의 다른 몸이라고 자각하기에 이르렀다.

유희가 하품을 했다. 언제까지고 비파와 놀 것 같더니 연방 눈을 감았다. 그는 비파를 벽에 세워두고 녀석을 안았다. 몰캉하고 부드러웠다. 무엇에든 힘이 들어가면 과격해진단다. 문득 아버지의 말씀이 들려왔다.

5

선재는 비파의 폴리 줄을 모두 풀어 걷어내고 새로 사온 명주 줄로 묶었다. 줄걸개에서 지판을 거쳐 목까지 길게 늘인 다음 주아에 감았다. 팽팽하게 감았다. 맨 윗줄에서부터 아랫줄까지 한 줄 한 줄 퉁겨 내리면서 탄력의 정도를 확인했다.

무진이 갔다는 줄은 명주실도 섞이긴 했지만 거의 폴리로 된 거였다. 명주실보다 질겨서 쉽게 끊어지거나 늘어날 염려는 없었다. 쉽게 늘어나지 않으니 소리가 날씨 변화에 따라 변덕을 부리지도 않을 터였다. 대신 날렸다. 가볍다기보다 안

정감이 덜하다고 하면 맞는 표현일까. 금속성처럼 때강거리고 날 선 소리는 좀처럼 부드러워지지 않았다. 비가 오면 비가 오는 대로 진중하고 햇볕이 쨍쨍하면 쨍쨍한 대로 화사한 소리를 내는 명주 줄에 비하면 폴리 줄은 표정이 단순한 것 같았다.

손가락 끝에 온 신경을 집중하고, 그는 주아에서부터 줄걸개까지 팽팽하게 묶인 줄을 쓸어내렸다. 줄 속에 든 수많은 소리들이 벌써부터 와글바글 손끝으로 전해져왔다. 이제부터는 손가락 끝을 벼려 줄 속에 감춰진 소리와 소리의 표정들을 찾아내려면 극도로 예민해져야 한다. 줄과 밀고 당기고 싸우며 몸부림칠 것을 생각하자니 벌써부터 긴장이 되었다. 줄의 성질을 알려면, 줄을 이해하려면, 줄의 내면과 교감하려면, 줄과 일체가 되어 흐르려면 시간과 정성과 공력은 기본이다.

누에고치에서 뽑은 명주실 백이십 가닥을 합해서 꼰 게 한 중사中絲라고 한다. 한 중사 세 가닥을 꼬아 하나의 줄을 만들고, 그 줄 스무 가닥을 합해 다시 한 가닥으로 만든다. 비파의 가장 높은 소리는 이 스무 가닥으로 꼬아 만든 줄에서 난다. 서른여덟 가닥을 꼬아 만든 줄에서 가운뎃소리가, 쉰한 가닥을 꼬아 만든 줄에서 가장 낮은 소리가 난다. 다시 말해 가장 높은 소리는 명주실 칠천이백 가닥에서 나고, 가운뎃소리는 일만 삼천육백팔십 가닥에서, 가장 낮은 소리는 일만 팔천삼

백육십 가닥에서 난다. 비파 줄 세 개에는 모두 삼만 구천이 백사십 개의 소리가 들어있는 셈이다. 삼만 구천이백사십 개의 소리 그 속에는 또 헤아리기조차 불가능할 만큼 많은 것들이 들어있을 것이다. 누에의 삶이, 누에를 치는 사람들의 삶이, 뽕나무의 삶이, 그것들에 깃들어 살았을 하늘과 햇볕과 달빛과 별빛과 눈비와 바람, 새와 벌레와 흙과…… 그들의 역사가. 그것들의 희로애락애오욕을 끄집어내야 한다고, 그는 음을 맞추면서 생각했다. 줄 속에 든 그 많은 소리들과 자기 속에 든 소리와 여기 허공에 산재하고 있을 무한한 소리들이 모여서 나는 소리가 어찌 단순히 '소리'로만 들리겠는가.

줄은 결코 머무르지 않는다. 줄은 줄 전체로 제 안의 소리를 드러낸다는 것을 그는 안다. 줄은 항상 제 몸을 닳려가면서 교감을 원한다. 제 한 가닥을 닳리고 또 한 가닥을 닳리면서 자신의 마음을 드러낸다. 비파의 울림통을 탓할 것 없이, 연주하는 사람의 손가락을 탓하지도 않고 오로지 제 몸을 닳려가면서 세상과 일체가 되는 순간을 기다린다. 지금 맞추어 둔 음은 내일이면 처질 것이다. 다시 조율을 해야겠지만 그는 줄 안에 살고 있을 무수히 많은 생명들을 알아가고 그들과 교감할 일이 벌써부터 즐거워졌다.

눈을 감았다. 비파를 찾으러 고샅을 헤매 다니던 그날이 떠올랐다. 무수한 날들을 여기로 저기로 떠돌며 새로운 비파를 찾아다니던 날들도 꿈속의 일인 듯 아련했다. 사내 뒤를 따라가던 길은 구절양장이었다. 자기 마음속마저 보일 정도로 깨끗하고 맑은 개울물과 쓰러져가는 집에 초로의 사내 하나가 앉아있었지. 거칠고 굵은 손마디와 붉고 검은 얼굴과 헝클어진 머리칼을 한 사내는 무심한 듯 곁눈질을 해가며 자기를 봤었다. 간혹 우주의 중심에 서고 싶다던 사내 앞에서 그는 좀처럼 기억나지 않는 가락을 타느라 애를 태웠다. 자기도 모르게 줄을 꽉 누르는데, 세게 누르지 말고 지그시 눌러야 해. 지그시 눌러도 소리는 난단다. 힘을 빼야 해. 무엇에든 힘이 들어가면 과격해지지, 하던 아버지의 목소리가 그때도 들려왔던가.

그는 오른손 검지에 가조假爪를 감았다. 비파를 안고 자세를 바로잡았다. 그대로 마냥 앉아만 있었다. 얼마쯤 시간이 지나고 비파의 기운이 자기에게로 전해지는 게 느껴지자, 그는 왼손가락을 둥그렇게 말아 괘를 짚고 오른손 검지로 줄을 퉁겼다. 뜨ㅇ응 숨을 한 번 들이마셨다가 내 쉴 동안 음 하나를 타고, 증즈으즈증 또 한 번 들이마시고 내쉬는 동안 두 줄을 연달아 탔다. 계속 이어 타며 조율했다. 자기도 모르게 입술이 꾹 다물렸다. 주변 근육을 실룩거렸다. 떠는 줄처럼 미간과 미간 사이에도 실금이 생기고 눈썹이 미세하게 오르락내리락했다. 광대뼈와 볼의 근육이 긴장과 이완 사이를 길항

했다. 그 긴장과 이완 사이에 음이 있는 듯했다. 음들은 선으로 이어지고 선은 율동을 만들며 허공으로 퍼졌다.

잊어버렸을지도 모르겠다고 내심 걱정하면서 그는 자기가 새로 써둔 육보를 꺼내 서안에 펼쳤다.

로 리~ 리 로 라~ 루 라~ 로 리 리 로……

첫 마디를 탔다. 소리는 공연히 흔들리거나 뭉툭하게 끊어지고는 했다. 앞소리와 뒷소리가 소통하지 못했다. 그는 정신을 모았다. 모아 손끝으로 보냈다. 두 번째 마디를 타고 세 번째 마디를 타고, 첫 장을 타고 두 번째 장을 탔다. 타 나갈수록 손가락은 탄력을 받았다. 언제부턴가 구음보다 손가락이 먼저 타야 할 줄에 갔고, 가서 퉁기거나 누르거나 흔들었다. 비록 타는 중간 중간 떠오르지 않아 육보를 들춰보고 거기서부터 다시 타고는 했지만 비파와 손가락이 너무나 자연스럽게 교감하는 것에 놀랐다. 감격스러웠다. 눈시울마저 뜨거워졌다.

비파는 이미 아버지의 것이 아니었다. 조부 것도 아니었다. 증조부나 고조부의 것도 아니었다. 자기 자신이라고 그는 곧추 생각했다. 비파는 자기 몸의 연장延長이라고. 정신의 연장이요 마음의 연장이요 영혼의 연장이라고. 아니 비파는 자기 안에 면면이 이어져오고 있는 역사였다. 역사의 중심축이었다.

천천히 여음이 사라졌다. 어쩌면 사라지지 않았는지도 모르겠다. 소리를 가슴으로 듣는다면 여음은 아직도 가슴속에서 언제까지고 메아리가 되어 울리고 또 울릴 테니. 그는 전에 아버지가 하셨던 것처럼 울림통 앞에 손을 놓은 채 눈을 감았다. 소리를 응시했다. 소리를 숨 쉬었다. 소리를 냄새 맡았다. 사라져가는 소리의 끝을 찾듯 손가락으로 비파를 어루만졌다.

6

선재는 헛간에서 마늘을 묶고 있었다. 묶으면서 조금 전 어머니와 함께 점심식사 하던 장면을 떠올렸다. 어머니는 요사이 식사량이 줄어들고 그나마 자주 체해서 기력마저 쇠해졌다. 지난번에 폐렴으로 입원했다가 퇴원한 뒤로는 더하는 것 같았다. 며느리가 있다면 괜찮으실까, 하는 생각이 들었다. 그러자 은하가 생각났다. 스치듯 지나간 한두 여자들 틈으로 벌목장에서 함께 살았던 여자도 떠올랐다. 이름이 뭐였더라? 한참 동안 기억을 더듬어 봐도, 붓글씨 쓰나 보네? 하던 목소리만 떠오를 뿐 이름은 기어이 떠오르지 않았다. 그는 손을 놓고 허공으로 고개를 들었다. 은하와 그 여자가 서로 겹치기도 하고 갈라서기도 하면서 연방 마음속을 도닐었다.

아저씨, 부르며 무진이 안마당으로 들어섰다. 은하를 만나고 오는 길이라고 했다. 그는 순간 아득한 곳에서부터 안개 같은 것이 밀려오는 것을 느꼈다. 찹찹하게 밀려와 어느새 아무것도 분간하지 못하도록 눈앞을 꽉 채워버린 안개. 아주 오래전에도 느꼈던 것 같은 그런 안개.

"지난번에 아저씨 행방을 수소문하느라고 동민 아저씨를 만났거든요. 그때 선생님 연락처를 달라고 했죠. 어제 학교에 수업 있어서 서울 갔다가, 내려오는 길에 찾아갔어요."

무진의 말이 안개 속에서 들려왔다. 그는 안개를 흩뜨리듯 손을 내저었다.

"충남 부여에 계시던데요. 처음에는 요놈이 누군가, 하고 빤히 쳐다보시데요. 눈을 가늘게 뜨고 미간에 잔뜩 주름을 만들면서요. 고개까지 갸웃하고선 입술을 약간 벌리다가 다물다가 목울대로 침을 넘기다가, 다시 입술을 벌리더니 오무진? 하면서 손을 내미시는데. 야, 신기했어요."

그도 그녀가 교사라는 건 주현과 그녀에게서 들었다. 무진에게도 선생이었던가. 처음 듣는 말이었다.

"모르셨구나? 중학교 일이학년 때 담임이었어요. 제 첫사랑이기도 했죠, 아저씨보다 한 발 늦었지만요. 세상에 태어나서 여자는 엄마와 누나 말고 서은하 선생님이 처음이었거든요. 그때 왜 다리난간에서요. 아저씨가 비파 타실 때 선생님이 옆에 계셨잖아요. 단발머리를 넘기시던 모습이 지금도 눈에 선해요. 중학교에 입학해서 다시 만났는데요. 야, 사람의 운명이란 이런 것이구나. 정말로 진실하게 원하면 이루어지는구나 싶었죠."

과장스럽게 손짓까지 해가며 무진이 조잘거렸다. 그는 무진에게서 눈길을 거두고 하늘을 올려다봤다. 심장을 울리며 올라온 말이 까마득히 멀고 높으면서도 깊고 푸른 하늘로 퍼졌다.

첫사랑.

오랜만에 들어보는 말이었다. 그에게 첫사랑은 풋풋하고 어설펐다. 채 영글지도 못한 거기에 그는 자기의 모든 감정을 실어서 단 한 번에 폭파시켜버리고 말았다. 한데 사랑만 날아가고 모든 감정은 그대로 남아 언제까지고 펄펄 살아 그의 삶을 계속 옭아매어왔다. 그는 사랑이나 첫사랑이라는 말을 들을 때마다 지금도 은하를 처음 만났던 날과 누렁이가 함께 떠오른다. 그것은 어쩌면 평생 짊어지고 가야 할 짐인지도 모르겠다.

"옛날 얘기 많이 했죠. 박물관에서 향로를 본 이야기랑 김시습 영정을 본 이야기랑요. 참, 무량사 아미타학술회의던가, 선생님이 거기에 가기로 했다고 하셔서 함께 다녀왔어요."

건넛방 마루에 앉아 얘기하던 무진이 갑자기 일어나 다가

왔다. 그는 그때까지 헛간에 있었다. 마늘을 다발로 묶고 있었는데, 무진과 눈을 마주치지 않아도 되어 다행이라고 생각하던 참이었다.

"저 위에 거실 거죠?"

무진이 마늘 다발을 들어서는 서까래 밑에 늘어놓은 줄에 매달았다. 그는 내심 당혹스러웠다. 녀석이 마늘 다발을 처마에 매달아줘서가 아니라 녀석이 그녀 이야기를 하는 내내, 자기가 신경을 곤두세우며 듣고 있었다는 걸 알고. 그녀를 처음 만났을 때처럼 아직도 약간은 두근거리면서, 마늘을 한 개 한 개 골라 한 접으로 묶고 다시 골라 묶으면서, 그녀의 머리칼과 이마와 눈과 코와 입술과 손과 발을, 자기도 모르게 마늘 한 개 한 개에 쟁여 넣고 있었다는 것을 알고. 자기 손으로 일곱 뼘 반인 그녀를 아직도 기억하는 있는 것을 알고. 그런 자기의 모습이 녀석에게 들킬까 봐 조심스러워하며 다음 말을 기다리고 있었던 것을 알고.

"거기 가길 잘했어요. 왜, 최치원이란 분 있잖아요. 신라 말에 활동했던 학자요. 글쎄 그분의 묘가 무량사 근방에 있대요. 영산전 뒤편 산에 그분의 묘가 있었다는 구비전승이 전설처럼 전해온다[19]는 거예요. 저도 언젠가 지도 교수님한테서

---

19) 최영성, 『21세기 부여신문』 2019.09.05.일자 6면, 「제1회 아미타 학술심포지엄」 '김시습과 무량사의 관계 몇 가지-문헌 고증을 중심으로-' 발표를 참고함.

들은 것 같긴 한데 잊어버리고 있었거든요. 발표하는 분에 따르면 최치원은 김시습의 롤 모델이었을 거래요. 그래서 말년을, 고운의 무덤이 있는 무량사에서 보내게 됐다는 거죠. 무덤이 거기 있다는 전설이 일리 있는 게, 부여에서 가까운 성주사지에 그분의 글씨가 있구요. 보령시 남포방조제 근방에도 글씨를 새겼다는 바위들이 있거든요. 물론 부산에도 있고 서산에도 있고 신안에도 있고. 야 참 많이도 돌아다녔네. 걸어서 다녔겠죠. 참 곽곽했을 것 같아요. 아무튼 최치원의 유적은 여러 곳에 많지만 왠지 그쪽이 더 끌리는 거 있죠. 작년에 조계사에서 김시습의 사리를 봐서 그럴까요. 와, 김시습의 사리는 우리 유희 주먹만 한 게, 깨알만한 다른 사리들과는 비교할 수가 없었어요."

쉬지도 않고 조잘대는 무진의 말을 들으면서 그는 묵묵히 마늘을 엮었다. 카일라스에서 매월당을 만난 게 실제일까. 처음으로 궁금증이 일었다. 줄곧 헛것을 봤을 거라고 여기고 있었는데 어쩌면 사실인지도 모르겠다는 생각이 들었다. 그분의 눈 속에 들어있던 그 많은 표정들이 지금도 생생하게 보이는 것을 보면, 마나사로바에서 자기 어깨에 손을 얹고 자기가 타던 비파 소리를 듣고, 흔들리지 않을 때까지 가라고 하던 그분의 목소리가 방금 들은 것처럼 또렷한 것을 보면 실제였지 싶었다. 그는 문득 자기 어깨에 손을 얹었다. 힘주어 잡던 그분의 손길이 느껴지는 듯했다. 따뜻하면서도 억센 듯 부드럽던 손길이.

"너를 만나면 말하고 싶어. 그때 네가 본 것이 전부는 아니었다는 걸……."

무진이 마늘 다발을 들다 말고, 그도 텔레비전에서 가끔 보곤 하는 아이돌 그룹의 노래를 불렀다.

"오가하스 연도 봤어요. 대하연이오. 이천 년이나 된 씨앗이 발아해서 피어났다는 꽃인데요. 미리 들어서 그런지는 몰라도 되게 고고하고 예스러워보였어요. 얘길 안 듣고 봤다면, 글쎄 그게 이천 년이나 된 건지 최근 건지 아마 몰랐을 걸요. 일반 연꽃들과 거의 비슷하게 생겼더라고요."

마늘 다발을 줄에 매단 무진이 다시 아이돌그룹이 하는 것처럼 두 팔을 쭉 폈다. 주먹을 쥐고 검지만을 곧게 펴 그를 가리키며 노래를 이어서 했다.

"내 텔레파시는 너에게만 통했어. 그거 아니, 내 가슴은 너에게만 열렸다는 걸…… 참, 선생님이 아저씨 잘 지내시느냐고 물으시던데. 지금은 서로 연락 안 하시나 봐요?"

그리 묻더니 대답을 들을 것도 없이 마늘 다발을 처마 아래로 가져갔다. 가면서도 계속 흥얼거렸다.

"그때 네가 본 것이 전부는 아니었다는 걸……."

그는 자기가 그녀를 위해 뭔가를 해준 적이 한 번도 없었다는 사실을 갑자기 깨달았다. 해주기는커녕 너무도 많은 분노를 줬고 절망스런 마음을 집어던져버리고 조급함과 울분을 팽개치듯 하고, 그녀를 의심까지 했다는 사실을 깨달았다. 그러면서도 미래에 대한 어떤 희망도 그녀에게 주지 못했다. 그의 가슴에는 그 시절 꿈 자체가 없었다. 하면서도 그는 그녀의 가슴에 기대려 했고 때로는 그녀의 가슴팍에 기대어 울었고 그녀에게서 무엇인가를 풀이못나게 바라기까지 했다.

조금 전 무진이 그녀를 만나고 오는 길이라 말하기 전까지만 해도 그는 자기가 그녀를 완전히 떠나보냈다고 생각했다. 녀석이 그녀를 만나고 왔다고 말하자 별안간 안개가 몰려왔다. 그녀를 완전히 보냈다는 것은 생각일 뿐 아직도 그는 그녀를 자기만의 은하로 여겨왔던 것이다. 서은하를 아직도 서은하와는 별개인 자기만의 은하로 여기고 있었던 것이다. 그는 지금까지 이 사실을 전혀 인식하지 못했다. 이제야 생각났고 동시에 집착이구나, 깨달았다.

7

책상은 오래되고 낡아서 못을 빼내기도 전에 못대가리만 떨어져버리거나 중간에 부러져 이음새 부분을 일일이 망치로 두드려가며 떼어내야 했다. 선재는 이미 책상이 아닌, 책상이었던 것을 무연히 내려다봤다. 어머니는 내내 동동거리면서 안절부절못하다가 안으로 들어가셨지만 언제까지 헛간에 버려두는 것보다 무엇에든 소용하는 게 낫지 싶었다. 아깝거나 서운한 기분보다는 폐기해버렸던 젊음을 수리해서 쓴다는 것이 기꺼웠다.

그는 상판을 적당한 크기로 잘라 모서리를 궁글리고 사포로 문질렀다. 지지대와 다리와 측판으로 쓸 것도 치수를 맞추어 톱으로 자른 다음 마찬가지로 모서리를 손질했다. 쇠목부분에 팔자 철물 달 곳을 드릴로 팠다. 끌로 구멍 입구를 구멍보다 약간 넓게 도려냈다. 철물을 단 뒤 상판과 마주하고 나사못이 박힐 상판자리에 구멍을 뚫었다. 상판에 구멍을 낼 때는 구멍이 위까지 뚫고 나올까 봐 어찌나 조심스럽던지 가뜩이나 더운데 온몸에 땀이 흘러 옷까지 흠뻑 젖고 말았다. 그는 나사를 조이고 다시 한번 상판을 사포로 문질렀다. 무색칠을 한 뒤 말리고 한 번 더 칠해서 헛간 한쪽에 갖다 놨다. 기술이 좋다면 나사나 못을 쓰지 않고도 만들 수 있었을 텐데, 볼수록 아쉬웠다.

서안이라고 보기에는 너무 엉성하고 다탁이라고 보기에도 마찬가지였다. 어설픈 솜씨로 얼기설기 짰으니 그럴 수밖에 없겠지만 서안이나 다탁으로 쓰려고 만든 게 아니었다. 난분을 올려두기 위해서였다. 책을 읽을 때나 붓글씨를 쓴다고 수선을 피울 때마다 난분을 내렸다가 올렸다가 하는 게 여간 번거롭지 않았다. 무엇보다 난분에, 아니 난분을 준 은하에게 매번 미안했다.

지난여름에는 목장에 가지 않았다. 가고 싶은 마음과 이제는 그만두자는 생각 사이에서 갈등하다 저녁때가 되었고, 마침 비까지 내렸다. 비가 와서 갈 수 없으니 그만두는 게 좋지 않겠느냐며 스스로를 달랬다. 덕분에 밤 내 전전반측 밤을 새우고 말았다. 해마다 그렇듯이 그는 그녀를 처음 만난 날부터 마지막으로 만난 날까지를 돌이켜보았다. 작년에 찾아왔던 모습은 이상하게 떠오르지 않았다. 간혹 떠올라도 두루뭉술해서 똑바로 알아볼 수가 없었다. 그녀는 왜 아직도 혼자일까. 궁금했다. 자기가 혼자인 것은 그렇다 치더라도 그녀마저 그리 살고 있다는 게 마냥 짠했다. 좋은 사람을 만날 수도 있을 텐데, 만나서 새로운 삶을 누리는 것도 좋을 텐데 싶었다.

받침대 위에 난분을 올리자 그런대로 어울려보였다. 그는 마른 헝겊으로 난분의 이파리를 하나하나 닦았다. 그 모습은 예전에 아버지가 한쪽 다리를 하고 돌아와 가장 먼저 서안 앞에 앉아 성한 무릎에 비파를 올리고 마른 헝겊으로 닦던 모습과 다르지 않았다. 진지하고 겸손하고 가끔 무엇인지도 모를 간절함에 이끌리듯 눈을 자주 감던 그 모습과 흡사했지만 그는 그걸 의식하지 못했다.

기억을 향유하는 것과 추억을 되씹으며 사는 것, 이 둘 사이의 거리는 얼마나 될까. 그는 요즘 부쩍, 어리다거나 젊다거나 늙어간다는 낱말이 주는 어감의 차이뿐 아니라 실제로 자신이 지천명이라는 사실에 대해 자주 생각했다. 그것은 무슨 일에든 거리를 두고, 곧장 부딪치려 들지 않고 일단 떨어져서 보고 있는 자신을 볼 때 더 그랬다. 전에는 이러지 않았다는 생각이 들었다. 그만큼 거리를 두고 보는 자신의 시선이 낯설었다. 더불어 세상이 새롭게 보인다는 것도 신기했다.

난분 받침대를 만들면서 그는 그녀가 올까 두근거리며 목장을 건너다보지 않았다. 그냥 받침대만 짰다. 그녀가 준 난분이라는 걸 의식하면서도 그랬다. 그녀가 지금도 보고 싶다거나 그녀를 사랑한다거나, 그녀가 준 난분이니 죽여서는 안된다는 생각마저도 하지 않았다. 그는 자신이 지금 아무런 생각도 하지 않고 있다는 사실조차 자각하지 못했다. 오직 난분 받침대를 만드느라 오래된 책상의 다리를 떼어내고 상판을 떼어내고 옆판을 분리했다. 떼어낸 판과 다리들을 자르고 사포로 문질러 평평하게 했다. 전 같으면 어렵없는 일이었다.

사랑이 있을 때 자기는 존재하지 않는다. 요즘에야 이 사실을 알았다. 자기가 존재하지 않는 상태가 곧 사랑이라는 사실을. 아니 자기가 곧 사랑이라는 사실을. 그는 그녀에 대해 그냥 서은하로, 조금은 동요가 일기도 했지만 대체적으로 담담하게 서은하로 느끼고 생각하고 가슴속으로 바라다보려고 애썼다. 주현을 만나거나 동민이 찾아왔을 때도 그녀를 생각했지만, 전처럼 가슴이 환해지거나 아려오는 일은 없었다. "형은 그때 이 세상에서 가장 편안한 집이었어요, 내 마음속의 집." 동민이 고백했을 때 "그래, 그때 나는 어디에도 머물지 못하는 길손이었어. 무척 어지러웠을 텐데?" 그는 웃으면서 대꾸했다. "그러게. 모바일주택에 살면서도 편안했다는 게 신기하네." 눙치듯 하는 동민의 말에 그는 잠깐 미소를 지었다.

충격을 받거나 슬프지는 않았다. 다만 다 가고 있구나, 싶었다. 이 세상에 존재하는 모든 것은 흘러간다. 멈춤은 정체고 정체는 썩는 것의 다른 이름이다. 그러므로 흘러야 한다. 흘러야 하지만 때로는 자기 자신이 영원히 살 것이라 착각하는 것처럼 영원히 간직하고 싶은 것도 있게 마련이다. 가령 은하 아니 서은하를 사랑했다고 착각하면서 그녀와의 사랑이 영원토록 변함이 없기를 바라는 것. 영원히 자기에게 자기의 가슴속에 내내 은하로 머물러 있기를 바라는 것. 글쎄 그것이 썩는 것인 줄도 모르고 계속 머물러 있기를 바라는 것. 그 사실을 깨닫고 그는 조금 쓸쓸해졌다.

사랑은 변하지 않는다. 사랑을 바라보는 시선이 변해갈 뿐,

마음이 변해갈 뿐. 사랑은 있는 그대로 보는 것이다. 사랑은 질서다. 수천수만의 마음 중에서 오직 사랑 하나만 도려낸다고 그게 온전한 사랑이겠는가. 사랑은 사랑뿐만 아니라 미움과 시기와 질투와 아픔과 이별의 슬픔을, 그 오욕칠정을 뚫고 나와야만 비로소 진정한 사랑이 될 수 있을 것이다. 고로 사랑은 마음이 아니다. 감정이 아니다. 사랑은 마음이나 감정을 안고 그것을 넘어선 자리에 있는 어떤 것이다. 사랑은 어쩌면 영혼 자체인지도 모른다. 그는 자기가 전에 생각했던 사랑은 갈망이었음을 깨달았다. 집착이었고 불안의 다른 표현이었고 절망의 몸부림이었고, 자신의 협소함에서 벗어나고자 하는 욕망이었다. 그녀에게 퍼부었던 모든 관심은 그러니까 사랑이 아니었다.

그는 이제야 비로소 은하를 사랑할 수 있을 것 같았다. 자기만의 은하가 아닌 순전한 서은하를, 있는 그대로인 서은하를 지극하게 사랑할 수 있을 것 같았다. 청춘들은 결코 가지려 하지 않는 시선 즉 '멀리보기'라는 시선. 그는 이 멀리보기야말로 늙음이 갖는 특권이 아닐까 문득 생각했다. 그래서 나이가 들면 원시가 되는 모양이구나. 그는 지금 지극히 평화로우면서도 조금은 쓸쓸한 심정으로 바라지창 아래에 앉아, 더러워진 마른 헝겊을 새것으로 바꿔가며 난의 이파리를 하나하나 닦고 닦았다.

시원의 노래

눈을 감고 숨을 들이마셨다. 천천히 뱉었다. 다시 숨을 들이쉬었다가 길게 뱉어냈다. 들이쉬고 내쉬고 들이쉬고 내쉬고…… 선재는 정지해들었다. 눈앞으로 미세한 빛의 알갱이들이 어른거렸다. 옅은 푸른색으로 혹은 보라색으로, 더러는 진하면서도 화려한 붉은색이 되었다가 노란색으로 남실거리던 빛이 어느 순간 희게 가라앉았다.

그는 괘에 손가락을 얹지 않은 채 가장 낮은 음의 줄, 무념의 줄을 오른손 엄지로 퉁겼다. 소리가 울림통에서 나와 자기 안으로 들어갔다가 다시 밖으로 나오며 퍼졌다. 어머니가 입을 벌렸다. 바라, 라고 하시는 것 같았다. 그는 고개를 끄덕였다. 허리를 수그리자 어머니가 그의 볼을 쓰다듬었다. 그도 어머니의 볼을 쓰다듬었다. 이마에 흐트러진 머리칼을 가지런히 넘겨드렸다. 어머니 눈에 눈물이 고였다. 그의 눈에도 눈물이 고였다. 그는 어머니와 비파를 번갈아보며 줄을 퉁겼다. 등…… 무녑의 줄이 다시 울렸다. 울리며 방 안을 훑듯이 돌다 점차 잦아들었다.

병원에 있던 어머니가 집에 가자고 보채실 때만 하더라도 그는 이 순간이 오리라고는 예상하지 못했다. 전에도 가끔 입원했다가 회복이 되면 퇴원하곤 했으니 이번에도 그러려니 싶었다. 주현과 함께 병실에 들어서자마자 어머니가 비칠거리면서 밖을 가리켰다. 며칠만 지나면 나으실 거라고, 그때 집으로 가시자고 달랬지만 어머니는 남아있는 힘을 모두 짜내어 간절히 화를 냈다. 링거호스가 어머니 손등에서 근드렁거렸다. 야위고 울퉁불퉁한 살갗에 꽂힌 주삿바늘을 보자 마지막일지도 모르겠다는 생각이 스쳤다. 그는 서둘러 집으로 모셨다. 주현이 전화번호부를 들춰가며 누이들과 친지들에게 연락을 하는 동안 그는 어머니 머리맡에 비파를 안고 앉았다.

괘를 짚어가며 줄을 퉁길 때마다 소리들은 제멋대로 풀썩 날리기도 하고 어지럽게 곤두박질치듯 떨곤 했다. 가장 높은 줄은 아무리 들어도 허공에서 떠도는 것만 같았다. 그는 가장 낮은 무녑의 줄과 가장 높은 허공의 줄을 동시에 내면서 화음을 만들었다. 그제야 허공의 줄이 확고하게 제 소리를 만들어냈다. 이번에는 가운뎃줄을 퉁겼다. 무녑과 허공을 잇는 여기, 지상의 줄을.

리~~~~ 로 리~ 리 리~~ 리로~ 로~ 리~~ 리로~ 라~ 리
라루…….

그는 소리를 따라 고개를 들어 앞쪽 멀리 소리의 끝 간 데
를 어림잡아 바라다봤다. 경계도 없는 곳, 그 어디쯤으로 날
아갈 듯싶은 울림. 산전수전 다 겪고 난 어머니, 푸르뎅뎅하
게 흔들리는 스물네 박 한 장단의 떨림. 살아있음의 부질없
음과 살아있음의 허허로움과 살아있음의 몸부림으로 헐떡이
는, 푸르죽죽하고 푸르데데한 어머니의 숨소리, 그 계면의 여
기와 저기. 푸르무레하게, 푸르스름하게, 푸르티티하게, 푸르
퉁퉁하게 자지러지는, 푸르락하게, 푸르디푸르게 휘몰아치
는 어머니의 숨결.

안타깝지만 연만하신 것으로 위안을 삼으라고 주현이 말
했다. 그러나 그는 어머니가 살아오신 팔십사오 년이라는 세
월을 주체할 수 없었다. 병신이 되어 돌아오신 아버지를 멀뚱
멀뚱 쳐다보며 입을 벌리던 어머니. 아버지를 감시하던 낯선
사람에게 나가라고 소리치던 어머니. 그 사람에게 떠밀려 쓰
러지던 어머니. 말을 잃어버린 어머니. 가출했다 돌아온 아버
지 앞에 후려치듯 국화를 안기던 어머니. 문남향이라는 당신
이름마저도 발음하지 못하게 된 어머니. 그런 상태로 나머지
반생을 살아온 어머니. 그런 어머니가 지금 당신의 숨을 덜어

내고 있었다. 힘겨운지 자주 숨을 쉬다 멈추고 허공을 올려다보거나, 퍽도 느리게 방 안을 추어가며 둘러보다 '아버지의 노래' 쪽으로 귀를 기울였다. 생각난 듯 푸, 숨을 뱉어냈다. 그는 어머니가 숨을 덜어내는 게 아니라 슬픔을 꺼내고 계시다고 고쳐 생각했다. 당신의 온 생애를 꺼내어 '아버지의 노래'에 실어 보내려 한다고 믿었다. 그는 덜어드리고 싶었다. 슬픔이나마 영롱하게 빛나도록 해드리고 싶었다. 가볍게, 바람보다 더 가볍게 해드리고 싶었다.

세상 어떤 것도 붙잡아둘 수 없다. 어머니가 떠나고 계시듯 소리도 흐른다. 같은 가락이라도 조금 전에 탔던 것과 지금 타고 있는 것은 다르다. 어제와도 그제와도, 내일과도 다를 것이다. 소리는 흐르지만 소리에는 역사가 없다. 민족도 없고 시간도 없다. 어머니가 어머니 말고는 그 누구도 아니듯 소리 또한 그냥 소리일 뿐이다. 소리는 일회성이지만 이 일회성은 끝없는 윤회라는 것을 이제 그는 안다. 내 안에서 어머니의 피가 돌고 돌 듯 소리도 돌고 도는 것. 아니 시간이 없이 돌고 도는 게 아니라 혹시 시간을 초월한 어떤 것이 아닐까. 그런 생각이 들자 삶이라는 변화 과정은 어쩌면 자기의 손놀림 하나하나 생각 하나하나 걸음걸이 하나하나 말소리 하나하나에 인과가 들어있고 인과는 인연의 씨앗으로, 변화의 씨앗으로, 어쩌면 이미 변화가 들어있는 게 아닐까 하는 생각을 다시 불러왔다. 나는 매 순간순간 변화하고 있지 않은가. 맞아, 나는 지금 이 순간에도 변하고 있어. 어머니도 지금 변하고 있어. 그는 격하게 손을 놀렸다.

감정이 격해지면 마음속이 생각으로 가득 찬다고 아버지는 말했다. 생각이 많아지면 손가락에 힘이 들어가고, 자연 여음도 거칠어지는 법이라고. 그런 소리들은 현란하면서도 가벼울 수밖에 없다고. 지극히 평정할 때만이 제 본래의 소리가 난다고 하던 아버지의 말씀을 그는 기억했다. 소리는 소리 자체로 들어야 한다고 아버지는 또 말했다. 그러나 소리에 감정을 싣지 않는 것은 불가능하다는 것을 그는 안다. 소리에 이성 또한 들어가지 않을 수 없다는 것도 안다. 소리 자체로만 존재하는 소리는 있을 수 없다는 것을 그는 잘 안다. 소리는 이 손가락으로 비파 줄을 퉁길 때 태어나지 저 혼자서는 결코 태어날 수 없으므로.

그는 자기도 모르게 소리 하나하나, 가락마다에 이름 붙일 수조차 없는 무엇을 꾸역꾸역 우그려 넣고 있는 자신을 봤다. 아니 참회라고 하는 찌꺼기뿐인 자기의 마음자락을 좍좍 찢어서 뿌리고 있다고 말하는 게 맞겠다고 생각했다. 언젠가 맨발로 눈을 밟고 선 채 별을 올려다봤을 때처럼, 명계와 같았던 그곳 될마 고개에 온몸을 던졌던 것처럼.

명징하게 죽는 것은 무엇인가. 어머니는 명징한 의식으로 지금 이 순간을 지켜보고 계실까. 알 수 없다. 어머니만이 알 것이다. 지금 이승에서의 마지막을 기다리고 있는 어머니만이 알 것이다. 죽은 것과 죽어가는 것의 차이는 무엇일까. 단순히 숨을 멈춘 것과 멈추어가는 것의 차이뿐일까. 몸의 활동이 정지된 것과 정지되어가는 것의 차이뿐일까. 그는 어머니를 똑바로 바라봤다. 알 수 있는 것은 단 하나. 이 또한 어머니만이 알 수 있다는 것. 죽어가는 자만이 체험할 수 있다는 것. 자기는 물론 살아 꿈틀거리고 있는 모든 것들은 다 어머니에게 방관자일 수밖에 없다는 것. 큰누나 내외가 방으로 들어와 어머니를 아무리 불러도, 불러 알아보려 해도 결코 알 수 없을 것이다.

아버지는 명징하게 가셨을까. 내가 탄 소리 때문에 어지러웠을까. 그는 아버지의 뒤를 따라가며 맞던 첫눈을 생각했다. 그날 그는 옥생각들로 뒤범벅되어 쓸쓸하게 떠나는 아버지의 명복을 빌 여유가 없었다. 상여만은 아름다웠다. 처설프게[20] 앓음다웠다[21]. 서월 할머니가 그토록 타고 가기를 소원하는 것도 공감할 만큼 앓음다웠다. 한데 아버지는 왜 '아버지의 노래'가, 바라지 가락이 죽어가는 자의 의식을 방해한다고 생각하셨을까. 그는 거칠게 숨을 몰아쉬는 어머니를 앞에

---

20) 처설프게: 잔뜩 슬프고도 허전하게. 임금복, 『박상륭 어휘사전』, 푸른사상, 2004, 하권 p.507에서 인용
21) 앓음답다: 아픔과 고통을 동반한 아름다움. 박상륭의 소설 『평심』과 『칠조어론』 등에 나오는 작가의 조어造語

두고 있는 지금도 그 말뜻을 알 듯 모를 듯했다. 산 자가 자기 위안을 바라면서 원하든 죽어가는 자의 영혼의 평안을 위하여 원하든, 말만 다를 뿐 의미는 같다는 생각이 들어서였다. 삶은 생성과 소멸을 포함한 이 세계의 끝없는 고리 속에서 흐르는 어떤 도도한 물결이지 싶었다. 명주실로 만든 줄 속에 이루 헤아릴 수 없이 많은 사슬, 고리들이 모여 있듯이, 그것들이 모여 하나의 줄을 이루듯이. 그런 의미에서 삶 또한 죽음이고 죽음 또한 삶이며 삶과 죽음은 하나이지 않을까.

어머니가 아가, 아가, 불렀다. 바깥을 보고 싶은 듯 문을 가리켰다. 그는 윤주輪奏를 멈추었다. 어머니를 일으켜 품에 안았다. 방문을 열었다. 살구나무가 방 안을 기웃거렸다. 가을로 물든 수많은 잎사귀들이 가지에 매달려 혼뎅였다. 이파리에는 지금까지 뿜어낸 어머니의 숨과 자기가 탄 '아버지의 노래'가 모조리 날아가 앉아 있는 것 같았다. 노래는 늙고 가냘픈 나뭇잎 위에서 배회하는 것 같았다. 마침 노래의 무게를 이기지 못한 듯, 잎사귀 하나가 팔랑 떨어져 내렸다.

삶과 죽음은 다르지 않다. 하나의 매듭일 뿐이다. 그러므로 아버지 생각은 옳으면서도 옳지 않다. 삶과 죽음이 끊이지 않는 한 소리도 절대 끊어지지 않을 것이다. 그는 생각했다. 소리에도 삶이 있으므로. 그러나 소리는 결코 죽지 않을 것이다. 사라지지 않을 것이다. 빛이 있는 한, 공간이 있는 한. 빛과 소리는 이 끝 간 데 없는 공간과 공간이라는 세계가 생기면서부터 있어왔을 것이다. 빛과 소리에 의해서, 빛과 소리의 사이에서 생명들은 탄생하지 않았을까. 빛과 소리가 빚어낸, 빛과 소리로 빚어진 어떤 알갱이들이 무장무장 커져서 혹은 진화해서 생명이 되지 않았을까. 생명은 처처에서 곳곳에서 시간에 따라 점차적으로 거기에 맞는 하나의 형태를 이루지 않았을까. 나무로 풀로 새로 물로 벌레로 짐승으로 사람으로, 지구로 별로 우주로. 그러므로 소리의 운명은 소리 자체에 맡겨야 하지 않을까. 이 '아버지의 노래', 바라지 가락은 아버지만이 타던 것이 아니다. 조부도 탔고 증조부도 탔고 고조부도 탔고, 그 먼 조상 어느 분에서부턴가 시작됐다고 했다. 어쩌면 시간과 공간이 생겨나면서부터인지도 모른다.

어머니의 얼굴에는 무수히 많은 주름들이 잡혔다. 주름 새로 땀이 흘렀다. 머리와 머리카락이 만나는 살갗에도 땀이 맺혔다. 눈에도 맺혔다. 관자놀이와 눈초리와 미간에서부터 물이 흘렀다. 그는 어머니를 눕혔다. 땀을 닦아드리고 눈물을 닦아드렸다. 그는 자기의 눈에서 흐르는 눈물을 훔칠 생각도 않은 채 눈을 감고 앉아 다시 비파를 안았다.

왼 손가락으로 지상의 줄 맨 아래쪽 괘를 눌렀다. 오른손 식지로 오른쪽에서 왼쪽으로 줄을 올려 퉁겼다. 소리가 이리저리 휘어지며 긴 여운을 남겼다. 왼손으로 허공의 줄 세 번째 괘와 다섯 번째 괘를 번갈아 눌러 왼쪽 오른쪽으로 여러 번 움직이면서 탔다. 소리가 가느다랗게 굽이를 이루면서 웅웅 울었다. 그는 다시 왼쪽 무명지로 지상의 줄 열다섯 번째 괘를 눌렀다 놓으면서 오른손 엄지로 줄을 퉁겼다. 오른손 엄지와 검지로 지상의 줄 여섯 번째 괘와 허공의 줄 다섯 번째 괘를 반복해서 누르고 퉁기다가, 무넘의 줄 네 번째 괘까지 누르고 식지로 오른쪽에서 왼쪽으로 줄 세 개를 한꺼번에 탔다. 엄지로 왼쪽에서 오른쪽으로 세 줄을 연이어 퉁겼다. 엄지와 검지로 지상의 줄 두 번째 괘와 허공의 줄 세 번째 괘를 누르고 빠르게 뜯었다. 무넘의 줄을 퉁겼다. 퉁기고 다시 퉁겼다. 점점 더 빠르게 뜯었다. 어머니의 호흡이 거칠어졌다. 호흡에 따라 소리들도 방 안을 휘돌았다. 휘돌며 마당으로 날았다. 살구나무 잎사귀에 켜켜이 내려앉았다. 무게를 이기지 못한 이파리들이 우수우 우수수 떨어져 내렸다. 떨어져 내리며 속절없이 뒹굴었다.

사람이 듣는 일은 어머니의 배 속에 있을 때부터 시작된다고 한다. 죽음에 이르러서도 맨 나중까지 남아있다고 한다. 가장 먼저 생기고 가장 늦게까지, 숨 쉬기가 끝나고 난 뒤에도 한참 동안이나 남아있다는 청각. 보는 일도 아니고 왜 하필 듣는 일일까. 무엇 때문일까. 소리는 빛보다 근원에 더 가까이 닿아있는지도 모른다. 빛이 들어갈 수 없는 곳에도 소리는 들어갈 수 있을지 모른다. 그곳 시원에서 나온 소리가 한 생명 속으로 들어가 고유한 소리로 재탄생하는지도 모른다. 고로 생명의 탄생은, 시원의 소리와 재탄생한 소리가 포용한 결과물이 아닐까. 그는 자기가 타는 비파 소리에 처음으로 귀를 기울였다. 그의 생각이 옮겨간 것처럼 소리는 어디론가 치뻗다가 이내 출렁거렸다.

'아버지의 노래'는 단순히 죽어가는 자를 배웅하는 소리가 아닌지 모른다. 죽어가는 자가, 이생의 기억을 지우려는 것을 도와주려는 소리인지 모른다. 어머니가 저토록 숨을 몰아쉬었다가 한꺼번에 뱉어내는 것도 모두 이승의 기억을 지우기 위해서일 것이다. 숨 속에 이승의 기억이 저장되어 있다고 하지 못할 근거가 어디 있는가. 점점 깊게, 간헐적으로 이어지는 숨소리, 그 결을 따라 흐르는 어머니의 눈물은 정말이지 신산했던 이승의 기억을 여기 이곳에 묻고 가려는 몸부림의 물이다. 그러니 '아버지의 노래'는 지우는 자의 노래다. 새로 쓰려는 자의 노래다. 시원으로 향하는 자가 또 하나의 매듭을 홀치는 노래다.

갑자기 얼굴 하나가 다가왔다. 한 번도 본 적 없는 아이가, 은하 얼굴을 하다가 자기 얼굴을 하면서 웅얼웅얼 울더니 어느 결엔가 어머니 얼굴로 바뀌었다. 웃었다. 빙그레 웃으며 이마에 주름을 만들었다. 눈을 감았다. 입을 벌린 채로 숨을 몰아 마셨다. 아가, 아가 부르며 헐떡였다.

가운뎃손가락 끝에서 피가 났다. 그는 '아버지의 노래'를 핏물로 탔다. 피에 젖은 소리가 축축 늘어졌다. 어머니의 숨결처럼, 십 리 가다 한 번씩 호흡하는 어머니처럼.

어머니가 숨을 들이쉬면 그는 한 줄을 퉁겼다. 어머니가 숨을 뱉으면 또 한 줄을 탔다. 숨을 들이쉬고 내쉴 때마다 어머니의 입술 주변의 근육들이 실룩거리고 목 언저리가 가늘게 떨렸다. 어머니가 아버지의 노래를 새겨듣는 듯 조용하고 근엄한 표정으로 천장을 올려다보다 그가 타기를 멈추자 고개를 돌려 그를 오래오래 추어봤다. 얼굴에는 이미 아무런 표정도 들어있지 않았다.

더 이상 숨도 쉬지 않았다. 벌어진 어머니의 희푸른 입술 사이로 설태 낀 혀가 보였다. 그 혀를 놀리며 금방이라도 아가, 하고 부를 것만 같았다. 그는 자기도 모르게 힘주어 줄을 퉁겼다. 텅, 지상의 줄이 끊어졌다. 핏물과 함께 소리들이 튀었다. 일만 삼천육백팔십 가닥의 명주실을 뚫고 나온 '소리'들이 천지사방으로 나뒹그러졌다. 아우성쳤다. 그는 어머니의 얼굴을 두 손으로 감쌌다. 아무것도 들어있지 않은 얼굴로 새벽의 여명이 희붐하게 비쳐들었다.

처음으로 소리가 시작되는 별

1

무진은 자기 방에서 듣다가 다락방에서 듣다가 기어이 옥
상으로 올라왔다. 비파 소리도 선재의 집에서 나와 뒷집 경철
아저씨네로, 아랫집 미숙 누나네로, 동주 형네로, 그 너머 이
장네로, 서월 할머니네로, 온 마을로 퍼져나갔다. 쌀랑한 가
을밤에 듣고 있자니 안개에 휩싸인 들판을 걸을 때처럼 호젓
한 기분이 들었다. 콧날마저 시큰해졌다.

컹컹, 봄이 짖었다. 마을의 개들도 연달아 짖기 시작했다.
어디선가 닭들이 홰치는 소리도 들렸다. 그는 난간 아래로 허
리를 수그렸다.

"쉿! 봄아, 조용히 해."

개들 소리 때문에 선재가 비파를 멈추면 어쩌나 걱정이 되었다. 봄은 쉽사리 멈추려 들지 않았다. 몇 번이나 더 단속을 했지만 소용없었다. 그는 내려갔다. 봄아, 봄아 수도 없이 부르고 어르고 달랬다. 마침내 봄이 짖는 걸 멈추고 불퉁거리면서 제 집으로 들어갔다. 따라서 짖던 마을 개들도 조용해졌다. 그도 다시 옥상으로 올라왔다.

가끔 귀에 익은 선율이 흘러나왔다. 한 음을 몇 번씩 반복해서 길게 타는 부분이 특히 그랬다. 어딘가로 마구 휘몰아 가면서도 소리들은 애련하고 경건했다. 음과 음이 멀어지면서 그 사이로 적막이 쌓여들었다. 어쩌면 무수히 많은 다른 음들이 있을지도 모르겠다 싶었다. 있을 것처럼 여운이 감도는가 하면 미련 같은 것은 없다는 듯이 팽팽하게 치솟다 떨어지곤 했다. 함에도 평화로웠다. 깊고 넓었다. 고뇌해본 사람만이 저런 선율을 탈 수 있지 싶었다. 그는 휴대전화기를 꺼내 녹음을 시작했다.

어쩌다 올려다본 하늘에서는 수많은 별들이 아래를 내려다보고 있었다. 아니 선재의 비파 소리들이 하늘로 가 알알이 박히는 듯 초롱초롱했다. 오래전의 일이 지금 일어나고 있는 것처럼 느껴질 때가 있다. 지금 그랬다. 그는 손에 잡힐 듯 가깝게 다가오는 한 날을 기억해냈다.

좀 더 자세히 보려면 플러시가 있어야 한다고 누나가 말했다. 그는 엄마와 아버지 몰래 현관 수납장에서 플러시를 찾아 들었다. 누나랑 서은하 선생네 목장으로 갔다. 누나가 계속해서 하늘로 플러시를 비추더니 "저기 가장 밝은 별이 내 꺼야." 했다. 플러시 불빛 때문에 어느 별을 가리키는지 알 수는 없어도 속이 상했다. "씨, 내가 가장 밝은 별 가질 거야." 했다. 누나가 뒤통수를 밀면서 우격다짐하듯 말했다. "넌 동생이니까 그다음 밝은 별 해." 아무리 생각해도 가장 밝은 별이 제일 마음에 들었다. 하지만 누나는 양보하지 않았다. 그는 화가 나서 소리를 질렀다. 누군가 머리통을 쥐어박았다. "밤톨만한 놈이 소리 하나는 크네. 왜 그러는데?" 놀랄 새도 없이 그 사람이 물었다. 고개를 들고 보니 동민 아저씨였다. 누나가 의기양양하게 고자질을 했다. 동민도 누나와 한통속이었다. 조금 전에 누나가 가리켰을 것 같은 별을 누나별이라고 말해주는 거였다. 그러면서 물었다. "너는?" 그는 홧김에 "저기 별들은 다 내 꺼란 말야." 소리쳤다. 동민이 다시 머리통을 쥐어박았다. "인마, 하나만 간직하기에도 얼마나 벅찬 줄 알어. 얼른 하나만 골라." 그래도 그는 모두 자기별 할 거라고 단호하게 말했다. 그때까지 아무 말이 없던 선재 아저씨가 머리를 쓰다듬으며 말했다. "무진아, 우리는 모두 저 별에서 왔대. 네가 지금 보고 있는 별들 중에는 네가 살았던 별이 있어. 그러니까 너도 누나도 엄마도 아빠도 모두 하나씩이겠지. 우리는 언젠가 다시 왔던 별로 돌아갈 거야. 어느 별이 네 별인지 한 번 찾아봐. 찾으면 절대 잃어버리지 말고. 잊어버리지도 말고. 알겠지.”

그는 지금 선재가 가리켜 보여주는 별의 소리를 듣고 있었다. 몽상가가 들려주는 별의 소리는 아름다웠다. 몽상가. 얼마 전에 선재 집에 갔을 때였다. 마침 찾아온 김주현이 무슨 말 끝엔가 그랬다. “어이, 몽상가. 아직도 꿈꾸고 있냐?” 그러면서 큼지막한 손으로 선재의 어깨를 툭 쳤다. 퉁방울 같은 눈을 거의 감듯이 하며 웃었다. 몇 번 만나지 않았는데 그런 주현이 굉장히 친숙하게 느껴졌다.

몽상가라는 말은 인상적이었다. 주현이 어떤 의도로 말했는지는 모르지만, 몽상가라는 말 속에는 많은 것들이 내포돼 있는 것 같았다. 단지 꿈꾸는 자로 보여서 그리 생각하는 것만은 아니었다. 선재를 보면 가끔은 현실에서 어느 정도 거리를 두고 있는 것 같은 인상을 받을 때가 많았다. 붕 떠 있다는 게 아니라 한 발짝 비켜서서 걷고 있다고 해야 할까. 한 발짝 비켜서서 걷는다는 것은 지금 여기에 안주하지 못하고 있다는 다른 말일 것이다. 지금 비파 선율도 끊임없이 어딘가를 향해 가는 것처럼 들렸다. 처연하면서도 구슬펐다. 가슴 저 밑바닥에서부터 무언가 치밀어 올라와 먹먹해질 정도로. 때로는 넉넉하게 들렸다. 여기가 아니라 저기 어디에서 울리는 것처럼 아련하게. 소리를 타는 선재도 여기 있는 게 아니라 저기 어디에 있는 것처럼, 한 발짝 비켜서서 걷는 것처럼 보였던 것은 그런 까닭이 아닐까 싶었다. 혹시 주현도 이 비파 소리를 알까. 알고 몽상가라고 했을까. 경련하듯 떠는 비파 소리를 들으며 그는 밤하늘을 올려다봤다.

느닷없이 향로가 떠올랐다. 완함이 떠올랐다고 하는 게 맞을 것이다. 향로 속 완함 연주자가 한껏 평화롭고 여유롭게 다른 연주자들과 화음을 이루며 이상 세계를 연주하는 것처럼 보이는 것과는 달리 선재는 오직 자신만의 이상 세계를 타고 있는 것은 아닌가 싶었다. 선재가 집을 떠난 뒤 어떻게 살아왔는지 그는 알지 못했다. 선재가 짓는 표정이나 말할 때 나오는 단어나 문장들, 목소리의 톤이나 하는 행동들을 보면 여느 사람들과는 조금 다르게 살아왔을 것 같기는 했다. 그는 선재의 비파 소리가 고독하게 들렸다. 어렸을 때도 그랬다. 은하와 동민을 양쪽에 두고 앉아 있었지만 선재는 떠돌이거나 외톨이처럼 보였고, 비파 소리도 그랬다.

그는 녹음을 중지했다. 음반을 만들면 좋겠다는 생각이 아까부터 들었다. 선재가 허락할까. 안 한다면 하게 만들어야지. 그는 웃으며 다시 하늘을 올려다봤다. 구름이 지나가는지 가끔 별들이 숨었다가 다시 나와 깜빡였다. 선재의 비파 소리도 높은 곳에서 흔들리다 조용해지고 솟구치다가 툭 떨어지는 것처럼 꺼지더니 어느 순간 바르르 떨며 높은 곳으로 치솟 곤 했다.

2

"고인의 발인장소는 자택입니다. 다시 한번 말씀드립니다. 발인장소는 장례식장이 아니라 고 문남향 어르신 자택이며, 전통적인 예를 갖추어 생에로 장지까지 모실 예정입니다. 주 민 여러분께서는 착오 없으시기 바라고요. 아울러 힘 있는 분 들께서는 생에 메는 데 적극 협조해주시면 고맙겠습니다. 삼 가 고인의 명복을 빕니다. 아아, 재삼 알립니다. 오늘 새벽 고 문남향 어르신께서 숙환으로다가……."

축 처진 이장의 목소리가 마을 스피커를 통해 들려왔다. 무 진은 드러누운 채 시간을 확인했다. 아침 일곱 시였다. 일어 나기에는 이르고 다시 자기에는 너무 늦은 시간이었다.

눈알이 깔깔했다. 그는 눈을 감은 채 눈두덩에 손바닥을 대 고 오른쪽에서 왼쪽으로, 왼쪽에서 오른쪽으로 눈알을 굴렸 다. 손가락 끝을 모아 눈썹도 꾹꾹 눌렀지만 좀처럼 시원해지 지 않았다. 몸도 가뿐하지 않았다. 지난밤 내내 옥상에 있다 가 새벽녘에야 방으로 들어왔는데 그게 좀 과했나 싶었다. 방에 들어와 자리에 누웠어도 비파 소리는 계속 들려왔다. 그는 졸다가 깨다가 하면서 그 소리를 들었다. 어느 결에 잠이 들고 말았는데 갑자기 텅, 하는 소리와 함께 비파 소리도 멈췄다. 그는 눈을 떴다. 실제로 난 소리인지 꿈속에서의 소리였는지 궁금해 일어났지만 누군가 무어라 외치는 소리를 들으면서 다시 눕고 말았었다.

이불을 젖히고 기지개를 켰다. 거실로 나왔다. 어머니 혼자 주방에 계셨다. 아버지는 초상집에 가셨다고 했다. 그는 욕실로 들어가 대충 얼굴을 씻었다. 수건으로 물기를 닦고 거울을 봤다. 문남향 어르신이라면 서월 할머니지 싶었다. 어렸을 때 봤을 때나 얼마 전에 봤을 때나 늘 할머니이었던 할머니는, 연세가 꽤 많으신 것 같은데 허리도 굽지 않았고 귀도 말짱했다. 최근에 뵌 것은 초여름인가 그랬다. 마을 앞에 주차를 하고 집으로 오는데 마침 내려오는 할머니를 만났다. 인사를 드렸더니 "누구신가?" 하고 물었다. "무진이에요. 아버지가 오 경 자, 섭 자예요." 그는 할머니가 제대로 못 알아들으시려니 싶어 큰 소리로 대답했다. 한데 할머니가 나직한 목소리로 "옳거니, 오 국장님 되련님. 매번 봐도 모르겠어." 명랑하게 말하는 거였다.

아차, 상여. 서월 할머니 돌아가시면 상여를 메기로 약속했는데. 그는 서둘러 욕실을 나왔다.

"이장이 찾더라. 그 사람하고 약속한 게 있냐. 학생들한테 얼른 연락하라고 허던데 그게 무슨 소리야?"

언제 오셨는지 아버지는 식사 중이었다. 숟가락으로 밥을 뜨면서 물었다.

"연락해야죠. 서월 할머니 돌아가시면 상여 메기로 약속했거든요. 할머니가 타고 가고 싶어 하시는데 멜 사람이 없다고 해서요. 역사 공부하는 애들이니까 메 보는 것도 괜찮겠다 싶어 그러마고 했어요. 한데 언제 출상이에요?"

"서월 할머니라니, 그분은 팔팔허시다. 일찌감치 초상집에 와서 통곡허시던데, 힘만 넘쳐나더라."

"그래요. 그럼 문남향 어르신은 누구에요?"

"허어, 밤새도록 울고 나서 누가 죽었느냐고 묻는다더니 지금이 딱 그 짝일세."

아버지는 엉뚱한 말만 했다. 이내 밥을 떠 입에 넣고 오물거렸다. 마저 삼키지도 않고 탄식하듯 이었다.

"몇십 년 만인데도 기억하고 있더라니까, 마을 사람들 말이야. 다들 선재 모친을 부러워하더라고. 영영 사라져버린 줄 알고 있었는데, 들을수록 가슴을 파고들어."

"키타맨 아버지 돌아가셨을 때가 끝이었지 아마. 이러쿵저러쿵 말들은 많지만 키타맨은 효자야, 마을효자. 아, 바라지 가락을 이렇게 훌륭허게 보존하고 있잖어. 그나저나 상여 타고 가고 싶다고 서월 아주머니가 노래를 불렀는데, 그 양반 덕분에, 오메…… 키타맨 어무니가 호강하시겠네.”

어머니도 밥숟갈을 든 채 한참 동안이나 장탄조로 화답했다.

그는 식탁의자에 털썩 주저앉았다. 쐐기에 쏘여 땅바닥에서 뒹굴 때 일으켜 세워주셨던 분, 노란 살구를 주머니에 넣어주셨던 분, 누렁이를 리어카에 실어주셨던 분, 그분이 돌아가셨구나. 그래서 어제 딸들이며 사위들이 모두 왔나 보구나. 김주현도 와 있던데, 그래서였구나. 그는 밤새도록 선재의 비파 소리에 들떠있었던 게 미안했다. 돌아가시는 줄도 모르고 소리에 취해 녹음까지 했던 게 죄송스러워 아무 말도 할 수가 없었다.

숟가락을 들었다. 국물을 퍼 입에 넣었다. 국건더기를 씹어 삼키던 그는 돌연 들고 있던 숟가락을 식탁에 팽개치듯 놨다.

“아니 그럼 비파는 뭐야, 자기 어머니가 돌아가시는데 태평스럽게 악기를 타다니. 이상하잖아요. 말 돼요?”

말해놓고 봐도 정말 납득이 안 됐다. 이상하다 못해 몰상식해보이기까지 했다. 지금까지 선재를 보면서 가져왔던 호감이 사그리 사라질 만큼 실망스러웠다. 그는 일어났다. 냉장고에서 얼음을 꺼내어 선 채로 으득으득 깨물었다.

“오, 듣고 보니 그럴 만도 하구나. 헌데 선재가 밤새도록 탔던 건 바라지가락이라는 거야.”

"바라지가락, 그게 뭔데요?"

아버지 말에 그는 뚱하게 되물었다.

"임종을 지키는 소리. 예전에 마을의 누군가가 임종에 가까워지면 선재 조부나 증조부가 그 사람한테 가서 비파를 타주셨지. 출상 전날까지 날마다 타셨는데 그 소리를 바라지가락이라고 불렀어."

"와, 맞아! 이제야 생각나요. 전에 옆집 아저씨 아버지가 타시던 것도 그러니까 바라지가락이었구나. 그렇죠?"

연거푸 탄성을 지르며 그는 다시 식탁에 앉았다. 서양음악에 '테네브레'라는 게 있다는 말은 들어봤다. 로마 가톨릭교회에서 부르는 성가의 일종이라고 했다. 〈세상의 모든 아침〉이라는 영화에서 생트 콜롱브가 죽은 친구를 애도하며 비올로 연주하기도 했다. 그러니까 우리나라에도 상여소리 말고 또 다른 장례음악이 있다는 것이다.

"상여는 멜 수 있겠냐. 장지가 요강바우재라는데 만만치 않을 걸?"

아버지가 미심쩍은 얼굴로 말했다. 요강바우재라면 마을 북쪽에 있는 고개였다. 산 중턱에는 커다란 바위가 하나 있었다. 고인돌이라고 전해오는 바위였다. 그는 어렸을 때 친구들이랑 요강바우재 아래 저수지에서 멱을 감고 나면 꼭 그 바위에 드러누워 옷을 말리곤 했다.

"서월 할머니 돌아가시면 멘다고 했지, 옆집 할머니 돌아가실 때 멘다고는 안 했는데…… 어떡하죠."

대답은 하면서도 그는 이 대답이 적절한지 아닌지 애매하기는 했다. 아니나 다를까 아버지가 국물을 뜨다 말고 빤히 쳐다봤다.

"아이고, 저놈의 일방통행. 누가 부자지간 아니랄까 봐 똑같기는."

어머니마저 노골적으로 비웃었다.

"에이, 예전에는 다 멨다면서요. 저도 구조 같은 건 자료를 찾아봤어요. 장강틀이라나, 그 안에 사람들이 들어가서, 상두꾼이 요령을 흔들면서 소리를 하면 그 소리에 맞춰 걸음을 옮기면 된다고 씌어있던데요, 뭐. 야, 그러고 보면 상여소리가 여러 역할을 하는구나. 망자를 보내는 소리면서 동시에 상여메는 사람들 보폭이나 속도를 조절하기도 하고."

그는 공연히 헛기침을 한 번 하고는 큰 소리로 떠들었다.

꼭 제 아빠를 닮았다는 말은 그가 가장 싫어하는 말 중 하나였다. 그뿐 아니라 어머니는 아버지를 흉볼 때마다 '일방통행'이라는 접두사를 붙이곤 했다. 거기에는 그럴 만한 사연이 무척 많았다. 작년에도 또 하나를 추가했다.

서울에서 일을 보고 강남터미널로 간 아버지는 간발의 차이로 고창으로 내려오는 마지막 버스를 놓치고 말았다. 서울에서부터 집까지 택시를 타고 왔다. 택시비로 몇십만 원이나 지불한 걸 알게 된 어머니가, 정읍으로 오는 심야버스나 기차도 있고 전주나 광주로 오는 것들도 있었을 거 아냐. 알아보기는 했어? 물었다. 오로지 집에 와야 한다는 일념에 사로잡혀 다른 방법들은 생각할 겨를이 없었던 모양이었다. 아버지는 그저 입맛만 다셨다.

아버지는 더 말하지 않고 식사에 열중했다. 그도 깨작깨작 밥을 뜨다가 아버지가 일어나자 함께 일어났다. 문득 상여를 타고 가는 일이며 바라지 가락을 듣는 일이 마을 어른들에게 왜 감동을 불러일으키는지 궁금했다. 바라지 가락이 듣기에 아름다운 것은 사실이었다. 그 소리를 들으면서 숨을 거두게 된다면 평화로울 것 같기도 했다. 하지만 그게 어쨌다는 거지. 여쭤보고 싶었지만 아버지의 표정이 너무도 싸해 그만뒀다.

그는 자기 방으로 들어왔다. 교수들에게 전화로 먼저 말씀드리고 대학원생과 학부생들에게는 단체카톡방에 소식을 알렸다. 모레 출상이니 내일 저녁에는 내려와야 한다고 전했다. 댓글들이 올라왔다. 다행히 내려오겠다는 쪽이 많았다.

창을 닫으려는데 대화가 하나 떴다.

"고창엔 나도 가봤어요. 고인돌이 짱 많은 곳이잖아요."

시원이었다. 지난여름방학에 바이칼을 탐방할 때 알게 된 아이로 학부생 중 한 명이었다. 후지르 마을에서 마지막 날

저녁에 캠프파이어를 할 때 그 애가 기타를 치면서 노래를 불렀다. 귀에 익은 곡이어서 물었더니 우리 엄마라는 분이 좋아하는 노래예요, 했다. 엄마면 엄마지 엄마라는 분도 있느냐고 그가 묻자 그러게요, 하면서 헤 웃었다.

공연히 반가웠다. 그는 고창에 누가 사시느냐고 물었다. 그 애는 전에 할머니 할아버지가 계실 때 여러 번 갔었는데 지금은 모두 '復'이라고 했다.

"복?"

되묻고 기다렸지만 답이 오지 않았다. '復'자를 내려다봤다. 복…… 복…… 되풀이 발음해봤다. 언젠가 어디선가 들은 것 같았다. 그는 고개를 갸웃거리며 자기 소리를 만지듯 손끝으로 입술과 목울대를 어루더듬었다. 그 손으로 자기 옆머리를 툭 쳤다. 잠결에 비파 소리를 듣고 있을 때 그 소리가 끊어지면서 뒤이어 복! 하고 누군가 외쳤던 게 떠올랐다. 무슨 일인가 궁금해 일어나려고 했지만 잠을 이기지 못하고 도로 눕고 말았었다.

그는 시원에게 전화를 걸었다. 한참만에야 받은 그 애는 자기가 초등학생이었을 때 할아버지가 복, 중학교 이학년 땐가 할머니가 복이라고 말했다. '復'이 돌아가시다는 말 맞죠, 물었다.

거침없는 아이였다. 껑충껑충 걷는 걸음걸이와 통통 튀는 말투와 얼굴 근육이 한꺼번에 벌어지고 구겨지면서 속을 환히 보여주는 것 같은 그 애의 해맑은 웃음은 상대방을 절로 상쾌하게 만들었다. 비온 뒤 맑게 갠 하늘, 비에 씻기고 난 나뭇잎과 풀들, 빗물에 촉촉이 젖은 흙길에서 풍기는 비릿하면서도 상큼한 냄새. 그는 시원을 볼 때마다 그런 느낌을 받았다.

"이렇게 상큼한 이십일 세기에 웬 상여? 거기다 서빙까지? 헐, 충격."

내려올 거냐고 묻자 시원이 그리 대답했다. 그는 자기도 모르게 미소를 지으면서 전화를 끊었다. 나머지 댓글들을 확인하고 있는데 밖에서 이장이 불렀다. 학생들에게 얼른 연락하라고 재촉했다. 그는 아버지에게처럼 똑같이 말했다.

"서월 할머니 돌아가시면 메기로 했잖아요."

"아니 이 사람아, 시퍼렇게 살아있는 양반을 생에에 태우잔 말여?"

이장이 얼굴에 자글자글 주름을 만들면서 성을 냈다. 그는 이장을 쳐다보다가 웃고 말았다. 그러다 웃을 일이 아닌데 싶어 손바닥으로 잽싸게 얼굴을 훔쳤다.

3

무진은 백제금동대향로에 나오는 다섯 악기에 대한 자료

들 특히 종적縱笛에 대한 자료를 찾아보기 전에는, 관악기는 모두 똑같은 구조로 돼있을 거라고 짐작했다. 한데 리드를 사용하는 피리 종류와 사용하지 않는 적류악기로 분류하고 있었다. 다시 말해 피리는 대나무를 얇게 깎아 만든 '서'라는 떨림판을 관대에 끼워 소리를 내는 악기이고 대금은 취구에 갈대의 속껍질인 '청'을 붙여 소리를 내는 악기였다. 학계에서는 향로에 있는 악기를 '서'가 없으므로 피리보다는 적류악기로 분류했다. 종적은 고구려의 여러 고분벽화에 나타나 있는 악기이기도 하다. 좀 더 자료를 찾아봐야겠지만 향로에 있는 종적은 아무래도 고구려의 장적長笛과 역사적으로 관련이 있을 것 같았다. 적류악기도 중앙아시아 쿠처에서 고구려와 백제나 신라로 전해졌을 가능성이 클 텐데, 학계에서는 대략 5,6세기경으로 추측하고 있었다. 통로는 물론 실크로드였을 것이다. 문헌들로 봐서는 백제나 신라보다 고구려의 음악이 훨씬 앞서 있고 다양해, 쿠처에서 먼저 고구려로 전해졌을 가능성이 컸다.

입으로 부는 악기는 현악기에 비해 비교적 손쉽게 만들 수 있을 뿐만 아니라 사람과 흡사한 소리를 내기 때문에 부는 사람의 심중을 드러내는데 보다 유용하게 쓰일 것 같았다. 그런 만큼 여러 지역에서 여러 형태로 나타나고 다른 악기들에 비해 종류도 다양했다. 우리나라만 하더라도 피리, 대금, 소금,

단소, 태평소, 퉁소, 나발, 훈, 나각螺角, 배소, 생황이 있고 여기에서 다시 세분해 나간다. 그는 향로의 종적을 보면서 혹시 도피피리桃皮篳篥가 아닐까 생각했다. 대나무가 아니라 복숭아나무 껍데기로 만들었다는 피리. 6세기경부터 고구려에서 가장 먼저 사용하고 나중에는 백제에서도 사용했다는 피리. 아무런 까닭도 없이 복숭아나무와 백제가 잘 어울린다는 생각을 하면서부터였다.

백제금은 백제의 독자적 현악기로 알려져 있다. 그는 향로에 있는 백제금과 대전 월평동 유적에서 출토된 양이두羊耳頭가 무관하지 않다고 봤다. 월평동 유적은 백제시대에 만들어진 군사 방어용의 관방유적이었으며, 양이두는 그 지하창고인 목곽고木槨庫에서 발견되었다. 방사성탄소연대측정 결과 6세기 후반에서 7세기 초의 것으로 밝혀졌다.[22] 또 광주 신창동에서 출토된 현악기와도 연관이 있을 거라고 보았다. 신창동의 현악기는 기원 전 1세기 무렵에 제작되었고 우리나라 최초의 현악기로 추정하는 것이었다. 책에서도 말하고 있듯이, 신창동에서 출토된 현악기가 백제금의 모체였을지도 모른다는 가설[23]에 그도 백번 동의했다. 비록 향로에 나타난 모양과는 다를지라도 말이다.

---

22) 이종구, 『아무도 말하지 않은 백제 그리고 음악』, 주류성, 2015, p.171에서 인용
23) 송방송, 『한국음악통사』, 민속원, 2007, p.36에서 인용

향로에 나오는 악기 중에서 유일하게 정체성이 모호한 게 있다. 모호하다기보다 예전 사람들의 생각을 지금의 우리가 미루어 짐작하지 못한다는 말이 더 합당할 것이다. 그는 악기처럼 보이지 않는 이 악기가 참 마음에 들었다. 타원형 판을 막대기로 두드리는 것 같기도 하고 손잡이 같은 것을 누르면서 음을 내는 것 같기도 한 이 악기를 대개의 학자들은 북이라 명명하고 있다. 인도의 타블라와 유사하다고 보[24]거나 남방 실크로드의 한 가닥인 인도와 동남아시아 일대에서 사용하던 항아리북이 백제로 들어왔을 것으로 보는[25] 견해도 있다. 이처럼 타악기로 보는 반면 관악기로 보기도 한다. 악기의 정면에 선명하게 보이는 주름을, 풍구風具, bellows의 주름관으로 볼 수 있다면서 여러 가지 실험을 한 결과 떨청울림악기인 '백제생황'[26]으로 명명하였다. 그도 타악기보다는 관악기로 보고 싶었다. 아무리 봐도 오른손 아래에 놓인 막대는 막대로 보이지 않았다. 다시 말해 막대를 두드리기보다는 막대가 지판 역할을 하거나 아니면 누르면서 음을 만들어내는 것으로 보이기 때문이다. 몇 년 전에 국립국악원에서 복원한 것을 보면 생황과 목탁과 자바라 등 세 가지 형태였다. 해석의

---

24) 서정록, 『백제금동대향로』, 학고재, 2001, p.86에서 인용
25) 서정록, 『백제금동대향로』, 학고재, 2001, p.86에서 인용
26) 이종구, 『아무도 말하지 않은 백제 그리고 음악』, 주류성, 2015, p.282에서 인용

여지가 많은 악기임에는 틀림없었다. 해석의 여지가 많다는 것은 상상할 수 있는 공간이 많다는 말이고 상상할 수 있는 공간이 많다는 것은 그만큼 한계를 지을 수 없다는 말이 될 것이다.

배소는 서양악기 팬파이프와 비슷하게 생겼다. 배소나 팬파이프 같은 악기는 고구려는 물론 백제와 중국, 이탈리아, 중앙아메리카와 남아메리카에서도 나타난다고 한다. 어느 지역에서 가장 먼저 출발했다고 말할 수 없을 정도로 광범위하게 분포되어 있다. 그는 언젠가 향로에 나오는 다섯 악기를 복원하여 연주하는 것을 들었다. 배소와 팬파이프의 소리는 흡사했다. 중심 음은 다른지 몰라도 음색이나 부는 방식도 거의 똑같았다.

배소가 대나무를 나란히 묶어 만든 악기고 생황은 갈대 줄기를 둥글게 묶어서 하나의 취구에 숨을 들이마시고 내쉬면서 소리를 내는 악기라는 점에서는 다르지만, 배소의 음색은 어쩌면 생황과 더 흡사할지도 모르겠다고 그는 지금 고쳐 생각했다. 배소 소리를 들을 때면 길게 뻗은 길이 떠오르고 생황의 선율을 들을 때는 둥근 공간이 떠올랐다. 제각각의 관들이 제각각의 세계를 나타내면서도 배소의 소리는 끝없이 이어진 길을 여럿이 앞서거니 뒤서거니 걸어가고 있는 느낌이 드는 반면 생황의 소리는 하늘에서 메아리처럼 제각각의 소리들이 동시에 껴울리면서 어느 한 공간으로 모여들거나 광활한 허공으로 퍼져나가는 느낌이 들었다.

그는 듣고 있던 음악을 멈추었다. 지난밤에 휴대전화기로 녹음한 바라지 가락을 노트북에 옮겨서 듣고 있던 중인데 배소와 생황의 소리를 생각하자니 선재의 비파 소리와 배소와 생황의 소리가 여러모로 판이한 느낌이 들어서였다. 배소와 생황은 관악기고 비파가 현악기여서 드는 느낌은 분명 아니었다.

좀 전에도 말했듯이 배소의 소리가 시간의 축을 담당하고 있다면 생황의 소리는 공간의 축을 담당하고 있다고 그는 생각했다. 선재가 타는 비파 소리는 그와는 달랐다. 하나하나의 소리들이 앞의 소리를 따라 끝없이 먼 어느 곳으로 날아가는 듯한 느낌을 받았다. 좀 더 정확하게 말하자면 시간과 공간을 와해하는 느낌이 강했다. 시공을 초월하는 게 아니라 와해하는 느낌. 밤늦도록 들으면서는 미처 느끼지 못한 것이었다. 그는 문득 바라지 가락이라는 선율 자체가 의도하고 있는 게 이것 아닐까 생각해봤다. 아버지의 말씀대로, 만일에 바라지 가락이 어느 한 사람의 임종을 지키는 음악이라면 그럴 수 있지 않을까. 한 사람의 죽음이란 이곳에서는 끝이니까. 다음 세상이 있는지 없는지, 아무도 갔다 온 사람이 없으니까. 죽음에 이르러서는, 죽는 사람이 살아왔던 이 세상에서의 시간이나 공간은 사라질 것이므로. 다시 말해 와해되거나 해체돼

버릴 것이므로.

너무 비약하는 것은 아닌가 싶었다. 그는 바라지 가락을 재생했다. 몇 번을 들어도 소리는 난분분 흩어지면서 다음 소리를 불러오고 다시 그다음 소리를 불러오면서 끊임없이 흩날렸다. 시작도 없고 끝도 없는 채로 오르락내리락, 때로는 후려칠 듯이 강하게 때로는 고요함을 더욱 적요하게 만들며 하염없이 이어졌다. 이어지다 사라졌다.

백제금동대향로 속의 완함을 처음 봤을 때 그는 고구려벽화에 나오는 완함을 떠올렸다. 신라 토우에서 보이는 완함도 생각했다. 그리고 선재의 비파에 닿았다. 대개의 악기들이 쿠처에서 건너왔듯 완함도 바빌로니아의 류트 종류를 바탕으로 쿠처에서 다시 새롭게 만들어낸 악기로, 고구려와 백제와 신라로 건너왔다고 한다. 선재의 비파가 삼현임에도 불구하고, 향로의 완함도 삼현으로 돼있지만 원래는 사현이었을 거라고 추정하듯이, 그는 두 악기가 그냥 조금 닮았으려니 생각했다. 한데 사하족의 전통악기 사진을 보자 회의가 일었다. 바라지 가락이 선재의 집안에서 오래전부터 전해 내려왔다고 하는 아버지의 말씀을 토대로 한다면 선재의 비파도 바라지 가락만큼이나 오래전부터 전해오는 악기일 가능성이 컸다.

향로 속의 완함은 정말 사현일까. 삼현이 아닐까. 가장 먼저 드는 의문이었다. 만일 삼현악기라면 선재의 비파와 같을까. 완함과 장족의 삼현악기는 서로 연관이 없을까. 완함과 사하족의 전통악기와는 서로 별개일까. 몇 번을 생각해봐도, 적어도 지금으로서는 향로 속 완함과 선재의 비파, 장족의 삼현악기와 사하족의 전통악기가 서로 관련이 없다고 할 만한 근거는 없어보였다. 장족의 삼현악기와 사하족의 전통악기를 실제로 볼 수만 있다면 좋겠다 싶었다. 이름이라도 알아내 어원을 추적해가면 서로 연관성이 있는지 없는지 알아낼 수 있을 것 같았다. 그는 메일함을 열어봤다. 부리야트 민속박물관에서는 여태도 소식이 없었다.

그는 바라지 가락을 멈추고 '수제천'을 틀었다. 언제 들어도 유장했다. 다른 어떤 음악도 따라올 수 없다는 생각이 다시금 들었다. 가만…… 그는 멈추고 바라지 가락을 다시 들었다. 바라지 가락에도 유장하게 흐르는 부분이 있었던 것 같았다. 음과 음 사이가 하도 멀어 지루했던 부분, 음과 음 사이사이에서 미세하게 흔들리고 있을 자잘한 음들은 도무지 들리지 않던 부분. 그래, 여기부터였다. 그는 한참 동안 듣다가 끄고 다시 '수제천'으로 바꿨다. 두 가지의 음악을 몇 번이고 바꿔가며 들었다. 분명 음고音高도 비슷하고 장단도 그랬다. 분위기도 유사했다. 분위기가 유사하니 적어도 그 부분만큼은 서로 연관성이 있어 보였다.

악보를 그릴 줄 알면 좋겠다는 생각이 들었다. 그릴 줄 안다면 지금 당장 들어가면서 오선지에 기보할 수 있을 텐데. 기보할 수만 있다면 음의 높낮이와 장단을 한눈에 알아볼 수 있을 텐데. 그렇다면 '수제천'과 '바라지 가락'이 연관이 있는지 없는지 확인할 수 있을 텐데.

녹음하자고 하면 허락할까. 그는 자신할 수 없었다. 선재는 아마도 이렇게 말할 것이 빤했다. 마음을 저장할 수 있다고 생각하나. 소리도 마찬가지야. 어느 누가 소리를 잡아둘 수 있겠어.

4

무진은 식탁 앞에 쭈뼛거리고 서서 기회를 엿보는 중이었다. 언제 말하는 게 좋을까. 어떻게 말해야 아버지가 녹음비용을 쾌척하실까. 아무리 분위기를 살펴도 좀처럼 기회가 낚이지 않았다.

"얼른 와? 빨리 먹고 치워야 가서 좀 돕지. 그나저나 하도 오랜만이라 뭐가 뭔지 모르겠네. 부녀회원이라고 해봐야 다 노인네들뿐이니 원, 손만 많았지 일에 가닥이 잡혀야 말이지."

어머니가 물병을 들고 식탁에 앉으며 불렀지만 그는 선뜻 앉지 못했다.

"집에서 초상을 치른 게 키타맨 아니 강수 아저씨 돌아가
셨을 때가 끝이었지 아마. 한 이십 년도 더 된 것 같구만."

"그럴걸. 돌아가신 분한테는 죄송하지만 모두 들떠가지고
난리야."

어머니 말대로 두 분의 표정이나 말투 어디에도 서운하거
나 애석해하는 기색은 많지 않았다. 오히려 들뜬 기분을 애써
감추려는 빛이 역력했다.

"바라지가락까지 들었잖아. 사십 년만이야. 다시 들을 수
있을 거라고 누군들 생각이나 했겠어. 용케도 다들 안 잊어버
리고 있는 걸 보면……."

"또 또…… 이십이 년 만이라니까 그러네. 키타맨 아버지
돌아가셨을 때도 들었다고 내동 말했잖어. 언젠가 내가 그랬
지. 당신이 비파를 감춰둔 건 정말 잘한 일이라고. 안 그랬어
봐, 이번은커녕 앞으로도 영영 못 듣고 말았을 거 아냐."

아버지 말을 잠자코 듣고 있던 어머니가 수저를 내려놓고
는 손까지 내저으며 말했다. 보건소장을 할 때처럼 다소 거만
한 모습으로 말하자 그는 픽 웃음이 났다. 웃다 생각해보니
결코 웃을 일이 아니었다. 첫눈과 함께 흐르던 상여와 만장
들. 선재 어머니의 괴성과 번새번새 휘둘러보던 선재의 날선
눈빛. 다락방에서 그 모든 것들을 지켜봤을 비파. 비파는 이
제 또 하나의 죽음을 맞이하고, 그 죽음을, 선재의 말을 빌리

자면 별로 보내려 하고 있다.

"저도 못 잊을 것 같아요. 햐, 심금을 울려도 그렇게 울릴 수 있을까. 가슴이 막 미어지는 것 같고요. 쥐어짤 듯이 조여오기도 하고요. 그러다 어느 순간 뻥 뚫리면서 바다가 펼쳐지는 것 같은 게, 보통 소리가 아니더라니까."

이때다 싶었다. 그는 식탁으로 가 앉으며 사설(자기 스스로 그렇게 느끼며 속으로 웃었다)을 늘어놨다. 두 분은 어이없다는 표정으로 보면서도 그의 말에 동의하는 듯 이내 피식 웃었다.

"한데요. 바라지가락이 왜 마을 사람들한테 감동을 주는지 잘 모르겠어요. 단지 심금을 울리는 소리여서 그래요? 아니면 뭔가 다른 까닭이 있나."

아버지가 밥을 뜨다 말고 이편을 바라다봤다. 이내 무엇인가 기억해내려는 듯 눈을 감았다. 생각에 잠긴 듯했다. 한참만에야 다시 뜬 아버지의 눈은 아득히 먼 어느 곳을 다녀온 것처럼 깊고 그윽해져 있었다.

"나도 네 증조부한테서 들은 얘기다만, 바라지가락은 단순히 임종만을 지켜주는 소리가 아니라 그 사람이 가야 할 길을 가르쳐주는 소리라고 허셨다. 나난구리[27]라던가 하는 곳을

---

27) 조옥구, 『漢字의 기막힌 발견』, 학자원, 2017, p.173에서 인용. "북두칠성의 옛 이름 중의 하나가 '나난구리'다. '나난구리'의 '나난'은 '일곱'을 일컫는 말이고 '구리'는 '별'을 의미하며 ~"에서 빌려 씀.

가르쳐주는 길이라고 말이야. 거기가 어딘지는 잘 모르겠어. 죽으면 가는 덴가 보다, 짐작할 뿐이지. 어쨌거나 바라지가락을 못 듣고 죽은 사람은 이승의 기억에 파묻혀 구천을 떠돈다고 허셨다. 모두 비워야 새로 시작할 게 아니겠어. 그게 사실인지 아닌지 누가 알겠냐만, 네 말처럼 사람들이 그 소리를 듣고 감동하는 것은 아마 자기도 모르게 그런 것들을 염두에 두고 있어서일 게다."

"나난구리, 나난구리…… 아버지, 혹시 북두칠성을 말하는 거 아니에요. 옛날부터 사람이 죽으면 북두칠성으로 돌아간다고 하잖아요. 관 바닥에 칠성판七星板을 놓고 그 위에다 송장을 일곱 매듭으로 묶어서 눕힌다면서요. 그리고 저기 어디지, 천불천탑이 있다는 절요. 거기에도 칠성바위가 있잖아요…… 맞어, 화순 운주사."

"야, 오무진 씨. 마냥 앤 줄 알았드만 인자 봉게 상당히 유식허네이?"

어머니가 장난스럽게 말했다.

"네 말을 듣고 보니 그렇기도 허다마는, 그 말은 사전에도 나와 있지 않더라. 나도 예전에 나름대로 찾아봤어."

"에이, 사전에 안 나온 말들이 얼마나 수두룩한데요. 한데 진짜 안 나왔나?"

그는 방에서 전화기를 가져와 인터넷 검색창을 열었다. 나난구리를 쳤다. 아버지 말씀대로 사전에는 나와 있지 않고 블로그나 카페에는 여럿 올라와 있었다. 그중 하나를 클릭해 두 분에게 보여드리자 참 신기한 세상이여, 어머니가 탄식하듯 말했다.

"아버지, 바라지가락 말이에요. 그거 녹음하면 좋겠어요."

마을 사람들이 감동하는 이유야 어떻든 그는 지금 바라지 가락이 순수하게 좋을 뿐이었다. 음악전문가의 귀가 아니더라도 그것은 분명 아름답게 들렸다. 아니 단순히 아름답다고 표현하기에는 부족했다. 그가 보기에 바라지 가락은, 아름다움을 넘어선 자리에 있어야 마땅할 어떤 것이었다.

"하면 되지. 그게 뭐 어려워?"

역시 어머니였다. 그는 자기도 모르게 가슴을 활짝 폈다. 어머니는 언제나 무슨 일에든 시원시원했다. 아무리 골치 아픈 일도 어머니에게는 즐거워 보였다. 여러모로 아버지와는 대조적이었다. 하지만 경제권은 아버지가 쥐고 있다. 아버지를 설득해야 했다. 그러고 보니 그간 등록금 달라고 손 벌리지 않은 건 진짜 잘한 일이었다. 이런 일이 있을 줄 어떻게 예견했을까. 자기 안목도 대단하게 느껴졌다.

매사 신중하기만 한 아버지가 힐끗 쳐다보더니 다시 식사를 했다. 비교하는 것은 잘못 됐지만 아무리 생각해봐도 아버지는 너무 신중하다. 공무원 생활 몇십 년이 준 능력일까 지혜일까.

진짜 '일방통행'이어서 그럴까. 그는 솔직하게 말했다.

"음악으로도 그렇지만 학술적으로도 굉장히 중요한 자료가 되겠다 싶어요. 아버지가 녹음비용을 좀 주시면…… 나중에 꼭 갚을게요."

아버지가 물끄러미 쳐다봤다. 아무런 동요도 일지 않는 눈빛이었다. 바라지 가락은 아버지의 심금을 울리는데 내 말은 아버지의 눈썹 한 올도 흔들지 못하는구나. 그는 수저를 들었다 놨다 하다가 도로 놨다. 갑자기 밥맛이 달아나버렸다.

"손가락질 한 대가네 뭐. 꼭 당신이 했다는 게 아니라, 예전에 그 얘길 처음 들었을 때 마을 사람들 모두가 다 공범이구나 싶더라고. 지금 생각해봐도 비파 되찾은 것으로 끝날 일은 아닌 것 같아."

어머니가 훈계하듯 말했다.

"손가락질이라뇨?"

무진은 어리둥절해져서 물었다.

"아, 그런 일이 좀 있었대."

어머니가 장난스럽게 대답했다. 아버지를 살피더니 그를 향해 한쪽 눈을 찡긋 감았다 떴다.

현관문을 나서는 아버지 표정이 어두웠다. 표정이 어두워지면 아버지는 입을 열지 않는다. 아버지에게 더 이상 말을 하게 해서는 곤란한 일이 생긴다. 시원시원한 어머니도 예외

일 수 없다. 왈패 같은 누나도 소용없다. 아버지가 표정을 언제 풀지는 아무도 모른다. 이따 저녁이 될지, 내일이 될지, 다음 주가 될지. 그도 아니면 다음 달이나 될지. 그는 어쩐지 불길한 예감이 들었다. 한데도 어머니는 아버지 얼굴이 어둡거나 말거나 평소와 같은 얼굴로 반찬을 거두고 빈 그릇들을 닦기 시작했다.

"엄마, 그런 일이라뇨. 그게 뭔데요?"

"뭘 자꾸 알려고 해, 아빠한테도 사생활이라는 게 있다니까."

어머니가 다시 농담조로 말했다. 그가 아무리 재촉해도 웃기만 하더니 이내 외투를 걸치고 밖으로 나가버렸다.

5

조교가 바깥마당으로 들어섰다. 봉고차 한 대와 승용차 두 대에 나눠 타고 왔다고 했다. 무진은 조교와 교수 두 분을 모시고 빈소가 차려진 대청으로 갔다. 영정 앞에 놓인 향로에 향을 꽂았다. 영좌에 두 번 절을 하고 선재와 맞절을 했다.

빈소를 내려왔다. 교수들을 모시고 사랑방으로 들어섰다. 그는 벽에 걸린 청매화 그림과 마주쳤다. 오른쪽 아래에서부

터 왼쪽 위까지 줄기가 뻗고, 잔가지들이 위아래로 듬성듬성
나있는 고목은 가지 끝에 희면서 푸른 매화를 피우고 있었다.
왼쪽 상단에 한시가 씌어있는 자그마한 액자였다. 선재가 언
젠가 김시습의 시라고 알려줬는데 해석하기가 쉽지 않았다.

"야, 이게 다 뭐야."

시원이 혼잣말을 했다. 책꽂이 앞에 서서 뭔가를 들여다보
고 있었다. 남학생들은 다 안방이나 건넌방으로 갔는지, 몇
되지 않은 여학생들만 상 앞에 둘러앉아 식사를 하고 있었다.
그는 교수 두 분 상을 따로 마련해 안내하고 시원에게로 다가
갔다. 펼쳐져 있었어요, 하며 시원이 노트를 내밀었다.

고잔잔하다 : 잔잔하다 못해 침울할 정도로 고요하다. 고는
苦인지도 모름

신푸녕스럽다 : 근심걱정이 너무 많아 사소한 일도 돌아볼
여유가 없다

무장무장 = 서나서나 = 시나브로

애젖하다 : 몹시 애가 타다

꽃잠 : 숙면 또는 첫날밤 (은하)

인연 = 인다라망 = 관계 = 고리 = 업 = 원인과 결과의 되풀
이 = 윤회 ↔ 해탈

횟대 = 말코지. 끈이나 나무를 벽에 가로로 쳐놓아 물건을

걸 때 씀

선재의 것일까. 두께가 이삼 센티미터쯤 되는 노트에는 글씨들이 빼곡했다. 그는 첫 장부터 한 장 한 장 넘겨가며 눈으로 읽어나갔다. 손수 만든 사전 같았다. 연필로 펜으로 볼펜으로 만년필로, 필기구도 다양했다. '도닐다'처럼 더러 알고 있는 말이 나오면 반갑기도 하고, '횟대'처럼 자기가 알고 있던 것과 다른 뜻풀이가 나오면 고개를 갸웃거렸다. 첫 장과 맨 끝장의 글씨는 완전히 다른 것 같으면서도 닮아있었다. 어렸을 때부터 최근에 찍은 사진들을 한군데 놓고 보는 느낌이 들었다. 그는 생경한 기분으로 책꽂이 빈칸에 노트를 꽂았다.

"사전도 만들고 악기도 다루고…… 어떤 사람인지 멋지다."

시원이 방바닥에 비파를 안고 앉아 묻는 듯 아닌 듯 중얼거렸다. 줄 하나가 무릎 아래에서 대롱거렸다. 이리저리 치우다가 안 되겠는지 줄감개를 돌려서 아예 빼내버렸다. 지판을 누르지 않고 아랫줄을 퉁긴 뒤 다시 윗줄을 퉁겼다. 고개를 끄덕끄덕하고는 지판을 옮겨 짚어가며 퉁기기 시작했다. 그도 시원 옆에 앉았다.

비파는 얼룩덜룩했다. 핏물 같기도 하고 먹물 같기도 한 점들이 무수하게 찍혀있었다. 그는 비파의 몸통이며 줄을 손으로 만져봤다. 그제야 의문이 풀렸다. 높이 올라갔던 음이 한

꺼번에 곤두박질치듯 떨어져 내리면서 탕, 하는 소리와 함께
비파 소리가 멈췄을 때, 자기는 꿈을 꾸고 있었던 게 아니었
다. 하지만 줄이 끊어졌으리라고는 생각하지 못했다. 끊어진
줄이 튀면서 비파의 몸통이며 지판에 핏물까지 튀었으리라
고는 짐작도 못했다. 검붉은 핏물이 줄에 이렇게나 스며들도
록 타다니. 밤새도록, 줄이 끊어지도록 타다니. 선재 어머니
가 돌아가셨을 거라 예상하지 못했던 것처럼 그에게는 상상
을 뛰어넘는 일이었다.

"시원아, 느네 할머니댁은 어디야. 우리 집과 같은 방향이
야?"

그는 일없이 물었다. 그에게는 할머니 할아버지에 대한 기
억이 거의 없었다. 할머니라는 호칭을 들으면 대개는 선재 어
머니나 서월 할머니 같은 마을 할머니들의 얼굴이 떠오르곤
했다.

"자기도 바쁜데 확인할 틈이 어딨어요. 그리고 어렸을 때
가봤다니까요."

비파에 고개를 박은 채 시원이 대답했다. 심드렁하게 들렸
다. 그는 고개를 끄덕거렸다. 이 아이도 자기처럼 할머니 할
아버지에 대한 기억이 별로 없는 모양이었다.

시원이 오른손 엄지로 줄을 튕겼다. 두 줄 만으로도 노래를
만들어냈다. 선재의 주법과는 여러모로 달랐다. 소리도 달랐

다. 자잘한 울림들이 겹겹이 쌓이고, 쌓인 울림들은 조용하면서도 힘차게 방 안에서 마당으로 허공으로 퍼졌다. 그는 계속 듣고 싶은 마음과 그만하도록 해야겠다는 마음 사이에서 갈팡질팡했다.

언제 들어왔는지 선재가 옆에 서있었다. 시무룩하고 초췌한 표정으로 시원을 내려다봤다. 그는 부리나케 일어났다. 어깨를 두드렸지만 시원은 고개를 끄덕이면서도 계속 탔다.

"상주님 아니 집주인이 오셨다니까."

재차 재촉하자 그제야 시원이 고개를 들었다.

"죄송해요, 주인이 계시다는 걸 깜빡했어요."

허둥대면서 일어났다. 선재에게 비파를 건넸다.

"여기 있던 줄은 어쨌어요?"

선재가 물었다. 목소리가 가라앉아있었다. 그렇잖아도 낮은 소리가 더 무겁게 들렸다. 그는 시원의 발치에서 뒹구는 줄을 집어 건넸다. 선재가 줄을 받아들고 앉았다. 비파를 안았다. 나달거리는 줄 끝을 가위로 잘라내고 걸개에 다시 묶었다. 줄을 목 쪽으로 바짝 당긴 뒤 팽팽해질 때까지 주아를 돌려가며 말았다. 가운뎃줄과 양쪽의 줄을 번갈아가며 여러 번 튕겼다. 음을 맞추는 모양이었다.

"이 악기, 혹시 완함이에요? 무척 오래된 것 같아요. 소리도 근사해요."

하는 양을 잠자코 보고 있던 시원이 옆에 앉으며 물었다.

"비파야."

그는 대신 대답했다. 어쩐지 선재가 대답하지 않을 것 같다는 느낌이 들어서였다. 아니나 다를까, 아무런 말도 없이 비파를 들고 방을 나갔다.

한참 음식을 먹고 마시고 있는데 남학생들이 우르르 몰려들어왔다. 이장도 뒤따라 들어왔다. 선 채로 방 안을 둘러봤다. 이따 밤에 데오라기를 놀려야 하니 예서 기다리면서 좀 쉬라고 당부했다. 일종의 상여 메는 예행연습이라고 생각하면 될 것이라며 경험이 없는 사람들인데 잘 해낼지 모르겠다고 걱정은 하면서도 이장은 내내 흡족한 표정을 지었다. 그는 술이 몇 잔 들어가 얼근해진 얼굴로, 예전에 자기도 상여 나가는 것을 봤다면서 상여꾼들이 어떻게 했는지 기억을 더듬어가며 장황하게 설명했다. 일행 중 몇몇도 상여를 봤다고 하고 교수 한 분은 만장도 들어봤다면서 그를 거들었다.

바라지 가락이 들려왔다. 한밤에 들었던 것과는 다르게 청명했다. 맑고 밝다 못해 천진하기까지 했다. 슬픔을 걷어낸 소리라고 그는 생각했다. 너무 박정하지 않나 하는 느낌이 들 정도로 담담했다. 하지만 계속 듣다 보니 소리 속에는 그가 닿을 수조차 없는, 어느 깊은 곳에서부터 올라오는 고뇌가 스며들어 있는 걸 알 수 있었다. 고뇌만이 아니라 고통과 고독과 고절함 같은 게 함께 깔려있었다. 그런 생각이 들자 와락, 가슴이 미어졌다.

"와, 저런 소리구나. 어쩐지 기타와는 주법이 다를 것 같았어요. 한데 저 음악은 뭐지. 선생님, 알아요?"

시원이 물었다. 그는 고개만 끄덕끄덕했다.

"몰라요?"

다시 묻는 시원에게 그도 재차 고개를 끄덕였다. 바라지 가락에 집중하고 싶어서였을 뿐인데 시원이 수저를 놓고 일어났다. 기어이 방을 나갔다. 문득 사고를 칠 것 같은 기분이 들었다. 그도 다급하게 일어났다. 역시나 빈소가 차려진 대청으로 갔다. 선재 옆에 앉았다. 마침 바라지 가락을 멈추고 물을 마시고 있던 선재가 어리둥절한 표정으로 시원을 바라다봤다.

"궁금해서요."

대뜸 시원이 말했다. 선재의 얼굴에 설핏 웃음기가 번지는가 싶더니 이내 어둡고 차가운 정적이 배어나왔다.

"죄송해요, 아저씨. 우리 학교 학부생인데 상여 멘다고 왔어요. 아니 그게, 이십일 세기에 서빙한다고 왔는데……."

그는 선 채로 변명 아닌 변명을 했다. 말을 할 때마다 자기 입에서 풍기는 술 냄새가 신경이 쓰였지만, 빈소에서 이러는 건 실례가 아닐 수 없다는 생각에 골몰한 나머지, 똑같게는 아니어도 엇비슷한 말을 여러 번 되풀이하고 있다는 걸 본인은 알지 못했다. 더구나 이렇다 저렇다 대꾸도 없이 앉아있다 문상 온 손님을 맞이하는 선재를 지켜보고 있자니 남아있던 술기운이 한꺼번에 올라오는 것 같았다.

"굳이 이름을 붙이자면 아버지의 노래라고나 할라나."

손님을 모시고 나갔던 선재가 돌아와 앉으며 대답했다. 피곤한 기색이 역력했다. 그는 어, 바라지가락이라고 하던데? 하면서 시원 옆에 앉았다.

"아버지의 노래? 처음 들어봐요. 아버지의 노래…… 그렇구나. 이렇게 누군가 돌아가셨을 때 타나 보죠. 아니면 그냥 아무 때나 아무 데서나 타요?"

두고 보자니 점점…… 그는 시원의 옆구리를 찌르며 얼른 나가자고 눈치를 했다. 그 애는 계속 선재만 바라다봤다. 대답을 듣지 않고는 안 나갈 태세였다.

"이렇게 누군가 돌아가실 때 탑니다."

졌다는 듯이 선재가 대답했다. 그러자 시원의 눈빛이 더욱 빛났다.

"상여소리 말고 장례음악이 또 있다는 말이에요. 와, 이거야말로 희소식인데요. 언제부터 타 오신 거예요? 이 완함 아니 비파보다 오래됐어요?"

아무래도 초상집이 아니라 결혼식장에 온 것으로 착각하고 있는 게 틀림없었다. 그렇지 않고서야 저리도 큰 소리로 환호할 수는 없었다. 그는 난감하고 민망해졌다.

"이따 데오라기를 놀려야 해서 말여. 이거 상주헌테 미안허네만, 마지막으로 한 번 더 탔으면 허는디. 어뗘, 괜찮겠능가."

마침 이장이 빈소에 올라왔다. 겸연쩍은 얼굴로 바라지 가락을 부탁했다. 선재가 고개를 끄덕였다. 어깨를 다독이는 이장의 손에 자기 손을 얹었다. 영정을 올려다봤다. 병풍으로 시선을 옮겼다. 그도 영정으로 병풍으로 눈길을 두다가 선재를 봤다.

"아버지의 노래는 우리 선조들께서 타오시던 가락이오. 사람들은 바라지가락이라고들 부릅디다. 마을의 누군가가 돌아가실 때 망인이 아주 떠나기 전날까지 이렇게 곁을 지켜드렸다고 해요."

선재가 나직하게 말했다. 쇳소리가 났다.

"선조들께서 타오시던 가락이라면 상주님은 상주님 아빠한테서 배우셨겠네요?"

아직도 들뜬 목소리로 시원이 묻자 그랬지요, 선재가 웃음기 띤 목소리로 대답했다. 그는 낯선 기분으로 두 사람을 봤다. 시원이야 그럴 수 있을 것 같기는 했다. 하지만 선재마저, 뭐라고 꼬집어 말할 수는 없어도 평소에 봐오던 모습과는 달라보였다. 덥수룩해진 수염을 쓸어내는 손도 조근조근 대답하는 목소리도, 비파를 무릎에 올려놓고 책상다리를 하고 앉은 자세도 평소와는 다르게 달뜨고 불안정해보였다. 아빠라는 말 때문인가. 자기가 생각해놓고도 우스워 그는 입술을 깨물었다.

"그러면 상주님 아빠는 할아버지한테서 배우셨고요?"

"그랬다고 하십디다."

"할아버지는 그럼 누구한테서 배우셨어요?"

"그야 내 증조부한테서 배우셨겠지."

"증조부님은 고조부님한테서 배우셨고요?"

"……."

"그럼 맨 처음에 타기 시작하신 분은 누구였을까요?"

"……."

밀고 당기던 줄이 뚝 끊어져버린 것 같았다. 긴장감마저 감돌았다. 선재는 말없이 자기 어머니 영정과 병풍을 번갈아 건너다보고, 시원은 시원대로 호기심에 부푼 눈동자로 선재와 비파 사이를 오락가락했다.

"로 리~ 리 로 라~ 루 라~ 로 리 리 로……."

그는 탄성하고 말았다. 선재가 바라지 가락을 타는 모습을 직접 보기는, 어렸을 때 말고는 지금이 처음이었다. 선재의 얼굴에 고독감이 피어올랐다. 무장무장 전신으로 퍼졌다. 좀 전까지 달뜨고 불안정해 보이던 사람이 순식간에 고독으로 몰두하는 모습에 그는 입을 다물지 못했다.

"내 선친은 그러셨지요. 이놈만이 제가 떠나온 곳을 기억하고 있을 거라고. 그곳이 어딘지는 이놈만이 알 거라고…… 이놈이 떠나온 곳은 그러니까 처음으로 소리가 시작되는 곳이 아닐까 싶은데…… 어머니가 가실 곳…… 너무 아득한가."

그리 말한 뒤 선재가 물을 한 모금 마셨다. 다시 병풍을 건너봤다. 영정을 올려다봤다. 무릎 위에 비파를 놓고 기다란 목을 세워 안으며 자세를 바로잡았다.

6

소리는 높은 듯 낮은 듯, 길어지다 뭉툭하게 짧아지고, 잔가락들이 하염없이 흩날리다가 한 선율로 다시 길어지면서 사부랑해졌다. 서로를 어르고 달래는가 하면 밀고 당겼다. 날리기도 하고 가라앉기도 하면서 하나의 소리로 합해졌다. 소리는 너글너글 걸어갔다. 아양을 떨 듯 한 소절에서 오래 할랑거렸다. 선재의 이마에 땀이 맺혔다. 한 방울 떨어지면서 손등을 때렸다. 그에 대한 반응일까. 소리가 갑자기 빨라졌다. 쏟아지는 물처럼 한꺼번에 흘렀다. 흐르다 툭 멈췄다. 멈추는가 싶더니 고꾸라졌다. 이내 무거워졌다. 비통하게 울렸다. 소리는 끝을 알 수 없을 정도로 긴 외줄을 탔다. 오래오래

춥고 아렸다. 무진은 서글픈 기분에 젖어들어 자기도 모르게 눈시울을 붉혔다. 선재가 이제 가운뎃줄 중간쯤에 있는 괘에 왼 손가락을 얹어놓고 흔들며, 가조를 끼운 오른손 식지와 중지로 가운뎃줄과 아랫줄을 동시에 퉁겼다. 이어서 물을 뿌리는 듯 손가락 다섯 개로 동시에 줄을 흔들어 탔다. 흩어진 소리들이 어느새 가슴으로 가득 들어찼다. 눈물을 만들었다. 눈물은 두 개의 소리로, 마치 하나처럼 팔랑팔랑 날아갔다. 날아가 허공으로 퍼졌다. 영롱하게 퍼졌다.

"아니, 시원아."

김주현이었다. 네가 여긴 어쩐 일로, 하면서 다가가는데 시원이 왼손 검지를 입술에 댔다. 눈을 감아버렸다. 그는 놀랄 겨를도 없이 주현이 내미는 크고 두터운 손을 두 손으로 맞잡았다. 고개를 숙였다 들었다. 시원이를 어떻게 아세요? 물으려는데 그새 대청을 내려가 버렸다. 그는 뭐가 뭔지 모를 심정이 되어 주현의 뒤꽁무니를 눈으로 좇다 시원을 봤다. 눈을 감은 채였다. 선재가 타는 소리에 빠져든 그 애의 얼굴은 몽롱세계로 접어든 듯 멍해보였다.

마당에는 사람들로 빼곡했다. 문상객들뿐만 아니라 어머니 아버지는 물론 마을 사람들도 거의 다 와있었다. 마당 한쪽에서 타고 있는 모닥불 앞에서, 살구나무와 상여 앞에서 타고 있는 장작 난롯가에서, 천막 안 의자에 서거나 앉아서 바라지 가락을 듣고 있었다. 표정을 자세히 볼 수는 없지만 저들도 지금 시원이나 자기의 심경과 다르지 않을 거라 그는 짐작했다. 듣는 내내 탄복하고 탄식하고 때로는 한숨짓는 모습이 그랬다. 서월 할머니는 뒷짐을 지고 뒤척거렸다. 선 채로 가슴에 손을 얹거나 눈두덩을 훔치기도 했다. 무언가를 그리워하는 눈빛으로, 애석해하는 얼굴로 사방을 둘러보다가 이편을 바라다봤다. 마침 선율의 무게를 이기지 못하듯 살구나무 누런 이파리들이 후루루 떨어져 날리고, 할머니는 흩날리는 소리들을 눈으로 따라가는지 허공으로 얼굴을 들었다.

바라지 가락의 소리, 소리들은 한이, 恨으로 쌓여 그늘을 드리운 게 아니라 삭고 삭아서, 녹고 녹아서 마침내 물로 흐르는 것 같았다. 정화수가 되어 세상을 적시는 것 같았다. 너무 시건방진 생각일까. 그는 따가워진 눈을 꾹 감았다 뜨며 살구나무 쪽으로 고개를 돌렸다. 노랗고 불그레한 이파리들이 팔랑팔랑 흩어졌다. 무겁고 가볍고 차고 따뜻하고 부드럽고 뻣뻣하고 딱딱하고 말랑말랑한 이파리, 그 소리들은, 길고 짧게 높고 낮고 평평하게, 크고 작게, 호젓하고 풍성하게 흔들리며 걸어가고, 걸어가다 달려가고 달려가다 흘렀다. 흐르다가 한없이 퍼지고 자잘하게 물결쳤다. 상여 위로, 땅바닥으로 흩어져 날리며 조등으로 반짝거렸다. 그러다 차차로 조용해졌다.

그는 여음을 쫓듯 선재를 봤다. 아정했다. 정결했다. 이 말
말고는 다른 어떤 말도 부질없어 보였다. 선재는 비파를 안은
자세 그대로 깊은 생각에 잠겨 있다가 생각난 듯 가조를 풀었
다. 이따금 눈을 꾹 감았다 떴다. 그때마다 눈물이 떨어졌다.
찰방찰방, 선재의 손가락으로 비파의 울림통 속으로 흘러들
었다.

"고모, 아니 이모부도 들으셨죠. 아버지의 노래래요. 무척
이나 오래된 거래요."

시원이 눈물로 범벅된 얼굴을 들었다. 울먹이는 소리로 말
했다. 아까 전부터 옆에 앉아 영정으로 선재에게로 시선을 두
고 있던 주현이 당황스러운 얼굴로 뒷주머니에서 수건을 꺼
내어 건넸다. 시원이 수건에 눈물을 닦고 코까지 풀었다.

선재의 얼굴에 의혹이 일었다. 주현도 의식했는지 선재를
보다 시원을 보다 큰 손으로 얼굴을 쓸었다. 불편한 상황을
모면하려는 듯 헛기침을 했다.

"어떻게 된 거야?"

"글쎄…… 나도 최근에야…… 뭐가 뭔지 모르겠어. 말하자
면 길고 복잡해서 말이야. 다음에, 우선 어머님부터 편안히
보내드리자고."

선재의 물음에 주현이 곤혹스러운 표정으로 대답했다.

마침 데오라기 놀릴 시간이라며 이장이 주현을 찾았다. 주

현이 이장을 따라 마당으로 내려섰다. 선재가 눈으로 줄곧 주현을 뒤따르다, 더 이상 보이지 않자 생각난 듯 시원을 쳐다봤다. 눈을 가늘게 뜨고 요리조리 얼굴을 살폈다.

"어이 노~ 어이 노~ 어이 노~하 어내. 허노~ 허허노~ 어이가리 넘차 어하내……."

데오라기 소리가 들려왔다. 그도 주뼛주뼛 시원의 손을 붙들었다. 빼내려는 것을 억지로 잡고 빈소를 나오는 내내 선재의 시선이 감겨들었다.

"이십일 세기라며?"

"뭐가요?"

"상여 말이야. 바라지가락은 상여보다 훨씬 더 오래된 거래."

"난 또…… 아름다움이 이십일 세기와 무슨 상관있는데요."

"상관있지. 김주현 씨가 느네 이모부라며?"

"어, 선생님이 우리 이모부를 어떻게 알아요?"

"상주분과 친구야. 몰랐니?"

"처음 뵙는 분이던데."

"근데 왜 너를……"

채 묻기도 전에 시원이 손을 빼내었다. 춥다며 사랑방으로 들어가 버렸다.

그는 김주현을 찾아 상여 쪽으로 갔다. 이미 주현과 그 또래 사람들이 빈 상여의 장강틀에 들어가 있고, 교수들과 남학생들은 호기심에 찬 표정으로 그 앞에서 지켜보고 있었다. 오무진, 하고 누가 불렀다. 김주현 맞은편 장강들이었다. 김동민이었다. 그가 꾸벅하자 손을 흔들었다. 무진이라고? 저놈 봐라, 많이 컸네. 앞 사람이 말했다. 목이 유난히 기다랬다. 누군지 기억나지 않아 인사할 수도 외면할 수도 없었다. 인마, 빨리 안 오고 뭐해? 그 사람이 불렀다. 그는 어색하게 웃으며 고개를 숙여보였다.

엄마라는 분이 좋아하는 노래라며 기타를 치던 시원이 떠올랐다. 그것은 그 애가 김주현을 고모부에서 이모부로 고쳐 부른 것과 연관이 있을 듯했다. 선재와도 관계가 있을까. 그래서 주현이 곤혹스러운 표정을 지었을까. 시원을 살피던 선재의 눈빛은 예사롭지 않았다. 그는 고개를 갸웃거리며 마당을 나왔다.

"북망산천이 멀다고 허더니 문턱 밖이가 산천이라 허네."

선소리꾼이 요령을 흔들며 소리를 메겼다.

"허노~ 허허노~ 어이가리 넘차 어하내. 허노~ 허노 허허 노~ 하 어내……."

상여를 멘 사람들이 소리를 받았다.

요강바우재 어두컴컴한 실루엣 위로 별 하나가 피어났다. 선재의 말처럼 우리는 모두 별에서 왔는지도 모르겠다는 생각이 들었다. 수억 년을 건너와 지금 여기에 있다가 다시 저 별로 가는지도. 태어나거나 죽는 게 아니라 단지 여기 있다가 저기로 가는지도. '아버지의 노래'는 정말 저 별로 가는 길일까. 죽은 뒤에 가야 할 길을 가르쳐주는 게 아니라 죽은 사람이 가는 길. 북두칠성으로 가는 길.

"둘하 노피곰 도드샤 어긔야 머리곰 비취오시라. 어긔야 어강됴리 아으 다롱디리……."

그는 서편에 걸린 반달을 올려다보며 나직나직 '정읍사'를 읊조렸다.

"어긔야 어강됴리 아으 다롱디리, 어긔야 어강됴리, 어강됴리, 어강됴리……."

발음이 제대로 되지 않아 여러 번 되풀이 읊었다. 읊다가 그는 오른손 엄지와 검지를 맞부딪쳤다. '아으 다롱디리'에서 '다롱디리'를 젓대의 구음으로 볼 수 있[28]다면 '어강됴리'는 비파의 구음이 아닐까 하는 생각이 뇌리를 스쳤다. '어강됴리'가 악기의 구음으로서 눈에 익지 않[29]는다고는 하지만 그렇다고 비파의 구음이 아니라고 할 이유도 없어 보였다.

백제금동대향로에서 다섯 악사가 연주했던 음악은 천사백 년 전 백제시대 궁중에서 사용되던 의례음악임에 틀림없다. 그 음악은 언젠가부터, 무슨 까닭에서인지 현악파트와 관악

28) 정병욱, 『한국고전시가론』, 신구문화사, 1994, p.148에서 인용
29) 정병욱, 앞의 책 같은 곳에서 인용

파트로 갈라지게 되었다. 현악파트는 비파로 연주하는 '바라지가락' 그러니까 '아버지의 노래'로 선재의 집안에서 전승되어 오고, 관악파트는 '빗가락정읍'으로, '수제천'으로 변모해왔는지 모른다.

혹시 민간에서 즐기던 '아버지의 노래(바라지 가락)'를 백제의 궁중에서 가져갔을까. 만약에 그렇다면 '아버지의 노래'에서 '정읍사'가 나왔는지 모른다. '정읍사'에서 '빗가락정읍'이 나왔고, '빗가락정읍'에서 바로 '수제천'이 나온 것이다. 선재에게는 분명 '아버지의 노래' 악보가 있을 것이다. 그 악보와 '수제천'의 악보를 비교해보면 알 수 있을 것이다. 그는 확신에 차 고개까지 끄덕였다.

'아버지의 노래'는 여기가 아닌 저기에서 울리는 것 같았다. 먼 과거, 아득한 시간 어디쯤에서부터 울려오는 소리, 시원에서 비롯한 소리. 비파는 제가 떠나온 곳을 기억하고 있을 거라고, 처음으로 소리가 시작되는 곳이라고, 자기 어머니가 가실 곳이라고 말하던 선재의 목소리가 '아버지의 노래' 선율처럼 가슴속으로 굽이쳐왔다.

별안간 마을이 환해졌다. 웬일인가 싶어 그는 주위를 둘러봤다. 선재네였다. 기와지붕을 뚫고 빛이 쏟아져 나오고 있었다. 빛은 커다랗고 둥그렇게 뭉치면서 오색찬란한 자태로 허공으로 떠올랐다. '아버지의 노래'도 흘렀다. 바람처럼 가볍게 빛 덩이 속으로 스며들었다. 빛이 된 노래는 요강바우재로 날았다. 어긔야 어강됴리, 나난구리를 향해 솟아, 날았다.

시원의 노래와 존재의 시원

—이강원의 『아버지의 첫 노래』

우찬제(문학평론가 · 서강대학교 교수)

1. 바라지 가락과 생명의 리듬

『아버지의 첫 노래』는 이강원의 첫 이야기다. 세상의 모든 '첫'들이 그렇듯이 작가에게 '첫 소설은 그야말로 싱그러운 바람의 대상이면서 동시에 무한 진통의 소산이다. 때때로 뮤즈의 은총에 힘 입어 일필휘지 쓰이기도 하는 단형 서정시와는 달리 소설은, 특히 단편이 아닌 장편은, 작가의 엄청난 탐문과 산문적 수고를 경유하지 않으면 안 되는 것이기에 무한 진통의 결과물일 터이다. 그런 진통을 거치면서도 오로지 독자와 교감할 수 있는 나만의 이야기 지평을 형성하겠다는 고유한 원망, 그 떨리는 기대의 대상이 바로 작가의 첫 소설이다.

상금을 내건 장편 현상 공모를 거치지 않고 장편으로 독자에게 첫선을 보인 사례로 복거일의 『비명을 찾아서』(1987), 하일지의 『경마장 가는 길』(1990) 등을 떠올릴 수 있는데, 이강원의 『아버지의 첫 노래』도 그 귀한 계보에 속하게 되었다.

『아버지의 첫 노래』는 우리에게도 상여소리 말고 다른 음악이 있었을지 모른다는 것, 죽음을 보살피고 애도하는 그 바라지 가락이야말로 존재의 시원으로부터 발아되어 그 시원으로 다시 돌아가는 생명의 리듬에 걸맞은 소리였을 것이라는 상상에서 비롯된 이야기다.

작가는 소설의 첫 머리에서 독자들을 백제금동대향로 앞으로 안내하는데, 그 향로에서 다섯 명의 악사도 그런 음악을 연주하지 않았을까, 혹시 '정읍사'도 그런 경우 아닐까, 하는 생각으로 이야기를 엮어나간다. '정읍사'의 관악부가 지금까지 전래된 '수제천'으로 이어지고, 현악부가 바라지 가락으로 갈라져 나왔을 것이라 가정하고, 주인공 이선재를 통해 그 바라지 가락을 탐문하는 과정의 이야기를 촘촘하게 형상화했다. 이선재 가계로 내려오다가 돌연 중단된 바라지 가락을 그가 다시 이어가는 과정과 아울러 연구자인 오무진이 그 가락의 해석적 맥락을 보충하는 것으로 작가의 가정과 추론에 설득력을 더해 간다. 그 결과 작가가 형상화한 '아버지의 노래'는 이런 가락이다.

'아버지의 노래'는 여기가 아닌 저기에서 울리는 것 같았다. 먼 과거, 아득한 시간 어디쯤에서부터 울려오는 소리, 시원에서 비롯한 소리. 비파는 제가 떠나온 곳을 기억하고 있을 거라고, 처음으로 소리가 시작되는 곳이라고, 자기 어머니가 가실 곳이라고 말하던 선재의 목소리가 '아버지의 노래' 선율처럼 가슴속으로 굽이쳐왔다.

별안간 마을이 환해졌다. 웬일인가 싶어 그는 주위를 둘러봤다. 선재네였다. 기와지붕을 뚫고 빛이 쏟아져 나오고 있었다. 빛은 커다랗고 둥그렇게 뭉치면서 오색찬란한 자태로 허공으로 떠올랐다. '아버지의 노래'도 흘렀다. 바람처럼 가볍게 빛 덩이 속으로 스며들었다. 빛이 된 노래는 요강바우재로 날았다. 어긔야 어강됴리, 나난구리를 향해 솟아, 날았다.(306~307쪽)

소설의 마지막 장면이다. 자세히 해설할 필요도 없이 여기서 '아버지의 노래'는 시간적으로 과거와 현재와 미래, 공간적으로 차안과 피안을 넘나들며 공현전하는 가락이다. 지금 여기의 순간과 시원의 영원 사이를 교감하며 스미고 짜인다. 어둠에 빛을 선사하는 별의 지도가 되기도 한다. 그러기에 가락은 역동적인 생명의 리듬이다. 존재의 숨결이다.

2. 생의 비의秘意를 탐문하는 소리

그렇다면 왜 바라지 가락인가? 왜 죽음을 보살피는 노래인가? 그것은 죽음을 통해 삶과 존재 전체의 비밀을 거듭 심원하게 탐구하기 위한 근원적 성찰의 일환으로 보인다. 소설에서 선재는 환각처럼 매월당의 질문을 받는다. "너는 지금 무엇을 보고 있느냐. 네가 서있는 곳은 어디냐. 너는 지금 어디로 가려 하느냐. 네가 가려는 곳은 네가 진정으로 가고자 하는 곳이냐."(100쪽). 바로 답을 하지 못한 그는 끊임없이 그 질문을 찾아 나선다. "나는 지금 무엇을 보고 있는가. 어디로 가고자, 어떻게 살고자 몸부림치는가…… 내 삶의 비밀은 내게 있다. 나만이 안다. 나만이 그 비밀을 캐낼 수 있다."(173쪽) 선재는 생의 비의를 탐문하는 단초가 바로 자기 자신에게 있음을 절감한다. 당연한 것 아니냐고 물을 수도 있다. 지극히 당연하지만 그럼에도 여전히 유예되는 진실, 그러기에 조금도 그 중요성이 덜해지지 않은 질문이 바로 이것이다. 말하자면 낯설지는 않되, 익숙한 질문이되, 그 답을 구하기 어려워, 줄곧 충격을 주는 과제가 바로 이것 아니겠는가. 그 질문에 마주한 작가 이강원의 성찰은 참으로 어지간하다.

自는 모든 일이 자기로부터 비롯된다는 것을 의미한다. 自에는 얽매임이 없다. 自에는 저절로는 있어도 결코 방임은 없다. 自에는 억지스러움도 없고 自에는 흐트러짐도 없다. 自는 바람보다는 물의 성질이 강하다. 그저 한없이 흘러가는 물처럼 自에는 능동적인 생명력이 꿈틀거린다. 自는 살아있는 활동을 말한다. 自에는 파멸이 아니라 스스로 사라지는, 때가 되면 스스로 거두어가는 적멸이 있을 뿐이다. 自에는 그래서 거스를 수 없는 단호함이 존재한다.(97쪽)

인용문과 같은 사려 깊은 성찰은 이 소설의 여러 곳에서 순금처럼 빛난다. 작가는 이런 성찰을 위해 멀리 서서 바라보고 심연의 뿌리처럼 사유하고 오래도록 고뇌한다. 그래야 조금 더 온전한 실체에 접근할 수 있겠기 때문이다. 신화적이고 우주적인 성찰과 아울러 민속학적 음악적 탐문 또한 상당한 수준이다. 그 자신의 음악적 추론을 자연스럽게 풀어가기 위해 많은 자료를 섭렵하고 체험하면서 자연스러운 이야기가 되도록 소리의 숨결을 살렸다. 한 편의 소설을 완성하기 위해 작가가 얼마나 많은 공력을 들였는지 짐작케 하는 대목은 그 외에도 많다. 앞에서 우리는 『아버지의 첫 노래』가 잃어버린 바라지 가락을 재구성해 나가는 과정을 그린 소설이라고 했다. 잃어버린 가락을 되찾아가는 과정은 곧 잃어버린 언어를 복원해 가는 과정과 맞물린다. 주인공 선재는 남다르게 토박

이말에 관심이 많은 인물로 그려진다. "중고등학교 때와 대학 다닐 때, 그 이후로도 간간이 새로 듣게 된 우리말이나 잊힌 단어들을 찾게 되면" 노트에 적어두었으며, "마을 어른들이 쓰는 사투리들도 기억해뒀다가 메모해두곤 했다"는 선재는 그렇게 개인적으로 "일종의 사전"을 만들어왔다.(129쪽) 가령 다음과 같은 식이다.

고잔잔하다: 잔잔하다 못해 침울할 정도로 고요하다. 고는 쯤인 지도 모름
신푸녕스럽다: 근심걱정이 너무 많아 사소한 일도 돌아볼 여유가 없다
무장무장 = 서나서나 = 시나브로
애젖하다: 몹시 애가 타다
꽃잠: 숙면 또는 첫날 밤 (은하)
인연 = 인다라망 = 관계 = 고리 = 업 = 원인과 결과의 되풀이 = 윤회 ↔ 해탈
횟대 = 말코지. 끈이나 나무를 벽에 가로로 쳐놓아 물건을 걸 때 씀(290~291쪽)

이 소설을 읽으면서 독자들은 '흐놀다' '흔뎅거리다' '호아가다' '허대다' '물이못나게' '처설프게' '앓음답다' '나난구

리' 등등의 여러 단어들을 그냥 지나칠 수 없었을 것이다. 작중 무진이 말했던 것처럼, "사전에 안 나온 말들이 얼마나 수두룩한데요."(286쪽)라며 사전을 찾아보았을 터이다. 이런 점에서도 작가 이강원의 미덕을 새삼 확인하게 된다. 무릇 작가란 잃어버린 겨레의 혼과 말을 복원해내는 영매자이기도 한 까닭이다. 이강원의 언어 탐구는 너무나도 쉽게 쓰이는 요즘의 소설 창작 환경을 생각하면 아주 소중한 미덕 중의 미덕임에 틀림없다.

3. '줄'의 사상과 무하유지향無何有之鄕

이 소설에서 죽음을 보살피는 바라지 가락은 '아버지의 노래'로 불린다. 선재의 아버지, 아버지의 아버지, 조부의 아버지, 증조부의 아버지…… 그렇게 시원을 헤아리기 어려울 정도로 윗대부터 있어왔던 가락으로 얘기된다. 그러나 그 '아버지의 노래'로 인해 선재의 아버지와 어머니의 불행, 그리고 선재의 울분과 절망, 분노, 이웃의 오해와 갈등으로, 가락은 중단되고 만다. 바라지 가락을 떠나 배회하고 방황하며 성찰하던 선재는 고통의 통과제의를 거쳐 다시 비파를 타도 좋겠다는 생각을 하기에 이른다. 자기 안에서 이전과는 다른 '아버지의 노래'가 들려오기 시작했기 때문이다. "울분과 절망과 분노로 뒤범벅 돼버렸던 아버지의 노래는 자기에게서 떠난 지 오래고 지금은 그것들에서 벗어난 소리, 울분과 절망과 분노들을 품은 소리로 들려왔다. 그는 '아버지의 노래'가 자기 안에서 강물로 넘실거리는 것을, 바다로 흘러가는 것을 바로 보게 되었다."(231쪽) 그렇게 되찾은 '아버지의 노래'로 선재는 어머니를 잘 보내드릴 수 있게 된다. 마을 공동체도 이전의 갈등을 넘어서 그 가락과 더불어 치유의 지평으로 나가는 것처럼 얘기된다. 이 소설에서 가락은 나 개인의 존재론적 시원을, 그리고 공동체와 민족의 시원을 떠오르게 하는 상상의 탈것이다. 그 가락을 통해 존재하는 모든 것들은 스스로를 비우고 텅 빈 충만의 세계로 입사할 수 있게 된다. 그런 면에서 작가 이강원이 제시한 '줄'의 사상이 주목된다. 울림통을 통해 소리와 가락을 빚어내는 현에 대해 작가는 다음과 같이 성찰하고 있는데, 이 소설에서 가장 빛나는 대목이기도 하다.

줄은 결코 머무르지 않는다. 줄은 줄 전체로 제 안의 소리를 드러낸다는 것을 그는 안다. 줄은 항상 제 몸을 닳려가면서 교감을 원한다. 제 한 가닥을 닳리고 또 한 가닥을 닳리면서 자신의 마음을 드러낸다. 비파의 울림통을 탓할 것 없이, 연주하는 사람의 손가락을 탓하지도 않고 오로지 제 몸을 닳려가면서 세상과 일체가

되는 순간을 기다린다.(236쪽)

　이렇게 머물지 않고 제 몸을 닳려가면서 소리를 내는 줄, 그러니까 제 몸을 내주면서 교감의 소리를 펼치는 줄, 울림통이나 연주자의 손을 허물하지 않고 오로지 제 온몸을 내주면서 세상과 일체가 되는 순간을 기다린다는 줄…… 작가 이강원이 상상한 '아버지의 노래'는 그런 줄에 의해 비로소 울림의 가능성을 연다.

　그리고 그 울림은 존재하는 모든 것들로 하여금 어디에도 없는 마을, 『장자』에 나오는 그 무하유지향無何有之鄉을 떠올리게 한다. 아무것도 없이 텅 빈, 그 마을에서 무위의 상태에 이를 때 삶도 죽음도 온전함에 가까이 갈 수 있게 된다. 바라지 가락이 응시한 것, 아버지의 노래가 빚어낸 관음觀音의 풍경은 바로 '무하유지향'의 경지였던 것이다. 만인 대 만인의 이리 상태를 방불케 하는 무한경쟁의 분위기 속에서 대부분이 더 많은 땅을 제 영역으로 만들려고 행위 하는 세상의 현실, 게다가 죽음의 의례마저도 자본의 위력 앞에서 결코 자유롭지 못한 세속의 풍경을 떠올려 보면 작가 이강원이 바라지 가락을 통해 상상한 무하유지향의 서사는 매우 의미심장하게 다가온다. 어디에도 없는 마을이지만, 많은 이들이 더불어 꿈꾸는 마을, 그 마을에서라면 노래가 따스한 위로가 되고,

아름다운 감동으로 다가오고, 든든한 평화의 양식이 될 터이다. 이강원의 첫 소설 『아버지의 첫 노래』는 시원의 노래를 상상하며 존재의 시원을 꿈꾼 가작佳作이다.

어렸을 때 나는 동네 뒷동산에 자주 올라 다녔다. 소나무 아래 앉아 흘러가는 냇물을 굽어보는 게 좋았다. 한 번은 그 냇물이 어디로 가는지 궁금해 따라갔다. 얼마쯤 갔을까. 느닷없이 호수가 펼쳐지고, 내내 함께했던 냇물은 어디에도 없었다. 나는 울음을 터뜨리고 말았다. 어스름이 밀려오는 호숫가에 서서 바짓가랑이가 축축해지는 것도 모르고 마냥 울었다. 저수지 아랫마을 아저씨 자전거에 실려 집으로 돌아왔을 때, 엄마가 눈물을 훔치며 꾸짖었다. 신림저수지까지는 십 리 길이라고. 그 먼 데를 왜, 뭐 하러 갔느냐고.

초등학교와 중학교에 다닐 때는 늦게까지 교실에 남아 있은 적이 많았다. 뉘엿뉘엿 해가 질 무렵 책가방을 메고 텅 빈 운동장을 나서면, 어느새 길어진 느티나무 그림자가 왜소한 내 그림자 옆으로 다가와 나란히 서곤 했다. 교실에 풍금이 있는 날에는 짧고 뭉툭한 손가락으로 '시인의 마을'이나

'긴 머리소녀'를 치느라 날이 저무는 것도 잊기 일쑤였다.

고등학교에 다닐 때도, 하숙이나 자취를 제외하고는 막차를 타고 귀가할 때가 잦았다. 버스를 기다리는 동안 교실 창문에 기대어 앉아, 코끼리산 언덕 모퉁이 길을 하염없이 건너다보았다. 때로는 내장저수지에서부터 흘러내려오는 천변을 따라 무작정 걸었다.

뒷동산에 오르거나 교실에 앉아있거나 천변을 걸을 때, 나는 대개 혼자였다. 혼자 있으면서도 홀로이고 싶었다. 홀로일 때라야 내 가슴은 무언가로 충만해졌다.

『아버지의 첫 노래』는 '홀로'와 '무언가'가 낳은 내 생애 첫 노래이다.

2018년 3월부터 2년 동안 《21세기 부여신문》에 연재했던 것을 수정 보완하였다.

내가 이 노래에 보탠 것은 시간과 언어뿐이다.

앞으로도 나는 '홀로'와 '무언가'에 기대어 노래할 것이다.

두보보다 이백이지, 하시던 아버지. 산 너머 남촌에는 누가 살길래…… 늘 흥얼거리시던 어머니. 그리고 성미와 재황이…… 먼저 가신 모든 이들에게 이 노래를 바친다.

2020년 여름
이강원

아버지의 첫 노래

초판 1쇄 | 인쇄 2020년 6월 22일
초판 1쇄 | 발행 2020년 6월 29일

지은이 | 이강원
펴낸이 | 권영임
편   집 | 윤서주
디자인 | 여현미

펴낸곳 | 도서출판 바람꽃
등   록 | 제25100-2017-000089(2017. 11. 23)
주   소 | (03387) 서울시 은평구 연서로22길 16-5, 501호(대조동, 명진하이빌)
전   화 | 010-7184-5890
팩   스 | 070-7314-6814
이메일 | greendeer@hanmail.net

ISBN   979-11-90910-00-2 03810

값 14,000원

이 도서의 국립중앙도서관 출판예정도서목록(CIP)은 서지정보유통지원시스템 홈페이지(http://seoji.nl.go.kr)와 국가자료공동목록시스템(http://www.nl.go.kr/kolisnet)에서 이용하실 수 있습니다.(CIP제어번호: CIP2020024916)